KB264157

내 생애 가장 자유로운 90분

HOWEVER TALL THE MOUNTAIN

내 생애 가장 자유로운 90분

HOWEVER TALL THE MOUNTAIN

아위스타 아유브 지음 | 김영선 옮김

샘터

아프가니스탄의 여자 축구팀
그리고 이 모든 것을
시작하게 해준 여덟 명의 소녀들에게

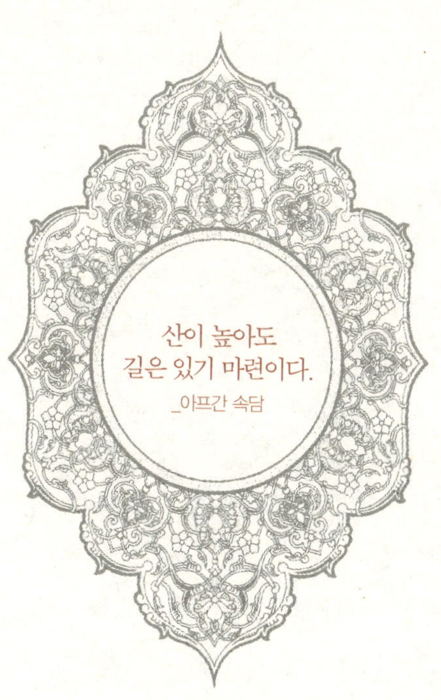

산이 높아도
길은 있기 마련이다.
_아프간 속담

축구공 하나에서 시작된 '아프간 소녀들의 혁명'

아프가니스탄 카불에 있는 가지 주경기장은 1923년에 완공된 이래 수많은 남자 축구 국가 대표 팀의 경기와 국가적인 행사가 열리는 장소였다. 그러나 1996년부터 2001년까지 탈레반이 지배한 기간 동안 이 주경기장은 절도나 간통 또는 그보다 사소한 범죄를 저지른 사람들을 공개적으로 처벌하는 곳으로 쓰였다. 사람들에게 같은 실수를 저지르는 경우 어떤 운명에 처하게 되는지를 보여주기 위해 범죄자들을 주경기장에 모인 군중들 앞에서 잔인하게 처형했다.

2001년, 탈레반이 물러나고 전쟁이 끝나면서 가지 주경기장은 아직 잔혹한 처형에 대한 기억이 남아 있기는 하지만 국가적인 행사가 개최되는 장소로서의 옛 영광을 되찾게 되었다. 예전과 다른 것이 하나 있다면, 이제 관중들은 아프가니스탄 최초의 여자 축구 국가대표 팀을 응원하기 위해 모이기도 한다는 사실이다.

아프가니스탄에서 여자들이, 바깥출입도 자유롭지 않은 그들이 축구를 한다? 믿기 힘든 그 기적의 시작은 아주 작고 미미했다. 기나긴 전쟁이 끝난 뒤 조국에 무엇인가 의미 있는 일을 하고 싶다는 나의 개인적인 바람이 그 씨앗이 되었고, 자신의 삶을 개척한 아프간 소녀들은 축구공 하나로 카불의 기적을 일으켰다.

이 책은 단지 어느 한 축구팀에 관한 이야기가 아니다. 수십 년간의 전쟁으로 그들이 빼앗긴 자유와 삶에 대한 자긍심을 스스로 쟁취하기 위해 이슬람의 금기를 깨고 온갖 역경과 두려움을 이겨내며 온몸으로 투쟁해 나가고 있는 아프간 소녀들의 혁명에 관한 살아 있는 기록이다.

자유를 얻기 위한 싸움은 끝나지 않고 지금도 계속되고 있으며, 가지 주경기장의 담장 안에 있는 녹색 잔디밭에는 희미하지만 분명한 희망이 빛이 여전히 제 빛을 잃지 않고 반짝이고 있다.

* * *

현재 아프가니스탄은 '아프가니스탄의 미래를 어떻게 발전시킬 것인가' 하는 중대한 문제와 씨름 중이다. 30년 가까이 지

속된 전쟁의 여파가 아직도 남아 있는 상태에서 제기된 자기 성찰적인 이 질문은 전통의 보존과 현대화에 대한 논쟁과 갈등을 불러일으켰으며, 때로는 거친 비난과 과격한 행동을 낳기도 했다.

이러한 현실에서 시작된 이 책에서 1인칭으로 서술된 부분은 대부분 나의 기억을 바탕으로 재구성한 것이다. 소녀들의 이야기는 그들은 물론 가족들과 주고받은 심층 인터뷰를 풀어낸 것이다. 나는 나의 기억과 그들에 대해 내가 알고 있는 것들을 바탕으로 최대한 사실과 부합하도록 정확하게 쓰려고 노력했다.

그러나 이따금 정확한 날짜와 사건들의 선후 관계 때문에 애를 먹기도 했다. 잇따른 전쟁 때문에 아프가니스탄의 학교 시스템이 파괴되었고, 기록이 소멸되어 버렸기 때문이다.

하지만 이 책 처음부터 끝까지 나는 아프간 소녀들의 프라이버시와 안전과 개인적인 평화를 해치지 않는 범위 내에서 그들의 삶을 최대한 진실하게 기술하려고 최선을 다했다. 또한 이 이야기에 등장하는 소녀들을 보호하기 위해 이름을 비롯해 신원을 알 수 있게 하는 세부사항들은 사실과 다르게 수정하였음을 거듭 밝혀둔다.

아프가니스탄 여자 축구 대표 팀처럼 이 책도 여러 사람의 공동 노력의 산물이다. 베로니카 골로스와 소피아 홀랜더 이 두 사람이 없었다면 이 책은 세상에 나오지 못했을 것이다.

시인이자 편집자인 베로니카 골로스는 날카로운 편집자의

눈으로 이 책을 검토해주었고, 아프가니스탄에 대한 깊은 이해와 광범위한 조사를 보태주었다. 오랜 시간 인내심을 가지고 예민한 감각으로 섬세한 뉘앙스 차이를 절묘하게 짚어준 그녀 덕분에 이 책의 문학적인 완성도를 높일 수 있었다.

또한 작가인 소피아 홀랜더는 이 책의 초안을 잡고 원고를 쓰는 데 큰 도움을 주었다. 그녀는 나와 함께 카불을 여행하면서 여덟 명의 소녀들뿐만 아니라 아프가니스탄의 문화에 대해 이해하게 되었다. 그녀의 도움으로 성사된 진솔한 인터뷰와 사전 조사가 없었다면 이 책의 주인공들의 이야기는 진실되지 못했을 것이다. 이 두 사람에게 가슴 깊이 감사의 말을 전한다.

그리고 이 책의 주인공들이자 아프가니스탄 역사의 한 장을 그들의 열정과 삶을 바쳐 써내려간 여덟 명의 소녀들과 그들의 불굴의 의지에 가장 귀한 존경과 감사를 전하고 싶다.

2011년 봄

아위스타 아유브

| 차례 |

아프간 폐허 위에 꽃핀 희망

바퀴 자국이 선명하게 난 카불 구(舊)시가의 황량한 비탈 아래로 흰 공이 통통 튀며 내려간다. 아이들이 에워싸고 있는 우물 옆으로 공이 일으킨 먼지구름이 날리고, 아이들이 가져온 들통은 강렬한 햇빛을 받아 반짝인다. 공은 사람이 만든 것인지, 자연적으로 생긴 것인지, 아니면 최근의 폭발 때문에 생긴 것인지 모르는 계단처럼 생긴 바닥을 통통통 소리 내며 굴러간다. 언덕에 위태롭게 자리 잡은 흙 벽돌집의 비닐 창문 안에서는 호기심 어린 눈들이 아래로 굴러가는 공을 뒤쫓고 있다.

이윽고 먼지를 뒤집어써서 거의 발갛게 된 축구공이 사람들이 많이 오가는 흙길 위에 멈춰 선다. 호리호리한 사내아이 셋이 가만히 서서 웃으며 공을 빤히 바라본다. 마치 공이 하늘에서 떨어지기라도 한 것처럼.

"축구공이잖아."

한 아이가 소리친다.

"누구 거지?"

다른 아이가 묻는다.

사내아이들은 주위를 두리번거리고는 언덕을 올려다본다.

"우리, 공 가지고 놀자!"

세 번째 아이가 말한다.

9미터쯤 위에서, 한 여자아이가 사내아이들을 재미있다는 듯이 지켜보고 있다. 여자아이는 찻잔에 담긴 차를 홀짝홀짝 마시며 혼잣말을 한다.

"공은 나중에 가지러 가야겠다. 그때 저 녀석들한테 공 차는 시범을 좀 보여줘야지."

✳ ✳ ✳

1978년 4월 28일 아침, 아버지는 라디오에서 흘러나오는 앵커의 목소리에 잠이 깼다.

"이전 정부는 축출되고 이제 새 혁명 정부가 아프가니스탄 국민을 대표하게 되었습니다."

아프가니스탄의 마르크스주의자들이 이끄는 아프가니스탄

인민민주당(PDPA)이 무함마드 다우드 칸의 정부에 맞서는 쿠데타를 일으켰다. 칸은 그의 가족들과 함께 대통령 궁에서 암살당했다. 하룻밤 사이에 수백만 아프가니스탄 사람들의 삶이 바뀌었다. 쿠데타는 나라를 분열시키고 가족과 친구들의 삶을 산산조각 냈다.

일주일도 안 되어, 엔지니어로 일하던 아버지는 직장을 잃었다. 그리고 얼마 지나지 않아 수력·전력부에서 아버지와 함께 일했던 옛 동료가 시장에서 아버지를 불러 세우고는 조심스레 이야기했다.

"자네, 목숨이 위험해. 좀 더 '티 나게' 이 정부를 지지할 필요가 있다구."

아버지는 일말의 망설임도 없이 곧바로 장인어른을 만나러 갔다. 외할아버지는 새 정부를 인정하기를 거부했으며, 외할아버지 소유의 200만 제곱미터의 땅을 재분배하는 것에도 저항했다. 아버지는 외할아버지에게 간절하게 이야기했다.

"상황이 나빠지고 있습니다. 목숨이라도 구해야지요. 온 가족을 데리고 파키스탄으로 탈출해야 합니다. 제발요."

"뭐라고? 자네 지금 내 집과 내 도시를, 내 조국을 버리고 파키스탄으로 가서 살란 말인가? 나는 절대로 그렇게 못하네."

외할아버지는 그렇게 대꾸했다.

"하지만 저는 가족을 데리고 파키스탄에 갈 작정입니다."

아버지가 조국을 떠나고 나서 몇 달 뒤, 자신의 땅을 두고 탈출하기를 거부했던 외할아버지는 칸다하르의 자신의 집 앞에서 총에 맞아 세상을 떠났다.

아버지는 칸다하르를 떠나 파키스탄으로 갔다. 오토바이 주인에게 돈을 준 뒤 그의 뒤에 타고 간선도로를 피해 국경을 넘어 파키스탄 퀘타로 향했다. 군인들이 지키고 있는 검문소를 피하기 위해 185킬로미터나 되는 험한 산길을 타고 넘어갔다. 국경에서는 헬리콥터들이 쉴 새 없이 먹잇감을 찾아 어슬렁거렸다.

파키스탄으로 들어오자마자 아버지는 이슬라마바드에 있는 미국 대사관으로 갔다. 대사관 밖에는 이미 미국으로 가려는 수천 명의 아프가니스탄 사람들이 운집해 있었다.

당시 아버지가 혼자서 파키스탄으로 간 것은 올바른 판단이었다. 만약 아내와 어린 자식 셋을 함께 데리고 갔다면, 그렇게 많은 사람들이 북적거리는 아수라장에서 옴짝달싹할 수 없었을 것이다. 아버지는 2주 동안 하루도 빠짐없이 아침부터 저녁까지 대사관 밖에서 기다렸다. 수많은 사람들이 밀치락달치락하는 혼란스러운 상황이었으며 아프간 당국에 들킬 위험도 있었다. 마침내 아버지는 대사관 직원과의 면담을 허가 받았다.

예전에 아버지는 하와이대학교에 개설된 농지개간 교육 프로그램에 참가한 적이 있었는데, 면담에 도움이 될 것 같아 그때 받은 서류들을 가져갔다. 역시나 그 서류들은 효과가 있었다. 대사관 직원은 결국 우리 가족의 이민을 허가해주었다.

당시 아프가니스탄에는 전화나 팩스, 우편 시스템이 없었기 때문에 편지나 전갈은 인편으로 전하는 것이 일반적이었다. 아버지는 카불로 여행 가는 한 소년을 찾아내 이렇게 부탁했다.

"이 편지를 내 동생에게 전해줄 수 있겠니?"

소년은 그렇게 하겠다고 했다.

어머니와 우리 삼 남매는 임시로 카르테에 있는 친할머니와 작은아버지와 함께 살고 있었다. 아버지의 편지를 받자마자 어머니는 우리에게 짐을 싸라고 했다. 우리는 옷 가방 하나를 들고 외할머니와 이모들이 살고 있는 칸다하르행 비행기에 올랐다.

어머니는 외할머니가 사는 마을에서 아프가니스탄을 떠나려고 하는 어떤 가족을 알게 되었다. 우리는 그 가족과 함께 한 농부의 트레일러를 타고 탈출할 계획을 짰다. 농부는 일인당 천 아프가니(아프가니스탄 화폐 단위, 약 200달러)의 대가를 요구했고 어머니는 평생 교사를 하며 모은 돈 전부를 탈탈 털었다. 하지만 그것도 모자라 보석들까지 팔아 그 돈을 마련했다.

해가 질 무렵 우리는 출발했다. 어머니와 이모 그리고 우리 삼 남매는 몸을 잔뜩 웅크리고 다닥다닥 붙은 채로 쇠로 된 트레일러 바닥에 숨었다. 외할머니는 다른 친척 두 가족과 함께 아프가니스탄에 남기로 결정했다.

트레일러는 발각될 위험 때문에 불을 켜지도 못하고 어둠 속을 엉금엉금 움직였다. 날씨도 추웠다. 길 앞에는 지뢰들이 잔뜩 깔려 있었다. 남자 둘이 앞에서 오토바이를 타고 느리게 움직이면서 우리 모두를 죽일 수도 있는 지뢰 선이 없나 찾고 있었다.

머리 위에서는 헬리콥터들이 요란한 소리를 내며 날고 있었다. 헬리콥터의 서치라이트가 어두컴컴한 도로들을 훑었다. 무시무시할 정도로 여기저기 폭발물이 터지고 그 환한 섬광들이 번쩍였다.

어머니는 천 덮개 아래에 몸을 숨긴 채 위에서 폭탄이 떨어지거나 아래에서 지뢰 선을 건드려 폭발이 일어나 즉사할지도 모른다는 두려움에 떨었다. 또 자신의 몸으로 우리 남매를 덮고 두 눈을 질끈 감은 채 당장이라도 군인들이 천 덮개를 찢고 우리를 발각하는 상상에 시달렸다.

밤새 트레일러를 타고 달린 우리는 이튿날 아침, 무사히 국경을 넘어 파키스탄의 퀘타로 갔다. 그리고 그곳에서 우리를 기다리던 아버지를 만났다. 몇 주 동안 기다린 끝에 우리는 미국으로 날아갔다. 우리의 새 '임시' 집으로.

⁂

그러나 전쟁은 계속되었다. '임시'는 '영구적'이 되어 버렸다. 우리 부모님에게 '영구적'이 된 것이 또 하나 있었는데, 바로 그들이 기억하고 있는 조국으로 돌아가고 싶은 마음이었다. 나 역시 어린 시절 내내 아프가니스탄으로 여행을 떠났다. 상상 속에서 말이다.

그러다 하룻밤 사이에 세상이 변했다. 2001년, 미국이 아프가니스탄 사태에 개입하면서 탈레반 정권이 무너졌다.

한순간에 아프가니스탄으로 돌아가는 것이 가능해졌다. 그러나 나는 그냥 방문하는 것으로는 충분하지 않았다. 조국의 땅에서 관광객이 되고 싶지 않았다. 나는 내 조국에 의미 있는 일을 하고 싶었다.

그런 갈망에서 솟은 한 가지 생각이 이 책으로까지 이어지게 된 것이다. 이제 여러분은 용감한 아프가니스탄 소녀 여덟 명을 만나게 될 것이다. 그리고 그들의 조심스럽던 미국 방문과 가슴 벅찬 귀국 과정을 보게 될 것이다. 또 한편 이 책은 내 자신의 긴 여행에 관한 이야기이기도 하다. 아프가니스탄계 미국인에 관한 이야기이며, '~계'라는 표현을 사이에 두고 앞뒤 두 단어가 어떻게 나누어지고 결합하는지에 관한 이야기이다. 여러분은 모든 문화들 속에 있는 위대한 믿음, 즉 무수한 차이점에도 불구하고 우리 모두는 하나라는 사실을 알게 될 것이다.

이 책은 아무것도 남지 않은 폐허 위에서도 끝끝내 살아남은

‘희망’에 대해 이야기한다. 전 세계를 놀라게 한 카불의 기적은
바로 그 희망을 품은 소녀들의 마음에서 시작되었다. ‘아무리’
산이 높아도 길은 있기 마련이다.

HOWEVER TALL THE MOUNTAIN

1

아프간 소녀들, 그라운드 위에 서다

숨 막힐 듯 무더운 여름날이었다.
나는 코네티컷에 있는 부모님 집 거실에서 서성거리고 있었다.
나는 가만히 앉아 있을 수가 없었다. 이제 곧 여덟 명의 아프간 소녀들이
뉴욕 JFK 공항에 도착할 것이다.

1

아프간 소녀들의 첫 리그

2004년, 미국

그 여름날 저녁, 하늘은 구름 한 점 없이 별들로 반짝였고 공기는 눅눅했다. 나는 워싱턴 교외에 있는 친구 바버라 구드노의 집 밖 잔디밭을 서성거리며 내 자신에게 물었다.

"아이들이 준비가 되었을까?"

8개월 전 나는 아프가니스탄 출신 소녀 여덟 명을 미국으로 초청해 축구 캠프에 참여시키는 아이디어를 생각해냈다. 그들은 6주 동안 머물 예정으로 미국에 와 있었다. 지난 2주는 워싱턴에서 보냈고, 남은 4주는 축구 캠프가 진행될 코네티컷 주에서 보낼 예정이었다. 그리고 그다음에는 오하이오 주의 클리블랜드로 가서 아프가니스탄 대표 팀 자격으로 '국제청소년 스포츠 축제'에 참가하기로 되어 있었다.

미국에 온 지 2주밖에 안 된 터라 공식적인 연습이라고는 한 번도 하지 못한 아프가니스탄 소녀들은 첫 공식 축구 경기를 앞두고 있었다.

라일라. 프레슈타. 사미라. 미리암.

디나. 나디아. 아리아나. 로비나.

조금 전에 아이들은 유니폼을 준비했다. 저마다 자신의 빨간색 유니폼을 흰색 번호가 위로 오도록 반듯이 접었다. 그리고 상의 아래에 빨간색 양말과 검정색 반바지, 축구화를 두었다. 그렇게 가지런하게 정리한 유니폼이 그들의 방 앞 복도에 줄지어 놓여 있었다.

그들은 이튿날 아프가니스탄 스포츠 연맹이 주관하는 '제7회 미국 독립기념일 기념 아프가니스탄계 미국인 축구 대회'에 참가할 예정이었다. 사흘 동안 열리는 이 대회는 1997년에 시작되었는데, 미국 전역은 물론 저 멀리 캘리포니아와 캐나다에서도 아프가니스탄계 미국인들이 몰려왔다. 아프가니스탄에서 가장 인기 있는 스포츠인 축구와 배구 경기가 펼쳐졌으며, 사람들은 스포츠와 더불어 아프가니스탄의 음악과 먹을거리를 즐겼다. 그런데 이번에 사상 처음으로 여자 축구 경기가 열리게 된 것이다.

나는 여덟 명의 선수들을 차에 태워 스프링필드에 있는 사우스 런 공원으로 데려갔다. 아침 일찍부터 내리던 비는 그쳤다. 하지만 하늘은 잔뜩 흐렸고 축구장은 아직도 축축했다. 선수들은 아무 말도 하지 않은 채 나란히 서서 눈앞에 펼쳐진 드넓은 녹색 경기장을 바라보았다.

공원 주변에는 행상들이 펼쳐놓은 색색의 천막이 줄지어 있었다. 파프리카와 마늘을 넣고 만든 양념에 절인 양고기, 닭고기, 소고기를 토마토와 양파, 고추와 함께 꼬챙이에 끼워 만든 아프가니스탄 산적이 불 위에서 느릿느릿 돌고 있었다. 나는 잘게 썰어 데친 감자 그리고 식초와 마늘과 여러 향신료와 섞은 콩으로 만든 쇼르나크후드 한 대접이 먹고 싶었다.

경기가 곧 시작될 운동장 가장자리에는 이미 많은 사람들이 겹겹이 모여 있었다. 야외용 접이식 의자에 앉거나 색색의 담요를 펼친 채 앉아 가족 단위로 소풍을 즐기는 사람들도 보였다. 아프가니스탄의 주요 언어인 파쉬토 어와 다리 어가 여기저기에서 들려왔고, 평화를 기원하는 아랍의 전통적인 인사말도 곳곳에서 들려왔다.

"아살람 알라이쿰(당신에게 평화가)."

"알라이쿰 아살람(당신에게도 평화가)."

"스타리 메 셰이(안녕하세요)."

"체 할 다레드(안녕하세요)."

아이들 가운데 몇몇은 귀에 익은 다리 어가 들려오는 쪽으로 고개를 돌렸다.

"쿱 아스톰 타샤코르(잘 지냅니다. 감사합니다)."

아프가니스탄에서 온 소녀들과 함께 공원을 돌아다니자 사람들이 신기하다는 듯 우리를 바라보았다. 소녀들은 소매가 팔꿈치 아래까지 내려오는 상의와 무릎 아래로 내려오는 반바지로 된 유니폼을 입고 반바지 바로 아래까지 올라오는 양말을 신고 있었다.

아마도 다른 사람들이 힐끔거린 이유는 선수들이 아프가니스탄에서 왔기 때문이 아니라 여자들로만 구성된 축구팀이기 때문인 듯했다.

미리암과 디나는 팔을 서로의 허리에 두른 채 걸었다. 다른 여자아이들은 어떻게 반응해야 할지 모르겠다는 듯이 이쪽저쪽을 두리번거렸다.

아이들은 자신들에게로 쏠리는 눈길을 의식했지만 애써 신경 쓰지 않는 척하면서 서로 몸이 살짝살짝 닿을 정도로 딱 붙은 채 군중들을 헤치고 나아갔다. 의욕과 흥분 그리고 약간의 불안한 마음이 뒤섞인 상태였다. 밝은 빨간색 상의와 검정색 하의 유니폼을 입은 소녀들은 꼭 붙어 다녔으며 그들은 영락없는 한 팀처럼 보였다.

한 팀으로서 이 아이들이 어떤 성과를 거둘까? 이제 곧 우리는 그것을 지켜보게 되리라.

경기 조직위원회 사람이 와서 우리 팀이 주경기장에서 남자 결승전 바로 전에 경기를 하게 될 것이라고 알려주었다. 그리고 씩 웃으며 이렇게 덧붙였다.

"관중이 엄청 많을 겁니다. 당신네 팀한테는 더 흥미진진한 경기가 되겠지요. 안 그렇습니까?"

나는 빙그레 웃으며 고개를 끄덕였다.

'심리적 부담 역시 더 커질 테고.'

경기가 시작하려면 아직 시간이 조금 남았기 때문에, 우리는 연습용 운동장으로 향했다. 이 지역에 사는 아프가니스탄계 미국인인 알리 자카 코치가 워밍업을 위해 아이들에게 운동장을 두세 바퀴 돌게 했다. 그다음에는 드리블 연습을 시켰다. 맞은편에서는 상대팀 선수들이 연습을 하고 있었다.

선수들은 재빨리 서로를 보며 긴장된 표정을 주고받았다. 곧이어 사미라가 골키퍼 장갑을 끼고 골문 앞 자기 자리로 걸어갔다. 이번 주에 연습을 하면서 알리는 사미라가 말수가 적고 강인한 정신력을 가진 것으로 판단하고 그녀에게 골키퍼라는 중책을 맡겼다.

내가 왜 사미라를 골키퍼로 뽑았는지 묻자 알리는 이렇게 대답했다.

“사미라를 보니까 내가 뛰었던 팀의 골키퍼가 생각나더군요. 그냥 딱 골키퍼처럼 보여요.”

나는 사미라를 지켜보았다. 알리의 판단이 옳았다. 사미라의 움직임은 정확하고 안정감이 있었다. 게다가 겁이 없었다. 공을 막기 위해 몸을 날리는 것도 전혀 두려워하지 않았다.

사미라의 팀 동료들이 줄을 서서 차례차례 슛을 쏘았다. 라일라의 슛은 부드러우면서도 강했다. 라일라는 놀랄 정도로 강력한 슛을 날릴 수 있는 선수였지만, 사미라는 두 발을 땅에 단단히 고정한 채 정신을 집중하고 공을 막아낼 준비를 했다.

20분이 흘렀다. 확성기에서 마치 기침하는 듯한 소리가 났다.

“잠시 뒤 아프가니스탄에서 온 소녀들로만 구성된 팀과 아프가니스탄계 미국인 여자 팀 간의 시범 경기가 주경기장에서 시작될 예정입니다. 이 경기가 끝나면 뒤이어 남자 결승전이 벌어질 것입니다.”

사람들이 술렁거렸다. 환호성과 함께 중얼거리는 소리가 들렸다.

“아프가니스탄에서 왔다고?”

“방금 아나운서가 아프가니스탄에서 온 소녀들이라고 했어?”

나는 마음속으로 생각했다.

'맞아요. 우리가 조국에서 온 소녀들이에요. 축구를 하러 이 곳에 왔어요.'

알리가 휘슬을 불었다. 우리는 경기장 한가운데에 모였다. 이 결정적인 순간, 나한테는 한 가지 문제가 있었다. 아주 어릴 때 미국으로 왔기 때문에 내가 가장 잘하는 언어는 영어였다. 그 래도 우리 가족이 칸다하르에서 왔기 때문에 파쉬토 어는 알아 듣고 말할 줄 알았다. 그러나 소녀들은 다리 어를 쓰는 카불 출 신이었다.

나는 다리 어를 할 줄 아는 알리가 부러웠다. 그가 통역해주기 전까지 나는 꼼짝없이 귀머거리 신세였다. 마치 소리와 화면이 맞지 않는 영화를 보는 것 같은 느낌이었다.

하지만 누가 어떤 위치를 맡게 될지는 정확하게 알 수 있었다. 알리는 열네 살인 로비나에게 공격수를 맡겼다. 로비나는 몸놀 림이 빠르고 슛이 정확했다. 또한 경기장에 맨 먼저 나오고 맨 마지막에 떠나는 성실함으로 자연스럽게 팀의 리더가 되었다. 그리고 나서서 말을 많이 하지는 않으면서도 종종 결정적인 말 을 해서 자기보다 나이가 어린 선수들이 알리 코치의 말을 이해 할 수 있도록 도와주었다.

알리는 로비나와 동갑인 프레슈타를 또 한 명의 공격수로 임 명했다. 프레슈타의 경기 스타일은 어떻게 보면 과감하고 또 어떻게 보면 제멋대로라고 할 수 있었다. 아무 때나 슛을 쏠 준비가 되어 있었지만 어디를 겨냥해서 슛을 날려야 할지는 잘 몰랐다. 그럼에도 불구하고 공격성과 천부적인 재능 덕분에 타고난 축구 선수라 할 수 있는 아이였다.

알리는 아리아나와 미리암 그리고 프레슈타의 동생인 라일라를 수비수로 지명했다. 아리아나는 열여섯 살로 나이가 가장 많고 덩치도 제일 컸다. 힘이 좋고 키가 커 철벽 수비를 할 수 있는 아이였다. 라일라는 행동이 차분하고 머리가 좋아 골문 주위에서 자주 발생하는 위기 상황에서도 침착함을 잃지 않았다. 열네 살인 미리암은 안정되고 신중한 경기를 펼쳐 좁은 공간을 방어하는 데 아주 적합했다.

알리는 선수진을 잘 배치했다. 그는 가장 어린 열두 살 나디아와 열한 살 디나에게 미드필더를 맡겼다. 두 아이는 공이 어디로 가든 재빨리 쫓아갈 수 있었다.

아프가니스탄 팀이 미국에 도착한 뒤에 아홉 번째 멤버로 합류한 선수가 있었다. 이름은 로야, 알리 코치의 막내 여동생이다. 알리는 로야한테 공격수들에게 공을 배급하는 역할을 맡겼다.

"협력해서 팀플레이를 해야 해. 너도나도 공만 쫓아가서는 안 돼. 열심히 뛰어."

나는 알리가 한 말 대부분을 이해할 수 있었고, 선수들이 그의 지시대로 잘 뛸 수 있기를 바랐다.

경기는 한 팀이 여섯 명씩 출전하는 약식 경기였다. 따라서 아이들이 모두 동시에 경기장에 나가 뛸 필요는 없었다. 하지만 이 아이들에게는 충분히 힘든 경기였다. 축구는 원래 한 팀이 열한 명으로 싸우는 경기이지만 청소년 축구나 아마추어 축구에서는 더 적은 인원으로도 경기를 하는 경우가 많다.

여섯 명의 선발 출전 선수는 공격수 로비나와 프레슈타, 수비수 아리아나와 라일라, 미드필더 로야 그리고 골키퍼 사미라였다. 그들이 경기장으로 뛰어나가자 관중들이 자리에서 일어나 환호성을 질렀다.

터치라인(축구 경기장의 좌·우측 한계선)에 서 있던 나디아가 큼지막한 녹색 눈을 크게 뜨고는 나를 향해 싱긋 웃었다. 디나는 트램펄린(쇠틀에 넓은 그물망이 스프링으로 연결되어 있어 그 위에서 점프할 수 있는 운동기구) 위에 있는 것처럼 폴짝폴짝 뛰었다. 미리암은 경기장에서 정신을 집중한 채 서 있었다. 비록 지금 당장 경기를 뛰고 있지는 않았지만 우리도 하나의 작은 팀이었다.

휘슬이 울렸다! 경기가 시작되었다!

나는 점수 차가 크게 나지 않기를 기도하고 있었다. 만약 큰 점수 차로 지면 선수들을 위로하거나 자신감을 갖게 만들 수 있을까? 자부심은 무너지기 쉬운 것이며, 팀워크는 아직 만들어가고 있는 중이었다. 만약 경기에 지면 각자 자기 자신을 탓할까, 아니면 좌절감에 빠져 다른 사람 탓을 할까?

그때 이런 생각이 번쩍 들었다. 나는 우리 팀이 이미 질 거라 예상하고 있었던 것이다.

로비나와 프레슈타는 수비를 뚫고 골문 가까이 가기만 하면 슛을 날렸다. 프레슈타는 공중으로 높이 솟아오르는 강슛을 날렸다. 하지만 공은 매번 골키퍼의 손에 잡혔다. 그러나 프레슈타는 당황하지 않고 골인이 되지 않은 슛을 머릿속에서 털어냈다.

그러나 라일라는 프레슈타가 골인을 시키지 못할 때마다 얼굴을 찡그리며 언니가 팀이 득점할 소중한 기회를 날려 버렸다며 씩씩거렸다.

수비수 아리아나는 큰 걸음걸이로 성큼성큼 움직이며 골문 앞에서 공을 차냈다. 골키퍼 사미라는 정신을 집중하며 날아오는 공을 막을 준비를 했다.

라일라가 미리암으로 교체되어 아리아나 옆에 나란히 서서 수비를 맡았다. 미리암은 공을 쫓아 우왕좌왕하고 있는 팀 동료들을 바라보았다. 그들은 넓게 퍼져 골문을 향해 플레이를 펼치는 것이 아니라 한꺼번에 우르르 몰려다니고 있었다.

미리암은 다리 어로 아이들을 향해 소리쳤다.

"공을 패스해. 나한테 패스해."

그러나 아무도 미리암의 말에 귀를 기울이지 않았다. 그러자 마리암은 곧장 터치라인을 향해 뛰어갔다. 터치라인에 서 있던 알리가 화들짝 놀라 소리쳤다.

"뭐하는 거야? 다시 경기에 집중해!"

알리는 다시 경기장 안으로 가라며 미리암에게 손짓을 했다.

미리암은 알리에게 뭐라고 투덜거리고는 다시 자기 자리로 후다닥 뛰어갔다. 미리암은 알리의 지시대로 움직이려고 했지만, 아무도 미리암에게 패스를 하지 않았다. 두 팔을 마구 흔들고 소리를 빽빽 질러 보았지만 헛수고였다. 마리암은 경기장 왼편에 홀로 서 있었다.

나는 미리암을 잘 알지 못했다. 경기장에서 미리암은 걸핏하면 화를 냈다. 하지만 분노를 폭발시킬 때 보면 얼굴에 연약한 슬픔이 설핏 보였다.

나디아도 교체되어 들어갔다. 나디아는 경기의 중압감에 전혀 주눅 들지 않았으며, 경기를 뛰고 싶다는 단순한 열망으로 가득 찼다. 나디아로서는 경기장에서 새 친구들과 함께 뛰는 것만으로도 족했다.

그렇다고 나디아가 이 경기를 심각하게 받아들이지 않았다는 말은 아니다. 그러나 나디아보다 더 심각하게 경기를 받아들이는 아이가 있었으니, 바로 열한 살인 디나였다. 디나는 키가 1미터 35센티미터로 팀에서 가장 몸집이 작고 나이도 제일 어렸지만 힘이 넘쳤다. 밝은 성격에 달걀형 얼굴과 단추처럼 작고 귀여운 눈을 가진 디나는 경기장 밖에서 보면 누구나 인형처럼 보인다고 말했다. 하지만 축구를 할 때 보면, 사나운 모습으로 변했다. 공이 가까이 올 때마다 기를 쓰며 쫓아갔고, 다른 선수들을 들이받거나 밀치는 것도 조금도 주저하지 않았다. 마치 쉴 새 없이 움직이는 작은 기관차 같았다. 디나의 자그마한 몸속에는 운동선수로서의 천부적인 재능이 들어 있었다. 디나는 가르침을 통해 얻을 수 없는 재능들 즉 자신감, 강인함, 열정 그리고 선수들과 경기 말고는 아무것도 존재하지 않는 무아지경에 빠질 수 있는 능력 등을 갖추고 있었다.

양 팀이 일진일퇴(一進一退)의 공방전을 벌였지만 두 골키퍼는 날아오는 공을 모두 막아냈다. 15분 뒤, 전반전 종료를 알리는 휘슬이 울렸다. 그리고 바로 몇 초 뒤 공이 사미라를 지나 골인이 되었다.

휘슬이 울린 뒤에 들어간 골이었다. 하지만 알리와 나는 왜 그것이 골인으로 인정되지 않는지 설명하느라 하프타임의 대부분을 보내야 했다. 선수들은 마음을 가라앉히지 못했다. 우리 이야기를 들으면서 상대 팀 선수들을 노려보았고, 우리 말에도 쉽게 수긍하지 않았다.

특히 로비나와 사미라가 무척이나 흥분했다. 두 아이는 손을 휘저으며, 계속 고개를 숙이고 있는 동료들에게 악을 쓰며 말했

다. 이번에도 나는 그들의 다리 어를 곧바로 이해할 수는 없었지
만, 언어 장벽을 넘어 사미라의 기분을 이해할 수 있었다. 골키
퍼는 팀의 다른 선수들과 쉽게 유리되어 무력감을 느끼기 쉬운
자리이다. 홀로 서서 상대편이 자기 팀 수비를 부수고 곧바로 자
신을 향해 강슛을 날릴 것에 대비해 바짝 긴장하고 있어야 한다.

결국 우리는 팀을 설득하는 데 성공했다. 경기는 아직 끝나지
않았다.

후반전이 시작되었다. 사미라는 두 손을 높이 들고 발뒤꿈치
를 든 채 몸의 균형을 잡고 있었다. 손에는 '찍찍이'가 달린 골
키퍼 장갑을 꼭 끼었다. 사미라는 온몸으로 '너희는 절대로 골
을 넣지 못해.'라고 말하고 있었다.

그 순간 나는 문득 사미라가 머리를 빗고 땋을 때 머리카락 한
올도 빼놓지 않고 아주 꼼꼼히 하는 모습을 떠올렸다. 사미라가
훌륭한 골키퍼인 이유는 아주 작은 것에도 세심한 주의를 기울
이는 집중력이 있기 때문이리라. 사미라는 손가락으로 가리키
고 소리를 질러 팀 동료들에게 지시를 내렸다.

"여기 가만히 있어! 슛, 슛! 놔둬. 내가 막을 수 있어!"

하지만 나는 골키퍼를 처음 맡은 사미라가 정말로 중압감을
잘 견딜 수 있을지 걱정이 되었다.

……경기는 무승부로 끝났다.

카불로 돌아오다

사미라, 카불, 2004년 8월

"나는 이루 말로 표현할 수 없을 정도로 카불로 돌아가고 싶다.
 그곳에서의 기쁨들을 어떻게 내 마음에서 지울 수 있겠는가?"
 −16세기 인도 무굴제국의 제1대 황제 바부르

사미라가 햇빛에 눈을 깜빡이며 비행기에서 나왔다. 2004년 8월 초, 사미라는 자신의 팀과 함께 미국에서 돌아와 이제 막 카불에 착륙했다. 사미라는 뒤따라 비행기 계단을 내려오는 팀 동료들을 의식조차 하지 못했다. 소녀들은 포장이 되어 황량할 정도로 탁 트인 국제선 활주로 위에 모였다.

'집이다.'

멀리 다른 승객들은 터벅터벅 걸어가고 있었다. 사미라는 가만히 서 있었다. 팀 동료들은 아프가니스탄 센터에서 온 영어 선생님 제니퍼를 따라 걸어가고 있었다. 제니퍼는 두바이에서 소녀들을 만났고 착륙 후 100미터쯤 떨어진 터미널로 아이들을 인도하고 있었다.

사미라는 실눈으로 공항 건물을 쳐다보았다. 납작하고 얼룩진 단층 콘크리트 건물이었다. ‘카불에 오신 것을 환영합니다.’라는 문장이 파란색 페인트로 소용돌이 모양으로 쓰인, 먼지가 잔뜩 앉은 표지판이 보였다. 사방을 에워싸고 있는 산들이 저 멀리 흐릿하게 보였다. 산비탈에 칙칙한 빛깔의 점토질 벽돌집들이 옹기종기 모여 있었다.

48시간 전만 해도 사미라는 두바이 공항에 있었다. 에어컨이 들어오고, 아치 모양의 지붕에 반짝이는 조명이 줄줄이 있고, 벽은 유리로만 된 현대식 건물이었다. 게다가 야자수까지 보였다. 그곳에서는 민소매와 청바지를 입은 여행객들이 히잡(이슬람 여성들이 외출할 때 머리에 쓰는 가리개)을 쓴 여자들과 길고 하얀 겉옷을 입은 남자들과 뒤섞여 있었다.

소녀들은 호텔에서 하룻밤을 묵고 이튿날 아침 카불행 비행기를 타러 갔다. 두바이 공항 건물을 향해 반쯤 갔을 때, 프레슈타가 느닷없이 손으로 머리를 탁 치면서 이렇게 말했다.

“아, 내 메달!”

프레슈타가 시간에 쫓겨 허둥지둥 가방을 꾸리고 집으로 간다는 생각에 흥분한 나머지 버지니아에서 열린 대회에서 받은 금메달을 놓고 와버린 것이었다.

소녀들은 택시 운전사에게 차를 돌려 호텔로 가자고 했다. 택시는 차들이 마구 뒤엉킨 러시아워를 뚫고 되돌아가야 했다. 그들이 공항에 도착했을 때, 비행기는 이미 떠나버렸다.

사미라는 가슴에 돌멩이가 가득 든 자루를 얹어 놓은 것 같
은 기분으로 집에서 멀리멀리 떨어진 곳에서 하루를 더 보내야
했다.

이튿날 아침 소녀들이 마침내 캄 항공사의 비행기에 탔을 때,
사미라는 그 비행기가 뉴욕에서 두바이까지 타고 온 아랍에미
리트연합국 항공사 비행기의 깨진 조각 같다고 생각했다.

비행기는 컸지만 수세식 변기가 있는 화장실들은 코딱지만
했고, 수도꼭지를 살짝만 건들어도 물이 세차게 뿜어 나왔다.
집에서 사미라는 우물까지 걸어가서 물을 길어 와야 했다. 각
좌석에 있는 작은 텔레비전에서는 만화영화에서 샤키라(콜롬비
아의 유명한 가수)의 노래와 발리우드(봄베이 거점의 인도 영화산업을
할리우드에 빗댄 말) 영화까지 온갖 프로그램이 나왔다. 열네 시간
에 걸친 비행 시간 동안 쌀과 잘게 썬 고기, 데친 채소 등의 식사
도 끼니때마다 나왔다.

여행이 막바지에 이르렀을 때 사미라는 비행기의 창밖으로
카불을 에워싸고 있는 뾰족뾰족한 이빨 같은 산꼭대기들을 내
다보았다. 비행기가 산등성이들 위로 솟아오를 때 먼지가 자욱
한 도시의 풍경에서 사미라의 눈에 띈 유일한 색은 활주로에 줄
지어 있는 폭탄을 맞아 뼈만 앙상하게 남은 비행기들의 검은빛
이었다.

사미라는 이제 활주로에 서서 폭탄 맞은 비행기들을 좀 더 가까이에서 바라보고 있었다. 비행기들의 몸체는 부자연스럽게 일그러져 있었고 날개들은 부러진 화살처럼 뒤로 꺾여 있었다.

팀은 터미널로 들어간 다음 어느 방으로 안내되었고, 공항 일꾼들이 그 방으로 짐을 가져왔다. 사미라는 짐을 보고는 깜짝 놀랐다. 빵빵한 자기 가방 세 개가 지저분하고 엉망이 되어 있었기 때문이다. 가방 하나는 아예 지퍼가 떨어져 나가 쩍 벌어져 있었다. 옷들이 밖으로 삐져나오고, 가족들에게 선물로 줄 인형, 청바지, 축구 장비들이 훤히 드러났다. 누군가 물건들을 꺼내려고 애쓴 게 분명했다. 다른 몇몇 아이들은 가방을 통째로 잃어버린 경우도 있었다. 사미라는 찢기고 엉망진창이 된 가방들을 질질 끌며 비포장길을 따라 공항 주차장으로 걸어 나갔다.

아프가니스탄 센터에서 온 두에인이 아이들을 집으로 데려다 줄 차편을 준비해 두었다. 사미라는 카불의 카르테 파르완 구역의 언덕 아래에 살았다. 점토질 벽돌로 지어진 사미라의 집은 방이 세 개였는데 이곳에서 그녀는 부모님과 여덟 명의 형제자매와 함께 지냈다. 사미라는 아리아나와 미리암과 함께 차를 타고 갔다. 아리아나는 카야르 카나의 조용한 거리에 살고 있었으며, 미리암은 카불 구(舊)시가에 있는 바위가 많은 높은 언덕에 살고 있었다.

세 아이들은 차에 올라타 문을 닫았다. 사미라는 창가에 앉았다. 등과 두 팔과 허벅지에 닿는 의자가 뜨겁게 느껴졌다. 차 안

은 먼지로 가득했다. 꽉 닫힌 문과 창문 때문에 사미라는 숨을
쉬기가 힘들었다.

차는 길게 뻗은 공항로를 타고 시내로 달렸다. 사미라는 눈앞
에 펼쳐지는 도시를 물끄러미 바라보았다.

카불은 서로 다른 문화들이 몇 천 년에 걸쳐 조밀하게 뒤섞인
곳이다. 일부의 견해에 따르면 카불의 기원은 카인과 아벨 형제
로까지 거슬러 올라간다고 한다. 얽히고설킨 동맹 관계와 유혈
참사가 카불의 역사를 물들였고, 서로 다른 문명들이 잇따라 이
도시에 퍼져나갔다.

카불을 정복하고 지배한 민족은 그리스인, 스키타이인, 쿠쉬
인, 페르시아인 등 다양했다. 이슬람 국가가 확립된 것은 9세기.
그 후에도 몽고와 페르시아와 대영제국이 잇따라 카불을 침략
했다.

다양한 사람들이 뒤섞임으로써 강렬한 문화가 탄생했고, 그
흔적은 아직도 카불 구석구석에 남아 있다. 카불은 참으로 다양
한 민족들이 어울려 사는 곳이다. 거리에는 파쉬툰족, 타지크족,
하자라족, 우즈베크족 등 아프가니스탄의 주요 민족들이 다채
롭게 뒤섞여 있어 빨간 머리와 주근깨가 있는 여자아이들, 금발
에 눈이 파란 아이들, 아시아 인종의 특징을 가진 남자들, 머리
카락이 까맣고 피부가 검고 황갈색 눈을 가진 여자 등 각양각색
의 사람들을 볼 수 있다.

사미라는 문화, 순수 예술, 억겁의 역사, 끝없는 전쟁, 처참한 가난 등이 뒤섞여 있는 이 도시가 아연하고 혼란스럽게 느껴졌다.

사미라는 차창에 얼굴을 바짝 기댔다. 길에 노점들이 늘어서 있었다. 색색의 천 아래, 수박, 레몬, 오렌지 등이 잔뜩 쌓여 있는 선반이나 손수레들이 보였다. 큰 통에 들어 있는 싱싱한 채소의 녹색, 빨강, 생강 빛 노랑 등 생기 넘치는 빛깔이 갈색 먼지가 자욱한 풍경과 또렷하게 대비되었다. 껍질을 일부만 벗긴 양 몸통과 소 옆구리 살이 대롱대롱 매달려 있는 노점도 보였다. 그런가 하면 하늘하늘하고 목둘레가 깊이 파인 사리를 입은 아이쉬와라 같은 발리우드 여배우 사진들이 걸려 있는 노점도 있었다.

차는 계속 앞으로 나아갔다. 유목 민족인 쿠치족의 야영지가 사미라의 눈에 들어왔다. 정교한 직물로 만든 천막들, 밧줄로 묶어 놓은 당나귀와 소들 그리고 옹기종기 모여 있는 양들이 어우러진 유목민의 영토가 도로에 딱 붙어 있었다. 아이들은 천막 사이사이를 뛰어다니고 쫓아다니며 놀고 있었다. 쿠치족은 계절이 바뀔 때마다 다른 곳으로 이동한다. 쿠치족 여인들은 에메랄드색, 진홍색, 하늘색 등 화려한 색깔의 옷을 입는 것으로 유명하다.

자동차는 복잡하고 번잡한 마수드 로터리를 돌아 방향을 틀었다. 2001년 9월 9일에 암살된 아프간 사령관의 이름을 딴 곳이다. 이 길은 버스와 승용차와 무장한 트럭들로 꽉 막혀 있었다. 무장한 경비병들과 교통경찰들이 부지런히 팔을 흔들었지만 별 효과는 없었다. 길, 신호등, 표지판 등 어느 것 하나 제대로 보이는 것이 없었다. 엉금엉금 기어가는 차들 옆에는 소리를 치며 휴대전화 선불카드를 파는 남자들이 진을 치고 있었다.

와지르 아크바르 칸 구역으로 접어들자, 천막들은 사라지고 한적한 도로가 나왔다. 대학과 학교, 대사관, 펄럭이는 깃발 등이 보였다. 관공서 건물들 옆으로 벽에 우아한 조각 장식이 있는 큰 집들이 줄지어 있었다.

차는 이제 속도를 내 도심 가운데 하나인 샤리노 외곽을 지나가고 있었다. 로터리들을 중심으로 황폐한 고층 건물들이 사방으로 뻗어 있었다. 파쉬토 어, 다리 어, 영어로 쓰인 '알로코자이 차', '아프간 이동 통신', '로샨' 같은 광고판들이 건물들 측면에 다닥다닥 붙어 있었다. '코차 모르가(닭의 거리)'와 '코차 골(꽃의 거리)'은 야외 노점들과 상인들로 북적거렸다.

이제 길은 자갈길로 바뀌었다. 소녀들을 태운 차는 와지르 아바드로 접어들어 타이마니 거리를 타고 북쪽에 있는 카야르 카나로 향했다. 옆으로 지나치는 집들은 건물 정면의 시멘트에 금이 가서 점토질 벽돌들이 드러난 황폐한 모습이었다. 부서진 판자나 천을 문으로 사용하는 집들도 보였다. 아예 문이 없어서 출입구가 길 쪽으로 훤히 보이는 집들도 있었다.

이윽고 아리아나의 집에 도착했다. 아리아나는 가방들을 챙겨 차에서 내린 다음 손을 흔들어 작별 인사를 했다. 운전사는 다시 샤리노를 관통해 코히 아사마이로 향하는 살랑 거리를 타고 남쪽으로 향했다. 코히 아사마이에는 카불의 모든 텔레비전이 수신하는 신호를 송출하는 안테나들이 있었다.

잠시 뒤 미리암의 집에 다다랐고, 미리암은 차에서 내려 큰 소리로 작별인사를 했다.

"코다 하페즈(잘 가), 사미라."

곧이어 자동차는 살랑 거리를 타고 서쪽으로 가다가 카르테 파르완으로 가는 북쪽으로 방향을 틀었다.

양 떼가 인도를 따라 종종걸음을 치고 당나귀들이 골목길 안에서 어슬렁대고 있었다. 로터리나 노점상들 주위에는 거지들이 서 있었다. 쓰레기가 건물들 뒤편에 수북이 쌓여 있고, 길가와 가뭄으로 드러난 카불 강바닥에도 어지러이 널브러져 있었다.

사미라가 느꼈던 귀향의 흥분은 어느새 눈 녹듯이 사라져 버렸다. 도시와 더위와 먼지를 뚫고 가는 차 안에서 사미라는 이 모든 것을 난생처음 보는 것 같은 느낌이 들었다.

'이곳으로 다시 돌아오지 않을 수는 없었을까?'

운전사는 사미라를 언덕 아래에 내려주었다. 사미라의 집은 언덕 꼭대기에 있었다. 사미라는 가방을 끌고 시멘트로 만든 가파른 계단을 올라 첫 번째 작은 문을 통과했다.

그리고 좁은 흙길을 터벅터벅 걸어 올라갔다. 길 양쪽에 덮개가 없는 하수구가 있기 때문에 사미라는 조심조심 걸었다.

두 번째이자 마지막 문에 다가갔을 때 사미라는 큰 소리로 외쳤다.

"엄마 아빠, 제가 왔어요!"

아무 대답도 없었다.

"오빠 언니! 나 왔어요."

사비라는 큰오빠와 큰언니를 큰 소리로 불렀다. 사미라의 오빠 자웨드와 언니 나시마가 밖으로 뛰어 나왔다.

"사미라!"

나시마는 두 팔을 활짝 벌려 사미라를 껴안았고, 자웨드는 사미라의 가방들을 챙겼다.

"엄마 아빠는 어디 있어?"

사미라가 묻자 나시마가 대답했다.

"할아버지 댁에 가셨어. 오늘 네가 올 줄 몰랐어."

"네 목소리도 못 알아들었어!"

자웨드가 말했다.

"엄마하고 아빠를 찾아서 집으로 오시라고 하면 안 될까? 보고 싶단 말이야."

사미라가 현관문을 향해 몸을 돌리며 말했다.

"거기 아니야."

자웨드가 집으로 막 들어가려는 사미라를 뒤로 당기며 말했다.

"이제 우리, 그 집에 안 살아."

자웨드는 사미라를 길 건너편에 있는 집으로 안내했다.

"여기가 우리 새집이야. 이제 여기에 살아."

새집의 문간에 다다랐을 때 언니가 이렇게 말했다.

"내가 큰아버지한테 전화를 할게. 그럼 큰아버지께서 할아버지 집으로 가서 아빠하고 엄마한테 네가 돌아왔다는 소식을 전해주실 거야."

사미라는 낯선 복도 안으로 발걸음을 옮겼다. 시커멓고 경사진 벽들이 작은 입구를 형성하고 있었다. 사미라는 가방들을 내려놓고는 조심조심 걸으며 새 방들을 구경했다. 30분 뒤, 어머니와 아버지가 집 안으로 뛰어 들어왔다.

"좋아 보이는구나."

사미라의 아버지 자키가 흡족한 표정으로 말했다.

"네가 집으로 와서 정말 좋구나, 사미라."

사미라의 어머니 말리카가 딸을 안으며 말했다.

"네가 떠난 뒤로 지붕 위에 앉아서 지나가는 비행기들을 하나하나 세어 보았단다. 사랑하는 우리 딸이 이제나 올까 저제나 올까 기다리면서 말이야."

잠시 뒤 돌아온 사미라를 환영하기 위해 친척들과 이웃들이 잇따라 찾아왔다. 사미라는 그들과 함께 몇 시간 동안이나 이야기하며 즐거운 시간을 보냈다.

그러나 마지막 손님이 돌아가자 들뜬 기분이 가라앉았다. 사미라는 새집을 다시 찬찬히 살펴보았다. 무척 어두웠다. 예전 집보다 훨씬 더 어두웠다. 거실 창문은 바로 앞에 있는 벽돌담에 가로막혀 있었다.

마당은 벽과 바위들뿐, 예전 집에 살 때 사미라가 무척이나 좋아했던 탁 트인 널찍한 마당은 없었다.

이 집은 마치 그림자가 집 안 곳곳을 배회하는 것 같았다.

사미라의 가족이 다섯 살 때부터 살았던 옛집은 손님들을 위한 큰방, 가족이 쓰는 방, 아버지가 아이들을 가르치는 공부방, 이렇게 방이 세 개인 벽돌집이었다. 밤이 되면 사미라 가족은 바닥에 토샤크(돗자리)를 펴고 잠을 잤다. 바깥에는 안전하게 벽이 둘러쳐진 널찍한 마당이 있어 아이들이 마음 놓고 뛰놀 수 있었다.

사미라의 아버지 자키는 항상 자식들의 생활과 교육과 건강에 관심이 많았다. 아주 일찍부터 아이들에게 규칙적인 생활을 가르쳤다. 동트는 이른 아침에 그는 아이들 방으로 가서 아이들을 깨워 함께 파즈르(이슬람교의 새벽 기도)를 올렸다.

기도를 드린 뒤, 아침을 먹기 전에 모두 운동을 했다. 아이들은 모두 밖으로 나와 키는 작지만 건장한 아버지의 지시에 따라 마당을 뛰거나 두 팔을 높이 들고 허리를 빙빙 돌리고 근육에 힘을 잔뜩 주고 팔다리를 쭉쭉 뻗는 체조를 하기도 했다.

그때 언니들을 따라 땀을 삘삘 흘리며 몸을 움직였던 사미라에게 마당은 끝없는 땅처럼 보였다. 카불 경찰학교에서 교관으로 일하던 자키는 고함을 질러 아이들의 힘을 북돋아주었으며, 경찰학교 학생들을 가르칠 때처럼 엄하게 아이들의 자세를 교정해주곤 했다.

"무릎 구부려! 자, 고개는 똑바로 들고, 그렇지. 두 손은 편안하게 내려놔."

아버지와 아홉 명의 아이들은 운동을 마치고 얼굴이 벌게진 채 집으로 들어오곤 했다. 집에서는 어머니가 우유와 빵으로 아침 식사를 준비하고 있었다. 이따금 달걀이 나오기도 했다.

매일 오후 자키는 퇴근하고 돌아와 아이들을 모아놓고 공부를 시켰다. 공부방 문에는 일정표와 교육 내용이 적힌 종이가 테이프로 붙여져 있었다.

아이들은 나이를 기준으로 두 무리로 나뉘어졌다. 자키는 방 앞에 서서 큰 소리로 아이들을 불렀다.

아이들은 한 명 한 명 방 안으로 들어와 바닥에 깔린 토샤크에 자리를 잡고 앉았다. 매일 수학, 파쉬토 어, 작문 가운데 두 과목씩 공부했다.

사미라와 자매들은 배운 것들을 서로에게 묻고 답하곤 했다. 각자에게 할당된 집안일을 하는 동안에도 예외는 아니었다. 아이들은 깔개와 돗자리를 탈탈 털면서 배운 어휘들을 읊조리고 방을 쓸면서 서로에게 구구단을 물었다. 아이들은 아버지가 집에 돌아오면 기쁘게 해주고 싶은 마음에 집안일과 공부 두 가지를 모두 무척이나 열심히 했다.

사미라는 다섯 살 때 학교에 입학했다. 쉬리노라는 초등학교였는데, 사미라는 입학을 앞두고 무척 가슴이 설레었다. 학교 역시 집이며 친구들은 자매들, 선생님은 어머니 같은 곳이라고 생각했기 때문이다.

그러나 막상 학교에 들어가보니, 아이들과 선생님들은 하나같이 낯설었고, 고약한 선생님들까지 있었다. 정신없이 지나간 등교 첫날, 결국 사미라는 울음을 터뜨렸다. 그러나 차츰차츰 친구들을 사귀게 되었다.

등교한 지 삼 일째 되던 날, 사미라가 옆에 앉은 새 친구와 이야기를 하고 있는데 교실 전체가 쥐 죽은 듯이 조용해졌다. 사미라가 고개를 들어보니, 임시교사가 자기를 노려보고 있었다. 선생님이 사미라한테 질문을 한 모양인데, 사미라는 그 소리를 미처 듣지 못했던 것이다.

“바케스. 다스티타 비기.”

선생님은 그렇게 말했다. ‘일어나. 손 내밀어.’라는 뜻이다.

사미라는 자기를 쳐다보는 반 아이들의 시선을 느끼며 일어나 손을 쭉 뻗었다.

선생님은 손바닥이 아래를 향하도록 손을 뒤집으라고 하더니 자로 손등을 때렸다. 자로 맞는 것은 전갈에게 물린 것처럼 아팠다. 살갗이 불꽃처럼 빨개지고 화끈거렸다.

"앞으로 학교에 안 갈 테야. 학교 싫어."

그날 밤, 사미라는 어머니한테 그렇게 말했다.

이튿날 사미라의 어머니는 선생님을 찾아갔다. 선생님은 이렇게 설명했다.

"사미라가 저를 무시했어요. 수업 시간을 존중하지 않았지요. 그리고 수업 중에 아주 간단한 질문에도 대답하지 못했어요."

어머니에게 선생님의 말을 전해 들은 사미라는 자신이 부끄러웠다.

'내가 잘못했어.'

사미라는 그렇게 생각하고는 앞으로는 절대로 그런 일이 일어나지 않도록 해야겠다고 다짐했다.

학교생활이 계속되면서, 사미라는 다른 아이들과 경쟁을 하는 것을 좋아하게 되었다. 그리고 파쉬토 어 낭독회나 글씨 쓰기 대회에 나가 상을 타고는 무척 좋아했다. 학교가 쉬는 금요일이 되면 사미라는 따분했다. 어린 나이였지만 사미라는 배우고 싶어 했고, 자신의 능력을 증명하고 싶어 했고, 반에서 일등을 하고 싶어 했다.

그러나 학교에 다닌 지 일 년 만에 사미라는 더 이상 학교에 갈 수 없게 되었다. 학교가 문을 닫았기 때문이다. 사실 모든 여자 학교가 문을 닫았다. 탈레반이 카불로 왔기 때문이었다.

이제 사미라의 삶은 바뀌었다.

사미라의 부모님은 늘 딸들에게 무엇이든 꿈꾸는 것을 이룰 수 있을 것이라 힘을 북돋았다. 그러나 이제 여자들은 직업을 갖는 것도, 학교에 다니는 것도, 집에서 공부하는 것도 불가능해졌다. 심지어 사람들 앞에서 웃는 것도 마음대로 하지 못했다.

머리를 짧게 자르고 바지를 즐겨 입었으며, 뒷마당에서 달리기 시합을 할 때마다 우승을 놓치지 않았던 말괄량이인, 사미라의 언니 파티마는 늘 엔지니어가 되겠다고 큰소리를 쳤다. 그러나 결국 아버지가 고를 수 있는 집안 가운데 최고로 좋은 집안의 남자와 서둘러 결혼할 수밖에 없었다. 탈레반이 젊은 여자들을 데려가 자기들 마음대로 고른 남자와 결혼을 시키고 있었기 때문이다.

경찰 조직은 해체되었고 사미라의 아버지는 일자리를 잃었다. 아버지는 하루 종일 집에 처박혀 부엌에서 어머니와 나란히 앉아 쿠키를 구웠다.

예전에 사미라의 오빠 자웨드는 날마다 사미라를 비롯한 여동생들을 학교까지 데려다주고 학교가 끝나면 다시 집으로 데려왔다. 하지만 이제 그는 머리에 롱기(터번)를 두르고 자동차 정비소로 일을 나갔다. 그가 버는 돈이 집안의 유일한 수입이었다.

사미라의 아버지는 탈레반 지배에 대한 저항의 표시로 매일 아침 면도를 했다. 그리고 변함없이 날마다 자식들에게 화학, 수학, 생물학, 다리 어 등을 가르쳤다. 그렇게 딸들을 가르치는 일이 이제는 불법이 되었음에도 불구하고 말이다.

사미라는 새장 속에 갇힌 새처럼 세 자매, 네 형제 그리고 부모님과 함께 방 세 개짜리 집 안에만 틀어박혀 생활해야 했다. 몇 주, 몇 달, 몇 년 동안……. 파티마는 이제 결혼해서 남편 가족과 함께 살고 있었다.

탈레반은 텔레비전을 소유하거나 시청하는 것을 금지하는 법령을 공포했다. 대부분의 가정에서는 텔레비전이나 비디오를 숨겼다. 하지만 사미라네 아이들은 이따금 탈레반과 아버지의 경고를 무시하고 밤에 몰래 텔레비전을 보았다. 사미라가 좋아하는 영화는 〈백설공주〉였다. 이 영화 속에서 아리따운 공주는 철석같이 믿었던 사람한테 배신을 당한다. 공주는 유리 상자 속에 죽은 듯이 누워 있고, 결국 왕자가 나타나 입을 맞추어주자 다시 깨어난다. 사미라는 왕자가 등장하는 부분을 제일 좋아했다.

밤에는 누구나 더 용감해지는 듯하다. 사미라의 아버지는 어두컴컴한 카불의 거리로 슬며시 나가 순찰차들을 피해 골목길로만 옮겨 다니면서 멀리 떨어져 있는 친척들을 방문했다. 탈레반은 전 정권에서 한 일에 대해 심문하기 위해 사미라의 아버지를 찾고 있었다.

어느 날 저녁, 사미라의 가족과 손님들이 커튼을 친 채 발리우드 영화를 보고 있는데, 누군가 문을 두드렸다. 영화에서 나오는 음악 소리가 너무 컸던 것이다.

　모여 있던 사람들은 혼비백산했다. 만약 성인 남자가 발견되면 체포되거나 그보다 더 험한 일을 당할 상황이었다. 사미라의 아버지와 큰아버지 그리고 친척 할아버지는 황급히 방 밖으로 피신해, 복도에 있는 철제 계단을 타고 지붕 위로 올라가 몸을 숨겼다. 사미라의 사촌들과 나이가 무척 많은 무스타파 할아버지만이 여자들과 함께 남아 있었다. 사미라의 큰어머니는 어떤 영화를 볼지 결정하느라 바닥에 마구 꺼내놓았던 비디오테이프들을 모두 숨겼다. 사미라와 사미라의 어머니는 벽에서 코드를 확 뽑고 담요로 텔레비전을 덮었다. 급한 대로 그렇게라도 텔레비전을 숨길 수밖에 없었다. 그러고는 모두 입을 꾹 다문 채 가만히 서 있었다. 사미라와 한 살 위 아지타 언니의 눈이 마주쳤다. 모두들 겁에 질린 채 숨을 죽였다.

　"내가 나가보마."

　무스타파 할아버지가 나지막하게 말했다. 할아버지는 허리를 살짝 숙인 채 문으로 걸어갔다. 그리고 애써 상냥한 표정을 지으며 끼익 소리와 함께 문을 열었다.

　"음악 소리를 들었소이다."

　탈레반이 문간에 서 있었다.

　"아무래도 잘못 들은 것 같구려."

　할아버지가 나긋한 태도로 말했다. 할아버지의 목소리는 살짝 떨리고 있었다. 탈레반의 눈에 보이는 것이라고는 복도에 홀로 서 있는 노인뿐이었다. 집 안은 쥐 죽은 듯이 고요했다. 그는 앵돌아진 눈길로 안을 한 번 힐끗 보고는 떠났다.

사미라가 열 살이 되던 해인 2001년 10월의 어느 날 아침, 사미라는 자웨드에게 시장에 데려다 달라고 졸랐다. 사미라는 오빠와 함께 흙길을 걸어가면서, 점점 온기가 약해지는 햇빛을 향해 고개를 들었다. 거리는 텅 비어 있었다.

저쪽 길 앞에 탈레반 두 명이 타고 있는 차가 보였다. 사미라와 자웨드는 바짝 긴장했다. 갑자기 남자 두 명이 차로 다가가더니 팔을 뻗어 탈레반들을 끌어냈다. 그리고 탈레반들의 머리를 차 보닛에 쾅 찍고는 주먹으로 마구 팼다. 주변의 집과 길에서 더 많은 남자들이 쏟아져 나와 공중에 대고 총을 쐈다. 시끄러운 함성이 터지고 연기가 치솟았다. 사미라와 자웨드는 손을 꼭 잡고 집으로 냅다 뛰었다.

사미라의 큰아버지가 새로 발표된 뉴스를 알려주었다. 탈레반이 축출되었다.

탈레반이 카불을 떠나자, 사미라의 아버지는 경찰학교에 복직되었고, 다시 자식들에게 운동과 교육을 시킬 수 있게 되었다. 사미라는 다시 학교에 등록해 2학년이 되었고, 사미라의 큰언니는 대학 진학이라는 목표를 세웠다.

사미라의 꿈은 외과의사였다. 텔레비전을 다시 볼 수 있게 되자마자, 사미라는 의사들이 나오는 프로그램을 보았다. 의과대학교에 갈 준비에 도움이 될 것이라고 생각했기 때문이다.

2004년 봄, 평소 사미라가 운동에 관심이 많은 것을 알고 있던 담임 선생님이 사미라에게 이렇게 말했다.

"축구팀에 들어가고 싶니? 잘하면 미국으로 가서 시합을 할 수도 있을 것 같은데."

사미라는 고개를 끄덕이며 이렇게 대답했다.

"부모님하고 얘기를 해봐야겠지만, 일단 제 대답은 '네'예요."

사미라의 어머니 말리카는 딸한테 독립심을 키워줄 수 있다며 좋아했다. 사미라의 아버지 자키도 동의했다.

그러나 친척 아저씨들과 친척 아주머니들, 사촌들은 그다지 기뻐하지 않았다. 사미라 가족은 집안 모임에서도 반대에 부딪쳤으며, 시장에서 채소를 사거나 야외 노점에서 옷을 고를 때에도 사람들로부터 '세상에나 어린 딸을 혼자 보내다니? 그것도 축구 때문에?'라는 반대 의견을 들어야 했다.

그러나 사미라의 부모는 사람들에게 이렇게 말했다.

"우리가 다 알아서 할 겁니다. 이건 우리의 인생이에요."

3

다시 골키퍼로 선 사미라

사미라, 카불

"골키퍼에게 무엇보다도 필요한 것은 정신력입니다.
최대의 적은 공이나 상대 팀 선수,
변칙적인 사이즈나 스타일이 아니라 자기 자신이기 때문입니다."
—미국 프로 축구 명예의 전당에 오른 골키퍼, 켄 드라이든

드디어 6월의 그 날이 왔다. 사미라가 팀 동료들과 함께 미국으로 가는 바로 그 날. 그런데 사미라는 공항으로 가는 차에 타자마자 흐느껴 울었다. 어찌나 큰 소리로 울었던지 운전사가 이런 농담을 던질 정도였다.

"엄마가 보고 싶어 질질 짜는 갓난아이가 탔나?"

사미라 옆에 앉은 로비나가 물었다.

"왜 그렇게 울어?"

"우리가 거기 갔는데, 사람들이 우리를 못 돌아가게 하면 어떡해?"

로비나는 웃음을 참느라고 애썼다.

"걱정 마. 사람들이 왜 그러겠어?"

그러나 막상 미국에 오자 사미라는 훨씬 더 대담해졌다. 워싱턴에서 훈련을 하는 동안 사미라는 알리 자카 코치의 관심을 끌었다. 사미라의 집중력과 대담함 그리고 자립심은 골키퍼라는 외로운 임무에 딱 들어맞았다.

사미라는 매 경기가 시작되기 전에 골네트 안에 자리를 잡고는 장갑을 꽉 낀 채 경기장을 뚫어지게 바라보았다. 그러면서 자신이 경기를 지배하는, 자기 혼자서 완전히 경기를 지배하는 상상을 했다. 그런 상상을 하면 기분이 좋아졌다. 사미라는 책임감 때문에 주눅 들지 않고 오히려 그 책임감과 중압감을 즐겼다. 사미라가 슛을 모두 막는다면, 팀은 절대로 질 수가 없다. 상대편 선수들이 공을 몰아 수비수인 라일라나 미리암을 제치고 내달려 사미라를 향해 강슛을 날리는 순간이 있다. 그럴 때면 사미라는 상대편 선수들이 마치 자신을 향해 날아와 눈을 가늘게 뜨며 공을 발사하는 듯한 스릴도 좋았지만, 날아오는 공을 쳐내고 나면 더욱더 기분이 좋았다.

무더운 6월의 어느 날 오후, 경기가 무척 어렵게 풀리고 있었다. 아프간 팀이 미국에 와서 두 번째로 벌이는 시합이었다. 사미라는 골문 앞에 잔뜩 긴장한 채로 서 있었다. 사미라의 동료들은 마치 벌 떼처럼 공을 쫓아 경기장을 이리저리 뛰어다녔다.

슛이 잇따라 사미라를 향해 날아왔다. 사미라는 대부분을 막아냈지만, 두어 개는 골네트를 갈랐다. 팀은 자신들의 전략과 원

칙을 잃어버리고 헤매고 있었다.

'내가 나가서 뛰어야겠어.'

사미라는 자신이 경기를 뒤집을 수 있다고 스스로에게 자신감을 불어넣었다. 직접 골을 넣기로 마음먹은 것이다. 사미라는 장갑을 벗어 던지고는 앞으로 뛰어나갔다. 골문은 텅 비어 있었다.

팀 동료들은 어안이 벙벙했다. 그들은 아직 축구 룰을 완전히 배운 상태가 아니었다.

'사미라가 골문을 떠나도 되나? 룰이 바뀐 건가?'

코치는 미친 듯이 펄쩍펄쩍 뛰었다. 그는 황급히 사미라 쪽으로 다가와 제자리로 돌아가라는 손짓을 했다.

"넌 골키퍼야! 골문을 지켜야 해!"

코치는 영어로 소리쳤다.

사미라는 코치의 말을 알아들었지만 자기 자리로 돌아가지 않았다. 아직도 경기를 따라잡을 수 있을 때 자신이 뭔가를 해야 한다고 생각했다. 골네트 앞에 혼자 맥없이 마냥 서 있을 수만은 없었다. 사미라는 코치에게 손사래를 쳤다.

이제 팀 동료들까지 입을 모아 소리쳤다.

"돌아가, 돌아가!"

사미라는 마지못해 골문으로 서둘러 돌아갔다. 다행히 골문을 비운 사이, 골은 들어가지 않았다.

그러나 결국 게임은 졌다. 이 패배 뒤로 사미라는 무척 조용해

졌다. 그러나 사미라의 머릿속에서는 이런저런 생각들이 와글
거렸다.

사미라가 골키퍼가 아닌 선수로 뛴 것은 이때뿐만이 아니었
다. 클리블랜드에서 열린 국제청소년 스포츠 축제에 참가했을
때, 시합을 앞두고 몸을 푸는 시간에 사미라는 라일라가 찬 공중
에 높이 뜬 공을 잡다가 손가락이 뒤로 꺾이고 말았다. 손가락은
퉁퉁 부어올랐고, 딱딱한 거즈에 싼 얼음으로 찜질을 했다. 프레
슈타가 자원해 골문 앞에 섰다. 사미라는 터치라인 밖에서 초조
하게 서성거렸다.

상대팀은 엘살바도르에서 온 팀이었다. 기술이 뛰어난 상대
편 선수들이 아프가니스탄 수비수들을 뚫고 힘차게 공을 몰고
들어왔다. 슛이 잇따라 프레슈타의 미숙한 펀칭(골키퍼가 공을 주
먹으로 쳐내는 것)을 뚫고 골네트를 갈랐다.

잠시 뒤 로비나가 엘살바도르 선수와 부딪쳐 쓰러졌다. 로비
나는 한쪽 무릎을 움켜쥔 채 절뚝거리며 경기장 밖으로 나왔다.

"내가 해볼게."

사미라가 팀 동료들에게 말하고는 알리 카제머아니 코치에게
사정했다.

"저를 대신 넣어주세요."

"좋아."

코치가 말했다.

사미라는 경기장 안으로 성큼성큼 들어가 프레슈타를 향해
소리쳤다.

"골문 앞에 그대로 있어."

경기가 다시 시작되었다. 사미라는 로비나를 다치게 한 엘살
바도르 선수를 향해 곧장 뛰어가 들이받고는 발로 걷어찼다. 두
선수 모두 경기장에 쓰러졌다.

느릿느릿 일어나는 엘살바도르 선수의 얼굴에 피가 흐르고
있었다. 팀 동료들이 사미라 주위에 모여들었고 사미라는 몸을
일으켜 세웠다.

"괜찮니?"

아리아나가 물었다.

"괜찮아. 좋아."

"왜 그랬어?"

"쟤들이 로비나를 걷어찼잖아!"

이후 사미라에게는 '위험 인물'이라는 새 별명이 생겼다.

나흘 뒤, 두바이로 가는 비행기 안. 사미라는 팀 동료들과 신
나게 수다를 떨고 있었다. 이제 아이들은 가족들을, 친구들을,
집을 다시 보러 가는 길이었다. 사미라는 전에 사람들이 자기를
집으로 돌아가지 못하게 하면 어쩌나 하고 걱정했던 이야기를
하며 깔깔 웃었다.

아프가니스탄에 착륙하기 전까지 사미라는 자신을 '돌아가

지’ 못하도록 하는 사람이 바로 자기 자신일 거라고는 상상도
하지 못했다.

사미라는 집으로 돌아왔다. 그러나 어느새 미국에서의 소란
스러운 생활에 익숙해져 있었다. 팀 식사 때 까르르 웃는 소리,
연습 경기장에서 훈련할 때 코치가 외치는 소리, 나디아의 빈정
대는 말과 새된 웃음소리, 프레슈타의 으스대는 목소리, 갈등 상
황을 해결할 때의 아리아나의 조금은 비꼬는 듯하면서도 사람
을 편안하게 해주는 미더운 목소리, 놀림을 받으면 씩씩대며 악
을 쓰는 미리암의 목소리, 그리고 경기에서 졌을 때 로비나의 징
징대는 소리까지.

미국에 있었을 때 사미라의 머릿속은 온갖 목소리로, 끊임없
는 대화로 가득 차 있었다. 그러나 지금은 정적뿐이었다.

사미라는 미국에서의 하루 일정이 자신의 여행 가방보다 더
빡빡하게 짜여 있었던 것을 떠올렸다. 미국에서 사미라는 매일
아침 눈 뜨자마자 오늘은 또 무슨 일이 있나 열심히 알아보았다.
그러나 이곳에서는 바닥에 깔린 토샤크에 누워 천장에 난 금을
멍하니 바라볼 뿐이었다. 그리고 자기 앞에 놓인 음식을 먹고,
청소하라는 곳을 청소하고, 학교에 가고, 걸어서 집으로 돌아왔
다. 수업 시간에 들은 것은 하나도 생각나지 않았다. 가족들이

모이는 텔레비전이 있는 방에는 왠지 가고 싶지 않았다.

사미라는 어둠 속에 홀로 앉아 있었다. 창문을 통해 스며드는 하늘의 빛이 서서히 어둑해졌다. 그림자들이 가득한 벽들이 사방에서 사미라를 에워싸고 있었다. 방은 아주 깜깜했다. 하루하루를 보내기가 정말 힘들었다.

사미라는 집으로 돌아왔지만 자신이 떠나 있던 동안 그토록 그리워했던 나라는 사라지고 없었다. 그리고 미국에서 보낸 시간이 상상 속 세계처럼, 꿈처럼 느껴졌다.

'미국으로 돌아가고 싶어.'

사미라의 어머니 말리카는 사미라에게 무슨 일이 일어나고 있는지 눈치챘다. 그녀는 추억 속에 사는 것이 어떤 것인지를 잘 알았다.

꽃으로 둘러싸인 아름다운 연못에서 하루하루 수영하는 일상을 잃어버린 사람은 사미라뿐만이 아니었다. 사미라의 어머니도 굴다라에 있는 이층집 밖에 그런 연못을 가지고 있었다.

말리카는 지금도 어린 시절의 그 집과 정원을 그리워했다. 그리고 매주 목요일 오후 검정색 양복을 입고 단정하게 매듭을 지은 넥타이를 매고 머리를 깔끔하게 가르마를 타 뒤로 넘기고 카불 시장에서 산 과일을 한 아름 들고 집으로 돌아오곤 했던 아버지를 그리워했다.

전쟁은 이 모든 것을 파괴해 버렸다.

사미라는 미국에서 수집한 물건들을 한데 모았다. 인형, 축구 유니폼, 모자, 스포츠 가방. 물건마다 사연이 있었다. 사진, 찢어진 박물관이나 경기장 입장권, 메달과 상장 하나하나도 역시 마찬가지였다. 사미라는 이 물건들을 상자 하나 속에 가지런히 정리해 두었다. 그리고 날마다 상자를 가져와 물건을 하나하나 꺼내보았다. 그러면서 그것들을 갖게 된 장소들, 그것들을 준 사람들을 생각하고 자신이 어디에 있었는지, 어떻게 그곳에 갔는지를 떠올렸다. 그러고는 물건을 하나하나 손으로 만져본 다음 모두 상자 속에 다시 넣고 상자를 치워 두었다.

사미라의 가족은 무엇을 어떻게 해야 할지 몰라 망설였다. 어머니는 사미라에게 이것저것 물어보았다.

"어디에서 잤어? 뭘 했니? 뭘 먹고 지냈니?"

자웨드는 미국에 대해 알고 싶어 했다.

"미국은 어때? 사람들은 어때? 아프간하고는 어떻게 달라?"

나시마는 이렇게 물었다.

"여자아이들 누구나 자기 방이 있어?"

모두들 사미라를 에워싸고는 질문을 퍼부었다. 사미라는 그 질문들이 자신을 때리는 작고 단단한 돌멩이처럼 느껴졌다. 사람들이 질문 공세를 펼치면 사미라는 이렇게 조용조용 혼잣말을 했다.

"추프 바스."

조용히 하라는 뜻이었다. 사람들의 질문 때문에 사미라는 머리가 지끈거렸다. 몸을 움츠리며 우물우물 대답하는 사미라를 보고 아버지는 이렇게 말했다.

"좀 가만히 놔둬. 이제 막 돌아왔잖아. 좀 쉬도록 내버려둬."

아버지와 어머니는 걱정을 했다. 사미라가 미국에 대한 추억을 계속 간직하면서도 아프가니스탄에서 적응할 수 있는 방법을 찾으려고 궁리했다.

결국 말리카는 사미라를 영어 수업에 등록해주었다. 혼자 하지 않도록 언니 나시마도 함께 말이다.

그러나 효과가 없었다. 수업 시간에 사미라의 머릿속에는 잡생각들만 떠올랐고, '데스크, 하우스, 체어'를 읊고 있는 선생님의 단조로운 목소리는 귀에 들어오지 않았다. 사미라는 어서 집으로 돌아가 상자를 꺼내 추억이 가득 담긴 물건들을 보고 싶은 마음이 간절했다.

한때는 성실한 학생이었던 사미라는 이제 책을 덮고 멍하니 허공을 쳐다보며 몇 시간 동안 아무 말도 하지 않기 일쑤였다.

사미라가 혼자 틀어박혀 있는 작은 방으로 어머니가 들어갔다. 색이 바랜 카펫에 비스듬히 한 줄기 빛이 보였다.

"체 페커 메쿠니드(무슨 생각해)?"

사미라는 머리를 홱 숙였다.

"칸단(공부해야지)."

어머니가 애타는 마음으로 말했다.

사미라는 어머니가 옳다는 것을 알았다. 노력도 해보았다. 그러나 뜻대로 되지 않았다.

'돌아와, 돌아와, 돌아와.' 사미라는 자신의 마음속으로 그렇게 외쳤다. 그러나 사미라의 마음은 여전히 길을 잃고 방황하고 있었다.

……몸속 깊이 파고드는 통증처럼 사미라는 가족을 사랑했으며, 점점 벌어지고 있는 가족들과의 거리감을 훌쩍 뛰어넘기를 간절히 바랐다. 그러나 어떻게?

어느 날 오후, 가족들이 외출을 했다. 사미라는 어디에 가는지조차 묻지 않았다. 집에 홀로 남은 사미라는 사진첩을 펼쳤다. 눈에 들어오는 한 장의 사진. 사미라는 문득 미국에서 어느 날 아침 아리아나와 함께 먹었던 시원하고 달콤했던 아이스크림 맛을 느낄 수 있었다.

사미라는 사진첩을 한 장 한 장 넘기며 사진들을 낱낱이 보았다. 미국에서 머물렀던 순간들이 하나하나 떠올랐다. 미국에서 보냈던 날들이 흐릿하게 하나로 더해지면서 끊어지지 않는 긴 기억으로 되살아났다.

마음속에서 비눗방울처럼 꿈같은 장면들이 둥둥 떠오른다. 팀 동료들과 함께 물속으로 가라앉는 보트를 타는 장면이 보인다. 잠시 뒤 보트는 불길을 향해 출발한다.

보트는 어두운 동굴 속으로 들어간다. 섬뜩한 귀신들이 비명을 지르며 길고 뾰족한 손가락을 뻗어 보트를 친다. 몽둥이를 휘두르는 거인 두 명이 나타나 보트를 박살 내려고 한다. 불길이 치솟고 보트는 깜깜한 아래로 추락해 다시 물속으로 떨어진다.

보트는 사미라가 다른 여자아이들과 함께 탄 놀이기구였다. 놀이기구가 멈춰 서자마자 사미라는 훌쩍 뛰어내린다. 그러나 라일라와 프레슈타는 그 놀이기구를 몇 번이나 더 탄다.

마음속에서, 꿈속에서, 잃어버린 공간에서 이제 사미라와 팀 동료들은 한 극장에 도착한다. 모두 푹신한 의자에 등을 기대고 앉고, 높이가 몇 십 미터나 되는 커다란 스크린에서 영화가 시작된다. 그런데 어느새 아이들이 스크린 뒤로 살며시 들어가 영화 속의 일부가 된다. 파란색과 빨간색 안경을 쓴 아이들은 깜짝 놀라 몸을 뒤로 확 젖힌다. 그때 한 요정이 날아와 그들을 모두 마차에 태운다. 마차가 울퉁불퉁한 땅 위를 덜컹거리며 움직이자 극장 좌석이 흔들린다.

마차는 아이들을 한 마녀의 집으로 데려간다. 마녀는 허리를 구부정하게 구부리고 두 팔을 높이 들고 마법의 주문을 외운다. 사미라는 비명을 빽 지른다. 작은 생쥐 수십 마리가 좌석들 사이를 휙휙 뛰어다니며 아이들의 발을 스치며 지나간다. 곧이어 불이 켜진다. 아무것도 없다.

이제 마음속 세상에서 사미라와 팀 동료들은 위로, 위로, 위로 날아오르는 기차를 탄다. 기차는 사미라를 태우고 하늘로 숫구친다. 사미라는 아래를 내려다보며 혼잣말을 한다. '살아서 돌아가지 못할 것 같아.'

　다시 카불의 작은 방. 사미라는 두 손으로 머리를 움켜쥐고 있었다.
　'도대체 나한테 무슨 일이 일어나고 있는 거야?'
　사미라의 마음속에는 너무도 많은 비눗방울이 떠돌고 있었다. 그리고 사미라와 가족 사이의 틈은 점점 더 넓게 벌어지고 있었다.
　사미라는 그리움에 사무쳐 며칠씩 앓았다. 그럴 때면 프레슈타와 다른 아이들에게 전화를 했다.
　"뭐하고 있니?"
　사미라는 프레슈타에게 미국에서 함께 들었던 〈나를 안아줘, 안아줘, 키스해줘, 키스해줘〉 노래 테이프를 보내달라고 했다.
　사미라가 생기를 찾는 날은 금요일뿐이었다.
　사미라의 팀은 아프가니스탄으로 돌아온 다음에도 축구 연습을 계속했다. 매주 금요일 아침, 소녀들은 '평화의 뿌리(The Roots of Peace)'라는 단체의 사무실에 모였다. 높다란 돌담 안에 작은 장미 정원과 함께 자그마한 잔디밭이 있는 곳이었다. 팀이 미국에 있는 동안, 두에인은 평화의 뿌리에서 직책을 하나 맡게 되었고, 이제 그 비정부기구의 사무실이 있는 곳이 팀원들이 매주 만나서 축구 연습을 하는 장소가 되었다.

매주 팀원들은 밥과 타르부즈(수박)만으로 점심을 때우고는 몇 시간씩 연습을 했다. 하지만 사미라는 골문 앞에 서 있을 때조차 잡생각에 휩싸여 집중력을 잃었다. 그러다 상대편에게 골을 먹기 일쑤였다.

"방금 재들이 너한테 골을 넣었어!"

하루는 아리아나가 사미라를 쏘아보며 소리쳤다.

사미라는 고개를 절레절레 저으며 자신한테 화를 내고는 이렇게 말했다.

"난 괜찮아. 정신을 집중할게. 난 잘할 수 있어."

⁂

시간이 흐를수록, 사미라의 위축된 태도가 축구뿐만 아니라 더 많은 것을 잃게 할 수 있다는 사실이 더욱더 분명해졌다.

사미라의 동네에 한 소녀가 있었다. 원래 그 소녀는 무척이나 조용했다. 그러다 방에 혼자 처박혀 지내는가 싶더니 나중에는 혼자 거리를 배회하기 시작했다. 그리고 결국 어슬렁거리며 헛소리를 중얼거렸다. 사람들은 거리에서 소녀를 보면 슬금슬금 피했다.

사미라는 두려웠다.

'나도 저 아이처럼 될지도 몰라.'

두려움이 사미라에게 새로운 집중력을 가져다주었다. 이제 사미라가 아프가니스탄으로 돌아온 지 두 달이 지났다. 사미라는 추락의 소용돌이에서 빠져나올 방법을 찾아야 했다.

사미라는 뭔가를 결심하면 늘 곧장 앞만 보고 달려갔던 예전의 모습들을 생각했다. 그리고 사미라는 그런 식으로 자신의 삶을 되찾겠다고 다짐했다. 자기 마음의 골키퍼가 된 것이다. 헛된 생각이 파고들기 전에 막아냈으며, 미국의 기억이 떠오를 때마다 뚜렷하게 상반되는 이미지를 만들어서 몰아냈다.

마음속에 헛된 생각들이 모여들기 시작하면, 사미라는 미국에서 가져온 밝은 노란색 공을 꺼낸 다음 나시마 언니를 불러 작은 마당에서 함께 배구를 했다.

마음이 클리블랜드에서 했던 경기의 진행 과정을 다시금 떠올리고 있으면, 사미라는 정신을 집중해 지금 읽고 있는 책이나 조금 전에 봤던 영화의 줄거리를 떠올렸다. 미국에서 방문했던 곳이나 만났던 사람들이 생각나면, 사미라는 어제 만난 사람들을 생각했다.

마침내 사미라는 다시 공부하는 데 정신을 집중할 수 있게 되었다. 그리고 축구 연습 때에는 골문에, 골네트 앞에 홀로 서서 경기에 전념했다. 이렇게 사미라는 다시 자신의 삶 속으로 걸어 들어갈 수 있었다.

4

멋진 슛, 여물지 않은 팀워크

숨 막힐 듯 무더운 여름날이었다. 나는 코네티컷에 있는 부모님 집 거실을 서성거리고 있었다. 가만히 앉아 있을 수가 없었다. 내가 '아프간 청소년 스포츠 교류' 프로젝트를 시작한 지 어느덧 여덟 달이 지났다.

이제 곧 여덟 명의 아프간 소녀들이 뉴욕 시의 JFK공항에 착륙할 것이다. 나는 아프가니스탄에서 소녀들을 데리고 오는 미국인인 바버라 구드노의 전화를 기다리고 있었다. 그녀의 남편인 두에인 역시 미국인으로, 카불에 있는 비정부기구 '아프가니스탄 센터'의 책임자였다. 내가 아프간 아이들을 미국으로 데려와 축구를 가르친다는 아이디어를 내놓았을 때, 그는 이를 열렬히 반기며 많은 도움을 주었다.

마침내 바버라한테서 전화가 왔다.

"도착했어요."

지친 목소리였다.

"모두 무사히 잘 도착했어요."

⁓◌ ◌⁓

아프간 소녀들을 만나려면 일주일을 더 기다려야 했다. 그들
이 메릴랜드 주 포토맥에 있는 구드노의 집에 머무르는 동안 나
는 부모님과 함께 지내면서 돌아가신 분을 기리는 이슬람 의식
인 카툼을 준비하는 어머니를 도와드려야 했다. 작년에 외할머
니가 세상을 떠나셨기 때문이었다.

외할머니는 탈레반 정권이 무너지자 아프가니스탄으로 돌아
가셨다. 그러나 미국에서는 그럭저럭 버틸 만했던 고혈압이 전
쟁의 상처가 채 가시지 않은 아프가니스탄의 의료 상황에서는
녹록지 않은 병이었다. 결국 외할머니는 귀국한 지 석 달도 지나
지 않아 돌아가셨다.

우리는 카툼을 함께 지내기 위해 가족과 친구들을 초대했다.
나는 외할머니의 카툼과 아프간 소녀들의 방문이 우연히 일치
한 것이 잘된 일이라고 생각했다. 할머니를 잃었지만, 어쩌면 이
소녀들한테서 할머니의 모습을 볼 수 있을는지도 모르기 때문
이었다.

카툼을 준비하는 일주일 동안 나는 어머니를 도와 많은 손님들에게 대접할 음식을 준비했다. 이따금 나는 방으로 가서 문을 닫고는 바버라에게 전화를 걸어 소녀들의 방문에 관한 새 소식을 들었다. 바버라는 소녀들을 계속 분주하고 즐겁게 해주기 위해 애쓰고 있는 듯했다.

그녀는 밝은 목소리로 이렇게 말했다.

"우리 집 수영장에서 아주 재미있게 놀고 있어요."

"잘됐네요."

"그리고 애들을 데리고 쇼핑도 갔어요!"

나중에 한 전화 통화에서는 아이들이 치과에 간 이야기를 들을 수 있었다.

"길고 힘든 하루였어요."

바버라가 한숨을 쉬며 말했다.

"애들 모두 이를 때웠어요. 라예크 선생님은 정말 멋진 분이에요. 그 선생님 부인하고 딸도 병원에 와서 아프간에서 온 '환자'들하고 이야기를 나누었답니다."

"신경 치료를 받아야 하는 아이는 없어야 할 텐데요!"

내가 웃으며 말하자 바버라는 이렇게 대꾸했다.

"음, 솔직히 말하면 사미라가 신경 치료를 받았어요."

리아즈 라예크 의사 선생은 그 지역에 사는 아프가니스탄계 미국인으로 소녀들의 치아를 무료로 치료해주었다.

카툼의 마지막 날, 나는 지하실에 무릎을 꿇고 앉아 끝없이 줄지어 있는 찻잔에 김이 모락모락 나는 차이를 따랐다. 남자들은 위층에, 여자들은 아래층에 있었다. 여자들은 거실 벽 앞에 빙 둘러 있는 나지막한 밤색 소파, 짙은 색깔의 털이 성긴 카펫, 바닥에 깔려 있는 좁고 푹신한 방석 등 곳곳에 흩어져 앉아 있었다. 방석에 앉은 여자들은 책상다리를 했다. 그리고 깨끗한 자리를 제공하기 위해 바닥 한가운데에는 큼지막한 흰색 천이 펼쳐져 있었다. 천 위에는 옅은 파란색 타스비(이슬람교의 염주) 수백 개가 천 위에 작은 더미를 이루어 여기저기 쌓여 있었다. 염주는 가톨릭의 묵주처럼 기도를 올린 사람들이 몇 명인지 확인하는 용도로 사용되었다. 우리 집안 여자들은 명주실로 복잡하게 수를 놓고, 일부는 작은 거울로 장식한 엷은 색깔의 스카프를 머리에 두른 채 비좁은 방과 층계와 복도로 몰려들었다. 카툼 의식 가운데에는 다함께 모여 코란을 처음부터 끝까지 낭송하는 것도 포함되어 있다. 오르락내리락 리듬을 타며 아랍어로 코란 구절을 낭송하는 소리와 기도를 올리는 목소리가 집 안을 가득 메웠다.

새벽 1시, 나는 어머니에게 살며시 다가갔다.

"혹시 제가 도와드릴 일이 남았어요?"

"아니, 이제 그만 자렴."

7시간 후, 나는 침대에서 비트적거리며 내려와 옷을 입은 다음 여행 가방과 아프간 소녀들에게 줄 옷이 가득 들어 있는 상자들을 차 트렁크에 실었다. 그리고 코네티컷에서 메릴랜드까지 여섯 시간의 머나먼 여정을 시작했다.

드디어 아이들을 만나러 간다는 사실에 긴장도 되었다. 하지만 동시에 이상하리만치 차분했다. 그리고 그들의 이름을 외우려고 애썼다.

라디오를 끄고 에어컨은 최대로 틀어놓은 채 차를 몰았다. 그리고 마치 그렇게 하면 차보다 내가 먼저 도착하기라도 하는 듯 몸을 앞으로 숙인 채 운전했다.

지난밤, 나는 두에인이 이메일로 보내준 아이들의 사진을 찬찬히 살펴보았다. 누가 누구인지 알아볼 수 있을까? 무슨 말을 해야 하지? 그리고 어떻게 말해야 하지?

새벽 3시, 나는 워싱턴 근처에 있는 강변도로에 있는 구드노의 집에 도착했다. 어마어마하게 큰 떡갈나무들과 축축 늘어진 버드나무들 틈에 숨어 있는 길고 구불구불한 샛길로 차를 몰고 가자 삼 층짜리 벽돌집이 나왔다. 나는 차에서 내려 집을 찬찬히 살펴보았다. 집에 도착하면 지하층에 있는 차고의 열린 문을 통해 집 안으로 들어오라는 바버라의 당부를 떠올리며 안으로 들어갔다.

계단을 타고 부엌과 거실이 있는 일 층으로 조용히 올라갔다. 그런데 소녀들이 한 명도 보이지 않았다. 일순간 무서운 느낌이 들 정도로 집 안은 조용했다.

"누구 없어요?"

새된 소리로 물었다.

무미건조한 중서부 말씨를 쓰는 바버라의 목소리가 위에서 대꾸했다.

"아위스타! 우리 삼 층에 있어요."

나는 다시 계단을 올라갔다. 계단 꼭대기에는 두 명의 소녀들이 서 있었다.

"'살람'!"

나는 그렇게 인사를 하고는 소녀 둘을 차례로 안으며 오른쪽 볼, 그다음 왼쪽 볼, 다시 오른쪽 볼 순서로 뽀뽀를 했다. 그들은 전통적인 인사법으로 답례를 하면서 나의 맨다리를 힐끔 살펴보았다. 그날은 무척이나 더웠기 때문에 나는 아침에 별 생각 없이 반바지를 입었고, 정숙한 옷차림에 대해서는 전혀 신경을 쓰지 못했다.

'이런, 실수했네.'

나는 마음속으로 자책했다.

'이 아이들이 나를 어떻게 생각할까?'

정숙함은 아프가니스탄 문화의 중요한 한 요소이다. 물론 정숙함은 시대에 따라 다른 모습의 형태를 띠는 규범이다. 그런데 내 반바지는…….

"어머, 드디어 이렇게 만나게 되었네요. 정말 반가워요!"

바버라가 층계 끝으로 오며 말했다. 지난 일주일 내내 그녀와 전화 통화를 했지만 직접 만나는 것은 처음이었다. 긴 바지를 입은 바버라는 키가 160센티미터 정도로 나만 했으며, 얼굴은 창백해 보였지만 볼은 발그스레하고 코는 가늘었다. 눈은 평온하면서도 쾌활해 보였다.

바버라는 여자아이 가운데 하나에게 고개를 돌리며 이렇게 말했다.

"이 아이가 나디아예요."

나디아의 눈은 깜짝 놀랄 정도로 초록빛이었다. 그 눈을 보자 1985년에 《내셔널 지오그래픽》의 표지에 실렸던, 넋이 나간 듯 어딘가를 멍하니 바라보는 아프간의 어린 소녀가 생각났다. 나디아는 내가 자신을 물끄러미 바라보는 것을 눈치채고는 고개를 숙였다. 나는 얼른 눈길을 거두었다. 나디아가 당황하게 하고 싶지 않았기 때문이다.

"그리고 이 아이는 사미라예요."

바버라가 영어로 사근사근하게 말했다.

사미라는 새하얀 이를 드러내며 싱긋 웃었다. 그러고는 수줍어하며 냉큼 손으로 입을 가렸다. 치과 의사가 치료를 아주 잘했네, 하고 나는 생각했다. 사미라의 옅은 갈색 머리칼은 왼쪽으로 가르마를 타서 단정하게 뒤로 넘긴 다음 포니테일로 묶었다. 몸은 호리호리했으며, 큼지막하고 헐렁한 티셔츠와 무명천으로 만든 바지를 입고 있는 모습이 우아해 보였다.

나는 사미라에게 친숙하게 인사를 했다.

"살람."

바버라는 복도를 걸어 여행 가방과 더플백과 또 다른 네 명의 소녀들로 꽉 찬 비좁은 침실로 나를 안내했다.

"얘들이 프레슈타, 라일라, 미리암 그리고 디나예요."

바버라가 팔을 빙 둘러 아이들을 한꺼번에 가리키며 말했다.

프레슈타와 라일라가 자매라는 것은 한눈에 알 수 있었다. 사실 둘을 구분하기가 처음에는 무척 어려웠다. 둘 다 까맣고 반질반질한 머리카락을 길게 길렀으며, 코 근처에 주근깨가 점점이 있는데다, 키와 몸집도 비슷했다. 그 둘을 제대로 구분하는 데는 일주일이나 걸렸다. 하지만 일단 구분을 할 수 있게 되자 그전에는 왜 둘이 헷갈렸는지 의아했다. 외모와 달리 그 둘의 성격은 완전히 딴판이었다.

바버라는 자기 왼편에 있는 마른 여자아이에게 고개를 돌리며 말했다.

"그리고 이 아이는 미리암이에요."

"살람."

내가 인사를 하자 미리암은 단조로운 목소리로 대답했다.

"알라이쿰 아살람."

미리암의 짙은 밤색 머리칼이 펑퍼짐한 그녀의 얼굴 주위에 어지럽게 뻗쳐 있었다. 그리고 코 왼편에는 삐뚤빼뚤한 흉터가 있었다. 하지만 환하고 사랑스럽게 웃을 때면 흉터가 보이지 않았다.

바버라는 다른 소녀 하나를 살짝 앞으로 끌어당겼다. 소녀들 가운데 나이가 가장 어린 디나였다. 디나는 수줍음을 무척 많이 타는 것 같았다. 그러나 디나의 여린 모습 속에는 투지(鬪志)가 숨겨져 있었다.

우리가 손짓을 하고 고개를 끄덕이며 싱글벙글 웃고 있을 때, 마지막으로 남은 두 소녀 아리아나와 로비나가 가방을 들고 집에 도착했다. 둘은 바버라의 며느리와 함께 쇼핑몰에 갔다가 막 돌아오는 참이었다.

열여섯 살인 아리아나는 조각상 같았고, 갈색 머리를 한 가닥으로 땋아서 등 뒤로 늘어뜨리고 있었다. 로비나는 아리아나보다 조금 어려 보였고, 키가 작고 몸이 호리호리했으며, 자세가 화살처럼 꼿꼿했다. 피부는 올리브 빛이고 머리는 까만색에 가운데 가르마를 탔다. 그리고 화려한 머리띠를 하고 있었다.

대비되는 두 아이의 모습이 눈길을 끌었다. 아리아나와 로비나는 손을 잡은 채 나를 보며 생글생글 웃었고, 이어 서로를 바라보며 웃었다. 둘은 신기하게도 잘 어울렸다. 마치 서로 다른 높이로 타고 있는 두 개의 초처럼 보였다.

짧은 인사를 나눈 뒤 나는 손님방으로 가서 옷을 갈아입었다. 이제 우리는 버지니아 주에 사는 열세 살 아프가니스탄계 미국 소녀인 로야 자카의 집으로 갈 예정이었다. 나는 몇 달 전에 로야 자카의 오빠를 만났다.

알고 보니 자카 가족은 모두가 광적인 축구 팬이었고, 나의 프로젝트를 성심성의껏 도왔다. 알리는 워싱턴에서 열릴 예정인 아프가니스탄계 미국인 체육대회에서 소녀들의 코치를 맡는 일에 흔쾌히 동의했다. 알리의 삼촌 자웨드 사니는 자원해서 처음 몇 차례 연습 때 함께 뛰기로 했으며, 알리의 부모는 알리의 성화에 못 이겨 로야를 훈련 캠프에 참가시키는 것에 동의했다.

마침 그날은 로야의 생일이었다. 우리는 저녁에 로야를 바버라의 집으로 데려와 팀의 아홉 번째 선수로 받아들일 생각이었다.

나중에 보면 알게 되겠지만 로야는 팀에 없어서는 안 될 선수였다. 내 말을 통역해주었을 뿐만 아니라 문화적인 차이를 느끼고 있는 나와 어린 아프간 팀 동료들의 다리 역할을 했다. 한편 로야 입장에서는 현재 아프가니스탄에 살고 있는 같은 또래의 여자아이들을 만나는 것이 무척 기뻤다. 그 이유 때문에라도 로야의 부모는 로야가 팀에 합류하기를 잘했다며 좋아했다.

소녀 넷이 바버라의 차에 탔다. 그녀가 앞장서서 길을 안내하기로 했다. 그녀의 차에 내비게이션이 있었기 때문이다. 나는 나머지 여자아이들을 꽉꽉 태우고 바버라의 차를 뒤따라갔다.

나는 조용히 운전을 하다가 형편없는 파쉬토 어로 디나와 나디아에게 말을 붙여보았다. 내 발음이 어린아이처럼 어눌했을 텐데도 소녀들은 나를 공손히 대했다. 다행스럽게도 15분쯤 지나자 아이들은 차 안에서 잠이 들었다. 사실 아이들은 차만 탔다 하면 잠을 잤다. 나로서는 참으로 다행스러운 일이었다.

우리는 한 시간쯤 뒤에 자카네 집에 도착했다. 로야, 로야의 오빠, 언니, 형부, 삼촌 그리고 부모님이 모두 밖으로 나와 우리를 맞았다. 로야는 키가 크고 눈동자와 눈썹이 새까맣고 사진을 찍을 때처럼 환하게 웃었다.

수많은 '살람'이 오간 뒤에, 소녀들은 현관문 앞에 줄지어 서더니 한 사람씩 차례로 키스를 세 번 하는 전통 인사를 했다.

곧이어 우리는 집 안으로 들어가 문간에서 신발을 벗었다. 그리고 아프간 가구들이 자리한 엄청나게 큰 거실로 안내되었다. 소녀들은 방 여기저기에 흩어져 있는 나지막한 의자에 두 명씩 짝을 지어 앉았다. 조각 장식이 있는 마호가니 의자들에는 술이 풍성한 아프간 융단으로 만든 쿠션들이 놓여 있었다.

나는 바버라와 로야의 언니 마리암과 함께 소파에 앉았다. 마리암은 나를 위해 통역을 해주었다. 여덟 명의 아프간 소녀들은 처음에는 거실 깔개만 물끄러미 바라보았고, 누가 말을 걸 때에만 고개를 들어 대꾸했다.

"뭐 필요한 것 있니? 망설이지 말고 뭐든 말만 하렴."

로야의 아버지가 말했다.

침묵. 그리고 또 침묵.

이윽고 사미라가 머뭇머뭇 대답했다.

"기도할 때 쓰는 깔개가 필요합니다."

"아, 그래."

사미라의 말을 들은 마리암의 남편은 그날 저녁 다른 사람 몰래 나가 그 지역에 있는 아프가니스탄 시장으로 가서 아름답게 짠 기도용 깔개 여덟 개를 사 왔다. 이렇게 아이들은 어디를 가나 환대를 받았다.

그날 저녁, 소녀들은 미국에서 처음 먹어보는 '집에서 만든 아프간 요리'를 먹고 난 뒤 뒷마당에서 축구를 하자는 알리의 제안에 모두들 얼굴이 환해졌다.

로야가 우리를 널찍한 마당으로 안내했다. 자카 부부와 바버라, 로야의 삼촌과 나는 마당을 내려다볼 수 있는 뒷문 현관에 앉아 소녀들이 축구하는 모습을 지켜보았다.

본격적인 게임이 시작되자 나는 찬찬히 소녀들을 관찰했다. 아리아나가 소리를 질러 어디에 서야 하는지, 누구에게 패스를 해야 하는지 등 명령을 내렸다. 로비나는 공을 차지하려고 죽을 힘을 다해 뛰었다.

프레슈타는 잔뜩 흥분해서 다른 아이들을 향해 "차, 차."나 "공을 패스해! 공을 패스해!"라고 큰 소리를 질렀다. 반면에 프레슈타의 동생 라일라는 조용했다. 하지만 옆집 마당으로 날아갈 정도로 공을 뻥뻥 찼다.

"멋진 슛, 빗나간 겨냥."

로야가 소리치자 모두들 키득키득 웃었다. 나이가 어린 축인 미리암, 나디아, 디나는 눈에 불을 켜고 공을 보면서 다른 선수들 사이를 요리조리 뛰어다녔다.

사미라는 견실했다. 팀이 기댈 수 있는 버팀목 같았다. 그 아이는 자신의 움직임을 생각하고 계획해 패스를 받기 좋은 탁 트인 곳에 자리를 잡는 것 같았다.

이 아이들이 아까 거실에서 그토록 조용하던 아이들이 맞단 말인가? 아이들은 앞이 제대로 안 보일 정도로 어두워지는 늦은 시간까지 축구를 계속했다. 우리는 그들을 마당에서 끌어내다시피 한 다음에 작별 인사를 하고 다시 바버라의 집으로 돌아갔다. 아이들은 이내 잠들었고 내 차 안은 조용했다.

바버라의 집에 도착해 내 방으로 들어가면서 나는 안도의 한숨을 내쉬었다.

'아이들이 무사히 여기까지 왔어.'

잠잘 채비를 마쳤을 때 문득 나는 이 아이들이 난생처음 이렇게 멀리 여행을 떠나왔다는 사실이 떠올랐다. 프레슈타와 라일라는 파키스탄에서 난민 생활을 한 적이 있었지만, 다른 아이들은 아프가니스탄 밖으로 나간 적이 한 번도 없었다.

이 아이들이 오기 전 몇 주 동안 나는 매일 밤 자다가 깜짝 놀라 깨고는 입도 딸싹하지 못했다. 평생 그렇게 마음이 불안한 적이 없었다. 나는 6주 동안 어린 소녀 여덟 명(로야까지 포함하면 아홉 명)의 삶을 책임져야 했다. 단순히 프로그램 책임자로서만이 아니라 집으로부터 지구 반 바퀴나 떨어진 머나먼 곳에 와 있는 아이들의 엄마 역할을 해야 했다.

게다가 주로 나 혼자서 그 일을 해야 했다. 가족, 코치, 동료, 친구들이 돌아가면서 참여하겠지만, 계속해서 함께해줄 수 있는 사람은 나뿐이었다.

나로 말하자면, 아침에 달리기를 하고 오후에는 카페라떼를 마시고 기분 내키면 아무 때나 영화를 보러 가는 생활에 익숙한 이십 대 여성이었다. 그런 내가 이제 나의 모든 시간과 에너지를 바쳐야 하는 역할을 떠맡게 되었다. 엄밀히 말해, 자진해서 맡게 된 것이었다. 하룻밤 사이에 아이들의 축구 연습까지 따라다니는 학부형이 된 셈이었다.

비상사태가 생기면 어떻게 하지? 나는 다리 어를 할 줄 몰랐고 파쉬토 어는 서툴렀다. 물론 나는 하루하루, 매 시간 계획을 세울 수는 있었다. 소녀들이 운동 능력을 향상시킬 수 있도록 만들 수도 있었다. 오늘 저녁처럼 소녀들이 즐거운 시간을 보낼 방법을 찾아낼 수도 있었다. 그러나 정작 도움이 가장 필요한, 완전히 새로운 문화 속에서 생활하는 힘든 일을 해낼 수 있도록 도와줄 수 있을까?

게다가 이 모든 문제의 내부에는 내 자신이 건너야 할 문화적

인 경계선도 있었다. 내 자신 앞에 눈에 보이지 않는 터치라인이
있는 셈이었다.

이 프로젝트를 시작했을 때 나는 이것이 큰 짐이 되리라는 것
을 알고 있었지만, 소녀들이 도착하기 전까지는 얼마나 엄청난
일인지 실감하지 못했다. 내가 정말로 이 일을 해낼 수 있을까?

마음속의 목소리가 대답했다.

'흠, 고민을 하기에는 좀 늦지 않았나?'

그 생각을 하고 나서야 나는 잠이 들었다.

이튿날 아침 나는 낯선 방에서 깨어났다. 어젯밤 일이 꿈이었
을까? 우리의 첫 만남, 포옹, 다리 어로 재잘거리는 목소리, 옆집
마당으로 날아간 라일라의 슛……

나는 샤워를 하고 아직 젖은 머리칼 그대로, 청바지와 티셔츠
차림으로 소녀들에게 줄 아침을 준비하기 위해 부엌을 향해 계
단을 터벅터벅 내려갔다. 그런데 조리대에서 접시들이 달가닥
거리는 소리가 들렸다. 누군가 나보다 먼저 부엌에 와 있었던 것
이다. 모퉁이를 돌자, 로비나가 보였다.

식탁에는 이미 아이들이 쓸 접시와 컵과 은그릇이 차려져 있
었다. 로비나는 전자레인지로 우유를 따뜻하게 데우고 있었다.
그 아이의 손은 자신 있게 '조리 시작' 버튼을 누르고 있었다.

나는 손으로 로비나를 가리킨 다음 나를 가리키고 이어 접시들
과 전자레인지를 가리켰다. 그러나 로비나는 나에게 앉으라는
손짓을 했다.

로비나는 자신의 역할에 만족하는 듯했다. 카불에서도 그랬
지만 이곳에서도 로비나는 다른 사람들을 돌보아주기를 좋아
했다.

로비나는 내 앞에 따뜻한 우유 한 잔을 내려놓고는 등 뒤에서
몰래 숨겨둔 설탕 통을 꺼냈다. 그러고는 히죽히죽 웃으면서 설
탕 통을 식탁 위에 내려놓았다. 그리고 몸을 숙여 내 손을 어루
만지면서 다리 어로 말했다.

"드세요!"

바버라는 '건강한 습관'을 불어넣기 위한 노력의 일환으로 소
녀들에게 설탕을 먹지 못하게 했다. 하지만 아프가니스탄에서
아침 식사로 흔히 먹는 것이 바로 설탕을 넣어 따뜻하게 데운 우
유였다. 바버라의 금지 목록에는 소금도 있었다.

물론 소녀들은 이것을 바버라의 집에 온 다음에야 알았다. 그
저께 밤 로야가 바버라의 집에 머무는 것에 대해 아이들에게 물
었다.

"여기서 지내는 게 어때?"

"우리는 소금도 설탕도 못 먹어!"

소녀들은 한 목소리로 그렇게 대답했다. 로야의 어머니는 그
이야기를 듣고는 로야의 여행 가방 속에 옷과 세면용품과 함께

소금 한 봉지를 넣어주었다.

다른 소녀들이 모두 아래층으로 내려왔다. 소녀들이 의자를 움직이며 식탁에 앉자 부엌은 활기를 띠었다. 그들은 바버라가 출근하러 가기 전에 구워 놓은 비스킷에다 손을 뻗으면서 농담을 주고받았다. 그리고 따뜻한 우유를 단숨에 들이켰다.

"설탕이다!"

소녀들이 다리 어로 외쳤다. 로야가 장난스러운 미소를 지으며 아이들을 바라보았다. 나는 웃었다. 바버라가 집에 없을 때면, 소녀들은 찬장에서 설탕 통을 찾아냈다.

소녀들은 순식간에 청소를 했다. 각자 일을 하나씩 맡았다. 한 사람은 식탁을 닦고, 한 사람은 음식 부스러기를 쓸고, 한 사람은 식기세척기에 그릇들을 넣었다. 마치 시계처럼 정확하게 각자 맡은 일을 끝냈다. 로비나는 그 모든 일을 지켜보면서, 일한 것을 검사하고, 모든 것이 제대로 되었는지 확인하고 미진한 부분이 있으면 말해주었다. 로야가 최종 검사를 마친 다음에야 소녀들은 자유롭게 부엌을 떠날 수 있었다.

한가족 같았다. 로비나는 마지막으로 한 번 더 부엌을 둘러보며 모든 것이 제자리에 있는지 확인했다. 그러고는 나한테 고개를 돌려 싱긋 웃었다. 로비나의 차분하면서도 위엄 있는 태도와 거기에서 배어나오는 성실한 심성을 보고 있자니, 내가 예전에 바로 이런 모습을 꿈꾸었다는 사실이 떠올랐다.

5

나, 축구선수가 될 수 있을지도 몰라

로비나, 카불, 2005년 9월

"동쪽도 서쪽도 알라의 것이다. 고개를 돌리는 곳마다 알라의 얼굴이 있다."
– 코란 2:115

카불, 금요일 아침. 로비나는 평소와 다름없이 동트기 전에 잠에서 깼다. 해 뜨기 전, 기도를 알리는 종소리가 도시를 가르며 울리자 로비나는 어둠 속에서 파즈르를 준비했다. 로비나는 아직 자고 있는 일곱 명의 남자 형제와 네 명의 여자 형제 그리고 아버지와 어머니를 깨우지 않으려고 조심조심하면서 자기 요를 둘둘 말아 방 귀퉁이로 치웠다. 어머니도 이제 곧 일어날 것이다.

로비나는 먼저 갈라진 진흙 벽에서 밤사이 떨어진 먼지를 조용히 쓸어냈다. 그러고는 헐렁한 바지와 소매가 긴 윗옷으로 갈아입고 무늬가 있는 작은 기도용 깔개를 펼쳤다. 그다음 전날 쓰고 남은 물로 손과 팔과 얼굴을 톡톡 두드려 우두(기도 전에 몸

을 청결히 닦는 세정식)를 거행했다. 그리고 길고 까만 머리카락을
뒤로 부드럽게 빗어 머리에 두른 스카프의 매듭 안으로 밀어 넣
었다.

어느새 해가 하늘로 솟아 있었다. 로비나는 허리를 꼿꼿이 펴
고 머리를 숙인 뒤 두 다리를 살짝 벌린 자세로 메카가 있는 동
쪽을 바라보았다. 그리고 두 손바닥을 가슴에 댄 채 나마즈(이슬
람의 기도)를 시작했다. 로비나는 허리를 숙이며 무릎을 기도용
깔개에 꿇고는 이마와 코와 두 손바닥을 바닥에 댔다. 그렇게 매
라카(이슬람의 기도문)마다 몸을 일으켰다 낮추는 동작을 반복한
다음 로비나는 무릎을 꿇고 앉았다. 그리고 발등을 깔고 앉은 채
마음속으로 두아(기원하는 기도)를 올렸다.

인샬라, 모두가 평화와 건강을 누리기를
인샬라, 집을 떠났을 때 내가 안전하기를
인샬라, 내가 학교에 갈 수 있기를
인샬라, 내가 축구를 할 수 있기를
아민(아멘과 같은 의미)

평화의 뿌리 단체의 건물은 카불의 남서쪽 외곽 카르테 차르
에 있었다. 그곳의 길들은 로비나가 살고 있는 와실리바드 인근

보다 더 널찍하고 조용했으며, 건물들도 훨씬 더 듬성듬성 자리 잡고 있었다.

로비나가 큼지막한 녹색 문을 손으로 살짝 밀자 문이 활짝 열렸다. 그리고 안에서 호젓한 정원의 상큼한 냄새가 확 끼쳤다.

벽으로 에워싸인 내부는 조용하고 평화로웠으며, 공기에서는 상쾌한 꽃 냄새가 났다. 여름이 끝났음에도 불구하고 잔디가 이불처럼 땅을 뒤덮어 녹색빛이 메마른 대지 속으로 스며들고 있었다. 돌로 지은 사무실 건물 주변에는 장미, 해바라기, 데이지 등이 흩어져 탐스럽게 피어 있었다.

전체 단지를 둘러싸고 있는 콘크리트 담장은 섬세한 조각 장식으로 꾸며져 있었다. 담장은 거리의 소음을 막아주고 사람들이 안을 들여다보지 못할 정도로 높았지만, 이따금 승부욕이 지나쳐 높이 솟은 공이 바깥으로 날아가는 것까지 막아주지는 못했다.

2005년 9월이었다. 로비나는 서둘러 운동장을 가로질러 가 돌담 아래에 가방을 툭 던져 놓았다. 그리고 머리에 두른 스카프를 벗고 야구 모자의 챙이 뒤로 가도록 바꿔 썼다. 그리고 샌들을 벗고 축구화 속으로 발을 넣었다. 그런 다음 묵직한 운동복의 소매를 걷어붙이고는 가지런하게 다듬어진 경기장으로 성큼성큼 걸어가면서 손뼉을 치고는 큰 소리로 외쳤다.

"자, 시작하자."

로비나와 팀 동료들은 일 년 전 미국에서 돌아온 뒤로 매주 금요일마다 만났다. 하지만 두 명이 축구단에서 빠졌다. 나이가 가장 어리고 체구가 작은 두 아이, 나디아와 디나였다. 그 둘이 왜 사라졌는지 이유를 정확히 아는 사람은 아무도 없었다. 부모님이 축구를 못하게 했을까? 디나가 공부에 전념하기로 한 것일까? 아니면 나디아 가족이 이사를 간 것일까?

아무런 설명도 없이 사람들이 사라지는 것은 이제 아프가니스탄에서는 흔한 일이었다. 전쟁은 '공식적'으로는 3년 전에 끝났지만, 아직 모든 것이 제자리를 잡지 못했기 때문이다. 가족들은 일자리를 잃고, 휴대전화를 해지하고, 멀리멀리 이사를 갔다.

금요일은 이슬람교도에게는 성스러운 날인 주마(금요일 정오가 지난 뒤 모여 예배를 보는 날)이다. 학교들도 쉬고 상점들도 문을 닫아 시내가 텅 빈다. 사람들은 가족 단위로 카불 외곽의 콰르가 호수로 가서, 즉석에서 산적을 구워 샐러드와 함께 먹고 보트를 타고 수영을 하며 소풍을 즐긴다. 어떤 이들은 카불에서 파그만까지 가기도 한다. 파그만은 힌두 쿠시 산맥 아래에 있어 숲이 우거지고 산장과 폭포와 강이 모여 있는 아름다운 곳이다.

여섯 명의 소녀는 금요일을 그들과는 조금 다르게 활용하기로 마음먹었다. 매주 금요일 아침 일찍 소녀들은 평화의 뿌리 건물에 딸린 운동장으로 와서 점심때까지 몇 시간 동안 축구를 했다. 건물 안에는 점심 식사로 먹을 번들거리는 팔라(아프가니스탄에서 나는 노란빛의 쌀)와 주발에 담은 수박이 기다란 접이식 탁자에 놓여 있었다. 점심을 먹은 뒤 소녀들은 다시 밖으로 뛰어나가 집으로 돌아갈 시간이 될 때까지 웃고 소리를 지르며 운동장을 뛰어다니고, 공을 쫓아 몸을 날리고, 몸을 한껏 뻗은 상대를 피해 슛을 날렸다.

작년 8월, 미국에서 돌아온 뒤로 팀플레이는 눈에 띄게 달라졌다. 미국을 방문하기 전에 로비나는 축구 경기에 대해 아주 기초적인 상식밖에 알지 못했다. 두에인이 영어와 컴퓨터 수업과 함께 일주일에 한 번씩 축구를 하는 시간을 마련했지만, 사실 그 전까지는 제대로 된 지도를 받아본 적은 없었다. 두에인과 소녀들은 자기들만의 규칙들을 만들었다. 하지만 실질적으로 아무런 전략이나 기술도 없이 그저 경기장을 부지런히 뛰어다니기만 했다. 로비나는 느린 드리블이 갑갑하다며 두 손으로 공을 낚아채 골문을 향해 뛰어가 네트 속에 떨어뜨리기도 했다.

그러나 지난 몇 달 동안 진지하게 훈련에 임한 결과, 로비나는 자신의 몸을 새로운 방식으로 인지하게 되었다. 축구를 하기 전, 로비나에게 주요한 신체기관은 손이었다. 산에 있는 집까지 물을 나르는 것도, 바닥을 박박 밀어 청소하는 것도, 수업 시간에 필기를 하는 것도 손만 있으면 되었다. 그러나 축구에서는 손이 아무 쓸모가 없다. 이제 로비나는 손이 아닌 두 다리를 사용하는 법을 알게 되었고 균형감각과 스피드도 이해하게 되었다. 그리고 이마로 헤딩을 할 수 있다는 사실도.

축구를 하기 전, 로비나의 다리와 발은 그냥 자리만 차지하고 있거나 길을 가로막고 있는 쓰레기나 돌멩이를 걷어차는 용도로만 쓰였다. 하지만 이제 로비나는 발의 각 부위를 자세히 이해하게 되었으며, 발이 둥근 공을 차기 좋게 우묵한 모양이라는 사실도 알게 되었다. 그리고 발목으로 이어지는 널찍하고 미끈한 부위가 엄청나게 힘이 세다는 점과 딱딱한 발뒤꿈치가 몸을 빙그르르 돌릴 때 튼튼한 축이 된다는 사실도 알게 되었다.

미국에서 훈련을 받은 이후 로비나는 축구에 새롭게 눈을 뜨게 되었다. 좁은 시야로 자기 앞만 보며 움직이는 것이 아니라 팀의 한 일원으로서 행동하는 법을 배웠다. 로비나와 팀원들은 두 개가 아니라 열두 개의 눈으로 보며 서로 협력하면서 골문을 향해 운동장을 내달렸다.

로비나는 어렸을 때 어머니가 시키는 심부름을 자주 했다. 로비나 가족은 콸리 파툴라에 있는 큰아버지 집에 살았다. 큰아버지의 집은 이층집이었는데, 로비나는 부모님 그리고 열한 명의 형제자매들과 함께 아래층에 살았다.

로비나는 집 밖으로 나가 부서진 묘비들의 파편이 나뒹구는 자그마한 공동묘지와 의사가 한 명밖에 없는 작은 병원을 지나 먼지가 자욱한 페이 마스칸 거리를 걸었다. 그 길에서 땔감으로 쓸 폐지를 줍기도 하고 시장에서 오이와 수박을 사오기도 했다. 여동생이나 언니와 같이 간 적도 있고 혼자 간 적도 있었다. 시장에 갈 때는 주로 카르테 파르완에 있는 공원을 지나갔다. 그 공원에는 모래가 깔린 널찍한 공터가 있었는데, 주로 남자아이들이 모여 축구나 배구를 했다.

로비나는 공터 끝자락에서 어슬렁거리며 남자아이들이 이리저리 내달리고, 소리를 지르고 깔깔 웃고, 흙먼지를 일으키며 공을 높이 차거나 헤딩하는 것을 지켜보았다. 남자아이들 가운데는 로비나의 오빠 나지브도 있었다. 로비나는 다른 선수들을 유유히 제치는 나지브의 스피드와 능수능란한 발놀림을 보며 감탄하곤 했다.

하지만 로비나는 공원에 오래 머물러 있을 수 없었다. 혹시 길을 잃어버리거나 사고를 당한 것이 아닌지 어머니가 걱정하실 게 뻔했기 때문이다.

로비나가 다섯 살 때, 어머니는 로비나를 와지르 아크바르 칸 학교에 입학시켰다. 로비나는 일등을 거의 놓치지 않았다. 그 일 년 뒤, 탈레반이 카불을 점령했다. 학교도, 공원에서 하는 축구도 모두 끝이 났다.

아프가니스탄에서 여자들을 위한 교육이 제대로 확립된 것은 거의 1세기 전이다. 1919년에 통치를 시작한 아마눌라 칸에 의해서였다. 10년이라는 통치 기간 동안 그는 개혁에 대한 굳은 의지를 품은 소라야 타지 왕비와 함께 여자들을 위한 광범위한 개혁을 단행해, 여자들에게 결혼 상대자를 고를 수 있는 권리를 주었고 남자들과 마찬가지로 여자들도 의무 교육을 받게 했다.

1931년에 개정된 아프가니스탄 헌법은 인근 국가들을 통틀어 가장 진보적인 헌법으로, 모든 시민들의 평등을 선언하고 초등교육을 국민의 보편적인 권리로 간주했다. 카불 대학교는 1959년에 여학생의 입학을 허용했는데, 이는 프린스턴 대학교가 남녀공학이 된 것보다 10년이나 앞선 것이다.

학교에 가고 싶은 것만 빼면 로비나의 삶은 별로 바뀐 것이 없었다. 여섯 살이었던 로비나는 부르카(몸 전체를 가리고 눈 부위만 망사로 되어 있는 아프가니스탄 여성 의상)를 입기에 너무 어렸다. 또한 수염을 길게 기르고 론기를 쓰고 눈 주위에 수르마(화장용으로 눈가에 바르는 검은 가루)를 칠한 채 거리를 순찰하는 탈레반이 두려운 존재인지도 몰랐다. 그때 로비나의 부모는 계속 일을 했다. 어머니 자이나브는 어느 부잣집에서 하녀로 일했고, 아버지 오마르는 데아프가난에서 구두를 수선하는 노점상을 차렸다.

로비나와 로비나의 형제자매들은 예전처럼 시내를 누비고 다니면서 땔감을 구했다. 인쇄소들을 돌아다니며 종이를 줍기도

하고, 목공소에 들러 버려진 나무토막들을 모으거나 거리를 걸
으며 나뭇잎과 나뭇가지들을 줍기도 했다. 또 운동장이나 공원
에 놀러 가서 서로 등을 밀어주며 그네를 타거나 미끄럼틀을 타
고 놀았다.

탈레반이 나타나면, 나이가 조금 많은 아이들과 어른들은 사
원 안으로 도망쳐야 했다. 거리와 공원은 텅 비고, 남자아이들의
축구 경기도 자취를 감추고 말았다.

4년 뒤, 열 살이 된 로비나는 어느 날 남동생 타리크와 여동생
살마와 함께 땔감을 모으러 밖으로 나갔다. 그런데 한 아프간 남
자가 자전거를 타고 그들을 지나쳤다가 다시 되돌아왔다. 머리
는 까맣고 짧았으며, 무릎까지 내려오는 가벼운 면 셔츠에 헐렁
한 바지 차림새였다. 그는 자전거에서 내려 아이들에게 다가와
이렇게 말했다.

"살람, 내 이름은 왈리드야."

"알라이쿰 아살람."

타리크가 조심스럽게 인사를 했다.

"너희들 학교는 안 다니니?"

남자의 질문에 타리크는 고개를 가로저었다. 로비나와 살마
도 마찬가지로 고개를 저었다.

그러자 남자는 이렇게 말했다.

"음, 아이들을 학교에 보낼 형편이 못 되는 가정을 위한 교육

센터가 있어. 그곳에 가보고 싶다면 그리고 너희 가족이 그렇게 해도 괜찮다고 한다면, 그곳을 한번 보여주고 싶구나. 그러면 거리를 헤매는 대신 공부를 할 수 있을 거야. 그곳에도 너희처럼 길거리에서 폐지를 줍는 아이들이 아주 많아. 특히 여자애들이 많지. 글쓰기하고 수학도 배우고, 재단이나 목공 같은 기술도 배울 수 있어. 어때? 한번 가보고 싶지 않니?"

살마가 큰 소리로 대답했다.

"네. 가보고 싶어요. 하지만 엄마한테 허락을 받아야 해요."

왈리드는 명단에 아이들의 이름과 주소를 적었다.

"내가 너희 집으로 가서 너희 가족을 만나 허락해 달라고 부탁해보마."

며칠 뒤 왈리드는 약속한 대로 로비나의 집으로 찾아왔다. 그리고 로비나의 부모에게 자신은 비정부기구인 아쉬아나에서 다리 어와 코란을 가르친다고 말했다. 다른 과목들뿐만 아니라 코란도 함께 가르치기 때문에 아쉬아나는 탈레반이 계속 문을 열도록 허락했다는 말도 전한다.

1995년에 아프간 엔지니어인 모하마드 유세프가 설립한 아쉬아나는 '둥지'라는 의미로 길거리에서 일하거나 구걸하는 아이들을 돕기 위한 비정부기구이다. 이 단체는 아이들이 가족의 생계를 위해 돈을 벌어야 하는 현실을 잘 알고 있다. 아이들이 하루 종일 일하면 한 달에 20달러까지 벌 수 있기 때문이다. 아이들의 생활형편은 대개 학용품을 사는 것은 고사하고 학교에 보낼 수도 없을 정도다. 왈리드는 로비나의 부모에게 학교 수업은 오전이나 오후에 서너 시간씩만 하도록 짜여져 있고, 나머지 시간에는 아이들이 계속 돈을 벌 수 있도록 해준다고 설명했다. 그리고 수업 시간에는 문학과 수학과 직업 훈련뿐만 아니라 코란도 공부한다는 사실을 몇 번이나 되풀이해 강조했다. 또한 건강관리, 지뢰 탐지, 길 찾기 같은 실용적인 것도 가르친다고 했다. 카불에는 총 세 개의 아쉬아나가 있었으며 앞으로 두 개를 더 지을 계획이었고, 수천 명의 아이들이 그곳에 다녔다.

로비나의 어머니 자이나브는 학교와 교육 목표에 대한 왈리드의 설명을 주의 깊게 들었다. 왈리드가 내처 말했다.

"아이들한테도 좋고 가정에도 이익이 될 수 있습니다. 아쉬아나는 아이들에게 가족 모두가 먹을 수 있는 음식을 줘서 집으로 보내거든요."

"여기에서 제일 가까운 시설이 어디에 있지요?"

자이나브가 물었다.

"샤리노우에 있습니다."

자이나브는 잠시 생각에 잠겼다. 프로그램은 마음에 들었지만, 그는 낯선 사람이었다.

"시설을 직접 보고 싶은데 한번 가볼 수 있을까요?"

왈리자드는 물론 그렇게 할 수 있다고 했다. 며칠 뒤, 자이나브는 집에서 걸어서 25분쯤 걸리는 아쉬아나를 방문했다. 교실에는 고개를 숙여 공책을 보거나 질문에 대답하기 위해 손을 드는 여자아이들로 가득했다. 학교에 갈 만큼 나이를 먹었지만 하루 종일 일하기에는 아직 어린 로비나와 살마와 타리크가 등록을 했다.

아쉬아나에서는 학생들에게 수건과 비누와 칫솔과 나누어주고 교실에 들어가기 전에 학교 화장실에서 깨끗이 씻도록 했다. 그리고 책과 공책과 함께 개인 위생용품을 넣어 둘 작은 사물함을 하나씩 할당해주었다.

로비나는 폐지와 나무토막을 줍는 일을 계속했다. 그러나 일주일에 여섯 번, 두 자매와 함께 학교에 가서 몸을 씻고 책을 들고 교실로 가 몇 시간 동안 공부를 했다.

아쉬아나에서는 모든 학생들에게 체육 교육을 실시했다. 여자아이들까지 포함해서 말이다. 난생처음으로 로비나는 운동팀에 들어갔다. 여자 배구팀이었다.

로비나와 로비나의 단짝 친구 타마나는 팀의 주축이었다. 그들은 가냘픈 다른 여자아이들의 블로킹을 뚫고 배구공을 강타했다. 타마나의 집은 로비나 집 근처였고, 둘은 매일 아침 함께 학교에 갔고 서로의 집에서 함께 공부도 하고 배구 연습도 했다. 또 함께 재봉 수업을 들었고, 공부를 하다 잠깐 쉴 때 자신들이 직접 손으로 만든 인형들을 보며 키득키득 웃었다.

로비나는 다리 어와 코란 수업을 좋아했다. 로비나가 두 과목을 모두 잘하자, 선생님들은 서예 수업을 들으라고 권유했다. 로비나의 남동생도 서예 과목을 함께 들으며 섬세한 필치로 흘림체 글씨를 열심히 썼다. 한편 로비나의 여동생 살마는 미술 수업을 들었다.

어느 날 아침, 탈레반이 예고도 없이 학교에 들이닥쳤다. 선생님들은 허둥대며 나이가 많은 축인 여자아이들을 벽장과 화장실에 숨기거나 뒷문으로 빠져나가 서둘러 집으로 가라고 재촉했다. 탈레반은 4학년 이하 어린 여자아이들만 교육을 받도록 법으로 정해 두었기 때문이다. 탈레반 한 명이 코란을 수업하고 있는 로비나의 교실로 들어왔다.

선생님은 로비나를 똑바로 보며 말했다.

"로비나, 수라(코란의 각 장)를 암송해 보렴."

텔레반은 로비나를 물끄러미 바라보며 기다렸다. 로비나의 귀에 심장이 쿵쾅거리는 소리가 들렸다. 로비나는 눈을 내리깔고 숨을 들이마신 다음 아랍 어로 되어 있는 코란에 나오는 〈왕좌의 시〉를 암송했다.

"자비롭고 인자하신 신의 이름으로…….

오, 알라신이시여! 당신 말고는 누구도 숭배 받을 권리가 없습니다. 영원불멸한 신이시여, 존재하는 모든 것을 지켜 주시고 보호해주시는 신이시여. 당신은 피곤함도 모르고 잠도 필요 없습니다. 하늘과 땅에 있는 모든 것이 당신 것입니다. 당신의 허락이 없다면 그 누가 당신의 뜻을 헤아릴 수 있겠습

니까? 오직 당신만이 당신이 창조하신 피조물에게 이 세상에
서 무슨 일이 일어날지, 그리고 내세에서 무슨 일이 일어날지
아십니다. 당신이 의도하신 경우가 아니라면 당신의 피조물
들은 당신의 지식 가운데 그 어떤 것도 흡수하지 못할 것입니
다. 당신의 옥좌가 하늘과 땅에 드리워져 있습니다. 당신은
당신을 숭배하는 사람들을 보호하는 데 하나도 피곤함을 느
끼지 않으십니다. 오직 당신만이 이 세상에서 가장 지엄하고
거룩한 신이십니다."

나중에 친구가 로비나에게 말해준 바에 따르면, 로비나가 작
고 나지막한 목소리로 완벽하게 코란을 암송하는 것을 보고 탈
레반은 눈물을 흘렸다고 한다. 그 남자는 떠나면서 선생님에게
후원금을 주었다.

그러나 얼마 뒤 탈레반은 아쉬아나에서 나이가 많은 여자아
이들도 교육을 받고 있다는 사실을 알게 되었다. 그리하여 학교
책임자를 체포하여 감옥에 가두었으며, 모욕을 주기 위해 머리
를 면도기로 박박 밀었다. 그럼에도 불구하고 로비나의 선생님
은 로비나가 학교에 다녔을 때 배급받았던 음식을 광주리에 담
아 정기적으로 로비나 집을 방문했다.

가족 가운데 탈레반과 맞닥뜨린 것은 로비나뿐만이 아니었
다. 포고문(布告文)에 따르면, 남자들은 반드시 턱수염을 길게 길

러야 했다. 그런데 이십 대 초반이었던 장남 나지브는 아프가니
스탄 내전 중 격렬한 총격전에 휘말려 총알이 턱을 관통하는 부
상을 당했다. 또한 멜론을 파는 시장에서 일을 하다가 교대 시간
에 같이 일하는 사람이 휘두른 칼에 찔렸다. 그 부상들 때문에
나지브는 말을 제대로 할 수 없었고 턱수염도 길게 기를 수 없었
다. 그로부터 몇 년 뒤, 나지브가 시장을 걸어가고 있는데 한 탈
레반 남자가 그를 세웠다.

"당신 수염은 왜 그렇게 짧소?"

나지브는 제대로 설명을 하지 못했다. 탈레반은 나지브를 그
들의 본부로 끌고 가 밧줄로 묶고는 머리를 박박 밀어 버렸다.

나지브가 끌려가는 것을 목격한 동네 사람이 나지브의 아버
지 오마르의 노점으로 뛰어가 이렇게 소리쳤다.

"당신 아들이 탈레반한테 잡혀갔어요!"

"맙소사, 탈레반이 내 아들을 잡아가다니."

그날 밤 오마르는 나지브의 소식을 가족들에게 알렸다. 로비
나는 울음을 터뜨렸다. 자이나브는 아연한 표정을 지었다. 이제
자이나브는 남편이 아들을 위해서조차도 싸울 수 없다는 사실
을 깨달았다.

자이나브는 부르카를 쓰고 홀로 집을 나섰다. 그리고 한 발 한
발 힘겹게 내딛으며 나지브가 체포된 곳에서 가장 가까운 곳에
있는 탈레반의 감옥을 찾아갔다. 땅거미가 졌고, 검은 지평선이
카불 시내 전체로 퍼졌다.

자이나브가 탈레반 본부에 도착했을 때 한 탈레반 남자가 사람들을 줄줄이 세워 놓고 머리를 밀고 있었다. 어린 사내아이들부터 십 대 소년들 그리고 나이가 꽤 많은 남자들까지 있었다. 그러나 나지브는 보이지 않았다. 자이나브는 가장 가까이에 있는 보초병에게 다가가 차분한 목소리로 이렇게 말했다.

"제 아들이 여기로 붙잡혀 왔습니다. 제 아들은 전쟁 중에 큰 부상을 당했어요. 그러니 제발 그 아이를 풀어주세요."

보초병은 똘똘 감겨 있는 가늘고 긴 두라(채찍)를 꼭 움켜잡았다. 그리고 채찍을 머리 위로 올렸다.

"제 아들을 풀어주세요."

자이나브가 다시 사정했다.

"그 아이는 다쳐서 말도 제대로 하지 못합니다."

보초병은 팔을 내리고는 자이나브를 빤히 바라보더니, 다른 보초병 이름을 알려주었다.

자이나브는 그 보초병을 찾아가 같은 말을 되풀이했다.

"제 아들을 풀어주세요."

자이나브는 이런 식으로 탈레반 남자들을 계속 찾아다니며 같은 말을 반복해야 했고, 이런저런 질문에 답해야 했다.

몇 시간 뒤, 자이나브는 나지브와 함께 집으로 돌아왔다. 나지브의 머리통은 두피가 훤히 다 드러나 있었고, 딱지가 앉아 있었다.

로비나와 어머니가 나지브를 부축해 눕혔다. 그날 밤, 로비나는 잠을 설쳤다.

'우리는 언제까지 이렇게 살아야 할까? 이러한 현실이 영원히 변하지 않을까?'

로비나는 아쉬아나에 가지 않는 시간에는 예전처럼 집안일을 도왔다. 어느 날 늦은 오후, 로비나는 평소처럼 큼지막한 플라스틱 통을 들고 물을 길으러 갔다. 로비나는 동네 주민들이 물을 긷는 공동 우물이 있는 바라키로 걸어갔다.

그런데 그날따라 사람들이 유난히 많아 길을 따라 뱀처럼 길게 줄을 서 있었다. 루비나는 자기 차례가 될 때까지 기다리면 어두워지기 전에 집에 돌아가지 못할 것 같았다. 그래서 우물 근처에 있는 집들의 문을 두드려 펌프로 물통을 좀 채워도 되겠느냐고 묻기로 했다. 대문이 파란 어떤 집의 문을 두드리자, 젊은 여자가 문을 열더니 루비나를 보며 상냥하게 웃었다.

"그러렴. 우리한테는 나눠 써도 될 정도로 물이 많으니까."

그 집에는 뜰에 우물이나 펌프가 아니라 진짜 수도꼭지가 있었다. 루비나는 아주 편하게 물통에 물을 가득 채웠다.

"물이 필요하면 언제든 오렴. 내 이름은 카디야야."

그 후 며칠 동안 로비나는 그 집을 몇 차례 방문했다. 그런데 하루는 아기가 마당에서 두 팔을 활짝 벌리고 키득키득 웃으며 로비나를 향해 아장아장 걸어왔다. 로비나는 빙긋 웃으며 허리를 숙여 이렇게 말했다.

"살람, 나는 로비나야."

아기는 싱긋 웃으며 로비나의 손가락을 움켜잡았다. 이 사내아이는 카디야의 올케인 아이샤의 아들이었다. 아이샤에게는 이 아기보다 더 어린 자기 아들도 한 명 있었다. 아이샤의 남편은 하루 종일 일을 했고, 그녀도 잔심부름이나 집안일로 바쁜 경우가 많았다. 아시야는 로비나에게 집 안으로 들어가서 차이를 한잔하자고 했다. 이는 아프간의 전통적인 환대 방식이었다.

"너, 혹시 우리 아이들이랑 놀아줄 수 있겠니?"

거실의 소파에 함께 앉아 아이샤가 로비나에게 물었다.

"녀석들이 집 안에서 무척 따분하게 지내거든."

아이샤는 로비나에게 이 집에 와서 살면서 두 아이들을 돌보는 일을 도와줄 수 있는지를 물었다. 부잣집에서 어린 소녀를 집에 두고 집안일을 돕도록 하는 것은 아프간에서 그리 드문 일이 아니었다.

로비나는 어머니와 함께 그 문제를 의논한 이튿날 카디야의 집으로 다시 갔다. 그 후 로비나는 사이사이 자기 집에 들르면서 몇 년 동안 그 집에서 지냈다.

로비나는 어린 두 사내아이 카림, 아리안과 시간을 보내는 것을 좋아했다. 바닥에 앉아 아이들이 나무블록으로 집을 짓는 것을 도와주는 것도, 아이들이 신이 나서 소리를 꽥꽥 지를 때까지 작은 차에 태워 끌고 다니는 것도 재미있었다. 또 두 아이를 무릎에 앉히고 옛날이야기를 들려주며 두 팔로 꼭 안아 잠들게 하는 것도 좋았다.

그 집 가족은 로비나를 너무나도 신뢰했기 때문에 이따금 로비나만 혼자 남겨두고 모두 고향으로 여행을 가기도 했다. 혼자 남은 로비나는 대리석 바닥을 가로지르며 뛰기도 하고, 미끄럼을 타기도 하고, 텔레비전을 보기도 하면서 시간을 보냈다.

탈레반의 방침에도 불구하고, 그 집에는 외국 방송을 볼 수 있는 위성 안테나가 있었다. 그래서 매일 밤에 방영되는 뉴스에서 축구 경기 장면들을 볼 수 있었다.

로비나가 프로 축구 경기를 본 것은 그때가 난생처음이었다. 경기장, 스타, 화려한 플레이, 수많은 나라에서 온 팬 등 모든 것이 로비나의 눈길을 끌었다. 로비나는 축구 시합들을 찾아서 보기 시작했고 연속 두 경기를 보기도 했다.

축구를 보면서 로비나는 자기 자신의 일상과 나라 밖 사람들의 일상에 눈을 뜨기 시작했다. 플레이가 좋지 않은 경기를 보면 로비나는 화가 나서 소리를 질렀는데, 그럴 때면 수백 명의 사람들이 동시에 자기처럼 소리를 지르고 얼굴을 일그러뜨리며 실망감을 표현하는 것을 볼 수 있었다. 또 응원하는 팀이 승리를 하면 환호성을 지르고 소파 위에 올라서서 기쁨에 겨워 팔짝팔짝 뛰었는데, 그럴 때면 지구 맞은편에 있는 경기장의 모든 사람들과 하나가 되는 기분을 느꼈다.

　로비나는 브라질 스타 호나우디뉴의 기술에 홀딱 반했다. 까만 포니테일을 흔들며 몸을 빙그르 돌려 수비수의 거친 저항을 따돌리는 모습은 정말 환상적이었다.

　호나우디뉴의 두 다리는 마치 공을 가지고 날아다니는 것처럼 보였다. 그는 무척 영리해서 수비수들의 약점을 잘 기억했으며, 그가 뚫고 나가기 전에는 거의 보이지 않는 수비진의 조그만 빈틈을 잘도 찾아냈다.

　로비나는 호나우디뉴야말로 현존하는 최고의 축구 선수라고 생각했다. 그리고 로비나는 커다란 경기장에서 조국을 위해 뛰고 아프가니스탄 국기와 함께 트로피를 들고 다른 선수들과 함께 돌아오는 자신의 모습을 그려 보았다. 그리고 그 모습이 세계 모든 나라의 텔레비전에 방영되는 것을 상상했다. 로비나는 조그만 틈 사이로 저 너머 자연 그대로의 모습을 간직한 멋진 정원을 엿보는 것 같은 기분을 느꼈다.

　로비나가 열한 살이던 2001년, 미국의 지원을 받은 북부동맹군과 연합군이 탈레반을 카불에서 몰아냈다. 로비나의 어머니는 가정부로 일하던 집에서 텔레비전을 얻었다. 이제 로비나는 집에서도 축구 경기를 볼 수 있게 되었다. 그리고 자기 같은 열성 축구 팬이 더 생겼다. 오빠 나지브와 남동생 타리크 그리고 여동생 살마였다.

학교가 다시 문을 열었다. 로비나는 아쉬아나에서 받은 교육 덕분에 2학년을 건너뛰고 바로 3학년으로 들어갔다.

로비나와 타마나는 다시 배구팀에 들어갔다. 하지만 축구가 자꾸 마음에 걸렸다. 로비나는 세계에서 가장 인기 있는 스포츠인 축구를 하고 싶었기 때문이다.

다시 학교에 다니게 되자 로비나는 마음이 설레었다. 열한 살밖에 안 되었지만 로비나는 의사가 되는 꿈을 꾸었다. 의사가 되면, 몇 십 년 동안 힘들게 일하고 아이들을 키우느라 쇠약해진 어머니를 치료할 수 있을 것 같았기 때문이다. 이제 그런 꿈을 꾸는 것이 아주 불가능한 일은 아니었다.

로비나에게 가장 중요한 것은 가족이었다. 넓고 화려한 카디야의 집에서 지내는 것이 편하고 좋은 만큼이나 로비나는 자기 집으로 돌아가고 싶었다.

로비나 가족의 집은 여자들만 이용할 수 있는 공원인 '여자들의 정원' 인근의 카르테 파르완 지역을 통과해 조금만 걸어가면 되는 곳에 있었다. 탈레반 치하에서는 텅 빈 거리들을 종종걸음을 치며 가야 했다. 한번은 장대에 피 묻은 손 하나와 다리 하나가 대롱대롱 매달려 있는 것을 본 적도 있다. 그러나 이제는 아무런 두려움 없이 걸어갈 수 있었다.

카디야의 집에서 로비나는 큰돈은 아니지만 돈을 벌었고, 이따금 음식이나 옷을 선물로 받기도 했다. 로비나는 돈이나 선물이 생기면 그것들을 집으로 가져가 자랑스럽게 어머니한테 내밀었다.

그런데 로비나가 이런 식으로 집을 방문하는 것에 대해 카디야가 화를 내기 시작했다. 어린아이였을 때 로비나는 카디야의 집에서 언제나 가족처럼 환영과 대접을 받았다. 그런데 이제 사정이 달라졌다는 것을 로비나는 알게 되었다.

로비나는 늘 카디야의 집안일을 자청해서 도왔다. 빗자루로 커다란 방들을 쓸고 탁자들의 먼지를 닦았다. 카불에는 늘 먼지가 많았기에 할 일도 많았다.

로비나의 친절한 행동은 처음에는 집안에 찾아온 손님이 아량 있게 베푸는 선행으로 받아들여졌지만, 시간이 흐를수록 점점 당연한 일로 여겨졌다. 로비나도 그런 사실을 눈치챘다. 부엌에 있는 잔을 가지러 갈 일이 생기면, 그 집 식구들은 로비나에게 가져오라고 했다. 바닥에 먼지가 보이면, 로비나에게 닦으라고 하는 경우도 많았다. 어쩌다 로비나가 바빠서 못하겠다고 하면 그들은 화를 냈다.

로비나가 자기 가족과 함께 시간을 보내기 위해 집으로 가면, 카디야의 가족은 로비나가 생각한 것보다 훨씬 더 일찍 돌아오라고 요구했다.

한번은 카디야가 다음과 같은 험한 말을 내뱉기도 했다.

"너 요즘 건방져. 배은망덕하게."

로비나가 열세 살이 되었을 때, 로비나와 로비나의 어머니는
로비나가 그 집에 더 이상 가지 않는 것이 좋겠다는 의견의 일치
를 보았다.

로비나는 다시 가족과 함께 지내게 되었다. 이제 탈레반은 사
라졌고, 노점들이 다시 문을 열었다. 로비나는 자매들과 함께 노
점 하나하나를 뒤지면서 사랑, 야망, 종교, 미래를 노래하는 아
마드 자히르, 파르하드 다르야 같은 아프간 가수들의 테이프를
힘겹게 다시 모았다.

로비나는 물을 길으러 언덕을 오르내리며 날마다 새 건물들
이 세워지고 있는 모습을 보았다. 돌조각들은 깨끗하게 치워지
고 거대한 도리(서까래를 받치기 위하여 기둥 위에 건너지르는 나무)들
이 하늘로 치솟았다. 흙길들은 하룻밤 사이에 포장도로로 변했
다. 유엔과 국제구호기관인 케어(CARE) 같은 국제기구 사무실
들이 다시 문을 열어, 카불에 남아 있는 수십 만 명의 아프간 사
람들과 카불로 쏟아져 들어오는 수백 만 명의 난민들에게 음식
과 의료와 교육과 기술 훈련을 제공했다.

은행 건물들, 휴대전화 광고판들, 사람들로 북적거리는 거리
들, 차와 자전거들로 북새통인 도로들, 복잡한 차들을 이리저리
피해 걷는 사람들, 빵빵거리는 경적, 큰 소리를 외치며 물건을

파는 행상들, 웅성거리는 이야기 소리 등 세상은 새로운 소음들로 가득 찼다. 로비나는 혼란스러웠다.

게다가 집에 문제가 생겼다. 로비나의 아버지는 늘 부정기적으로 일을 했는데, 번 돈을 집에 갖다주지 않는 경우도 허다했다. 이제는 아예 일을 하지 않고 집에서 쉬고 있었으며, 그의 행동은 갈수록 변덕스러워지고 있었다. 어느 날, 아버지는 집에서 난동을 부려 문을 뜯어내고 주먹질을 해 벽에 구멍을 내고 문을 부숴버렸다.

로비나와 로비나의 오빠가 아버지에게 따졌다.

"왜 이러시는 거예요?"

"나도 모르겠다. 아니야, 내가 안 그랬어."

아버지의 반응에 로비나의 한숨을 쉬며 이렇게 말했다.

"우리가 다 봤어요."

"나도 모르겠다. 아니야, 내가 안 그랬어."

아버지는 같은 말만 되풀이했다.

그날 밤, 로비나는 떨리는 목소리로 어머니에게 물었다.

"예전에는 아버지가 이렇지 않았지요?"

"아니, 아버지는 늘 이런 식이었어."

어머니는 저녁 준비를 하면서 로비나에게 말했다.

"열 살 때 너희 아버지와 약혼했어. 나보다 갑절이나 나이가 많았지."

아버지와 어머니는 결혼한 후에 카불로 이사했다. 어머니 자이나브는 미국인 집에서 일했고, 그 가족은 그녀를 좋아하고 존중하게 되었다. 그래서 미국으로 돌아갈 계획을 세웠을 때, 자이나브의 아들 나지브를 미국으로 데려가서 공부를 시키고 싶다고 말했다. 나지브는 엔지니어가 되고 싶어 했다. 하지만 로비나의 아버지 오마르는 나지브가 미국으로 가는 것을 허락하지 않았다.

"나는 너희 아버지한테 이렇게 말했지. '그 미국 사람들은 내 손에 열쇠를 꼭 쥐어주면서 자기들 집을 나한테 주었어요. 차 열쇠도 주었고요. 자기들 집에서 살라고 했단 말이에요. 집 안에 있는 물건도 모두 가지라고 했어요.'"

그렇지만 끝끝내 오마르는 고집을 꺾지 않았다. 그 대신 사정하는 아내에게 당장 아이들을 데리고 카불을 떠나 아프가니스탄 남부에 있는 아내의 고향 잘랄라바드로 가라는 말도 안 되는 요구를 했다.

잘랄라바드에는 땅도, 일도, 아무것도 없었다.

그 후 아이들이 계속 태어나 집안 형편이 더욱 어려워지자, 오마르는 결국 자신의 실수를 인정했다. 잘랄라바드로 이사한 것은 잘못한 일이었다. 가족은 카불로 돌아왔다. 당연히 미국인 가족은 이미 떠나버리고 없었다.

자이나브의 옛이야기는 이렇게 이어졌다.

"나는 새 집에서 일하게 되었어. 지금 일하고 있는 아프가니스탄 부잣집 말이야. 그 집 사람들은 참 친절해. 밥도 주고 과일도 주고 헌 가구랑 지금 보고 있는 텔레비전도 줬어."

자이나브는 콸콸 들이붓는 흙탕물처럼 로비나에게 말을 쏟아냈다. 자이나브가 오마르에게 시집을 갔을 때 그녀는 너무 어렸기 때문에 결혼을 반대할 수 없었다.

외국인들이 나지브를 미국으로 데려가고 싶다고 했을 때 오마르는 반대했다. 그들이 집과 차를 주겠다고 했을 때도 오마르는 반대했다.

로비나보다 한 살이 많은 언니 나디아가 열세 살이 되었을 때, 오마르는 나디아 본인과 어머니의 바람과는 반대로 나디아를 결혼시켰다.

그런데 이제 로비나가 아버지에게 허락을 받을 일이 생겼다. 로비나는 아버지가 어떻게 나올지 걱정이 되었다. 그래서 어머니에게 먼저 그 이야기를 꺼냈다.

"엄마……, 며칠 전에 아쉬아나에서 배구 연습을 한 후에 미국인 엘리자베스 선생님이 저한테 교무실로 오라고 하셨어요. 교무실에 가보니까, 하얀 수염을 덥수룩하게 기르고 키가 크고 호리호리한 미국 사람이 있었어요. 두에인이라는 미국 사람인데, 자기소개를 하고는 손을 내밀어 저와 악수했어요."

두에인은 의자에 앉아 엘리자베스 선생님의 통역으로 로비나에게 어떤 스포츠를 좋아하는지 물었다.

“축구하고 배구요.”

로비나가 대답하자 두에인은 이렇게 말했다.

“축구를 좋아한다면, 왜 축구팀에서 운동을 하지 않는 거니?”

“아프가니스탄에서 여자아이들은 배구만 해요.”

“이제부터는 그렇지 않을 거야.”

얼마 지나지 않아 로비나는 아프가니스탄 센터에서 새로운 팀과 함께 매주 축구를 하게 되었다. 그리고 얼마 후 두에인은 미국에서 열리는 축구 캠프에 로비나가 선발되었다고 알려주었다. 만약 부모님만 허락한다면 로비나는 그해 여름에 바로 떠날 수 있었다.

로비나는 초조한 눈길로 어머니를 올려다보았다.

“아빠가 뭐라고 하실까요?”

“너는 미국에 갈 수 있을 거야.”

6

팀을 하나로! 리더, 로비나

로비나, 카불과 미국

> "구하는 자가 찾는 자이다."
>
> —아프간 속담

2004년 6월 18일, 미국으로 출발하기로 예정된 그날 아침, 로비나는 파즈르를 올리기 위해 평소처럼 새벽 5시에 일어났다. 전날 밤에 로비나는 여행 가방을 모두 꾸렸다. 셔츠와 바지 몇 벌, 칫솔, 어머니와 아버지 사진 그리고 가족사진 몇 장. 차가 아침 일찍 와서 공항까지 실어다주기로 되어 있었다. 오늘 떠나면 6주 뒤에나 가족을 다시 볼 수 있었다.

로비나는 전날 밤에 어머니한테 이렇게 물었다.

"엄마, 옆에서 자도 되죠?"

"그럼."

자이나브는 빙그레 웃으며 로비나에게 자기 옆으로 와서 토샤크에 누우라는 손짓을 했다. 두 사람은 서로 몸을 꼭 붙인 채

밤을 보냈고, 로비나는 편안하게 푹 잘 수 있었다.

차가 로비나의 집 앞에 섰을 때, 차 안에는 아리아나와 미리암이 이미 타고 있었다. 로비나는 현관문 앞에서 머뭇거리다 고개를 돌려 가족들을 바라보았다. 로비나를 배웅하기 위해 늘어선 가족들이 눈물을 감추려고 눈을 끔뻑이고 있었다.

'비행기가 추락하면 어쩌지? 다시 돌아오지 못하면 정말 어떡하지?'

로비나의 눈에도 눈물이 글썽였다.

"우리가 너하고 같이 공항까지 가면 안 될까?"

자이나브가 다정한 목소리로 물었다. 공항까지는 차로 20분밖에 걸리지 않았고, 로비나 가족은 버스를 타고 돌아오면 되었다.

"아니에요. 오지 마세요. 공항까지 가면, 제가 더 슬퍼질 것 같아요."

로비나는 마치 땅에 뿌리를 박고 있는 것처럼 발걸음이 떨어지지 않았다.

살마가 로비나를 안으며 속삭였다.

"난 공항까지 가고 싶어. 혼자 집에 올 수 있어."

"안 돼."

로비나가 애써 웃음을 지으며 말했다.

"네가 나 없이 혼자 집으로 돌아오는 것보다 집에서 그냥 집에서 작별 인사를 하는 게 더 좋아.”

로비나는 가족을 남겨두고 차에 올랐다. 아리아나와 미리암
이 로비나를 반겼다. 세 아이는 아프간 센터에서 함께 축구 연습
을 했기 때문에 아는 사이였다. 아리아나와 미리암의 얼굴에도
눈물이 주르르 흐르고 있었다. 로비나는 아직도 집 앞에 모여 있
는 가족들을 차창 너머로 바라보았다.

‘이제 앞으로 나한테 무슨 일이 일어날까?’

차가 출발했다. 잠시 후, 차는 사미라를 태우기 위해 멈춰 섰
다. 사미라는 걷잡을 수 없이 흐느끼며 차에 탔다. 다른 여자아
이들이 사미라를 위로해 주었다.

“우리가 있잖아.”

“걱정 마. 다 함께 있으면 미국에서 아무 일도 없을 거야.”

“우리는 혼자가 아니야.”

카불에서 두바이까지 날아가는 열세 시간 동안 로비나는 앞
으로 벌어질 일에 대해 걱정했다.

‘비행기가 추락하면 어쩌지?’

‘공을 제대로 차지도 못하고 슛도 제대로 날리지도 못하면 어
떡하지? 실력도 없는데 괜히 창피만 당하는 것 아닐까?’

바버라 구드노가 두바이로 와서 소녀들을 미국행 비행기로

안내했다. 구름들이 풍경처럼 펼쳐져 있었고, 비행기는 눈밭 같은 하얀 구름들 속으로 잠겼다. 온 세상이 눈부시게 환한 흰 빛이었다.

'구름 속을 날고 있어!'

JFK공항에 도착한 다음, 아이들은 워싱턴의 리건국립공항으로 가는 비행기로 갈아탔다. 그리고 공항에 도착한 뒤 바버라의 차를 타고 그녀의 집으로 향했다.

두에인의 집은 도로에서 조금 떨어진 곳에 자리 잡은 빨간 벽돌집이었다. 집 앞 정원에는 버드나무와 떡갈나무가 있었다.

"여기가 우리 집이야. 모두들 환영한다."

바버라는 아이들을 2층으로 데려갔다. 그리고 아이들이 쓸 방으로 안내했다. 깔끔하게 정리된 큼지막한 방에는 킹사이즈 침대가 하나씩 있었다. 아이들은 가방을 털썩 내려놓고는 다닥다닥 붙어 곧바로 잠이 들었다.

로비나는 아리아나, 사미라, 미리암과 함께 방을 썼다. 로비나는 아직도 새 팀의 친구들을 알아가고 있었는데, 그 과정이 무척이나 힘이 들었다.

두에인이 맨 처음 로비나를 아프가니스탄 센터에 데려갔을 때, 다른 아이들은 로비나를 다정하게 대해주지 않았다. 하녀로 일하는 로비나의 어머니와 로비나의 까만 얼굴에 대해 놀려댔다.

영어를 할 줄 아는 프레슈타와 라일라 자매는 벌써 두에인과
꽤 친해졌다. 미국으로 떠나기 전 프레슈타는 로비나에게 이렇
게 말했다.

"넌 미국에 가지 못할 거야. 우리가 두에인 선생님한테 말해
서 너를 빼버릴 테니까."

로비나도 지지 않고 맞받아쳤다.

"좋아. 가서 말해봐."

미국에서 처음으로 맞이하는 아침, 로비나는 맨 먼저 일어났
다. 로비나는 파즈르를 올리고 아래층으로 터벅터벅 내려갔다.
바버라는 벌써 부엌에 나와 있었다.

"잘 잤니?"

밝은 목소리로 바버라가 말했다.

비록 로비나는 영어는 알아듣지 못했지만 다정함을 느낄 수
있었고 싱긋 웃었다. 그러고는 부엌을 사뿐사뿐 다니며 전자레
인지로 우유를 데우고 선반에서 접시들을 내리는 바버라의 모
습을 찬찬히 살펴보았다. 며칠 후, 로비나는 혼자서도 부엌일을
척척 할 수 있게 되었다.

로비나는 여느 때처럼 일찍 일어나 아래층으로 내려갔다. 그
리고 유리 계량컵에 우유를 붓고는 전자레인지의 버튼을 눌렀
다. 그런 다음 접시들을 꺼내 빵 조각을 하나씩 올려놓았다. 잠
시 뒤, 팀 동료들이 부엌으로 들어와 로비나를 보고 깜짝 놀라

더니 이내 빙그레 웃음을 지었다. 로비나도 그들을 향해 빙긋
웃었다.

아침을 먹은 뒤, 아이들은 칠푼바지와 티셔츠를 단정하게 입
고는 수영장으로 뛰어갔다. 첫날에는 수영을 할 줄 아는 아이가
한 명도 없었기 때문에 모두들 타일이 깔린 수영장 앞을 서성거
리거나 손과 발을 차가운 물에 넣고 뱅글뱅글 돌리며 물결을 일
으키기만 했다.

그다음 주, 로야가 아이들에게 수영을 가르쳐 주었다. 다른 아
이들은 수영장 한쪽 끝, 물이 얕은 곳에서 물을 튀기며 놀았다.
하지만 로비나는 동료들과는 달리 자신이 다이빙을 무척 좋아
한다는 사실을 알게 되었다.

로비나는 작은 다이빙 보드로 올라가 수영장의 가장 깊은 곳
을 향해 다이빙했다. 로비나의 몸이 옥색 물속으로 곧장 잠겼다
가 위로 확 솟구쳤다.

워싱턴에 온 첫 주부터 아이들은 축구 연습을 했다. 팀은 해마
다 아프간 체육회가 주관해 버지니아에서 열리는 '미국 독립기
념일 기념 아프가니스탄계 미국인 축구 대회'에 참가할 예정이
었다.

7월 4일 일요일 아침, 로비나와 팀 동료들은 모두 차에 올라타
마지막 연습을 하기 위해 바버라와 두에인의 집 가까이에 있는
운동장으로 향했다. 알리는 아이들에게 패스 주고받기와 골문

을 향해 슛을 쏘기와 같은 기본적인 훈련을 시켰다.

그 가운데서도 특별히 어려운 훈련이 하나 있었다. 운동장 한쪽 모서리에서 출발해 최대한 빨리 뛰면서 공을 바로 발 앞에 두고 드리블해 맞은편 모서리에 있는 골문까지 가는 훈련이었다. 아이들은 제대로 공을 다루지 못했다. 너무 빨리 뛰어가는 바람에 공이 발이 닿지 않는 곳까지 가버리는가 하면, 또 너무 천천히 뛰어 무기력하게 뒤처지기도 하고, 뛰다가 넘어지기도 했다. 팀원들 모두 엉망진창이 되지 않고는 운동장 끝까지 가기가 무척 어려웠다. 아침 연습을 마친 뒤 소녀들은 다시 차에 올랐다. 밤새 비가 내린 하늘은 여전히 구름이 잔뜩 끼어 어정쩡한 잿빛이었다.

이윽고 소녀들은 스프링필드에 위치한 대회 장소에 도착했다. 널찍한 공터에 잔디 깔린 운동장 두세 개가 보였고, 수백 명의 사람들이 우르르 몰려다니고 있었다. 로비나는 차에서 내려 스트레칭을 했다. 나이가 지긋한 한 아프간 여자가 로비나를 보고는 "살람."이라고 인사했다. 로비나도 인사말을 건넸다.

"살람, 칼라 잔(안녕하세요, 아주머니)."

사람들이 잔디 구장으로 몰려들었다. 로비나의 귀에 다리 어와 파쉬토 어가 조각조각 들렸다.

경기가 시작되었다. 상대는 아프가니스탄계 미국인 대표 팀이었다. 알리 코치는 경기 내내 터치라인에 서서 아이들에게 지시를 내렸다. '자리를 지키라', '패스를 하라' 소리치고, 상대편 수비에 생긴 구멍으로 치고 들어가 득점을 올릴 좋은 기회라고 알려주기도 했다.

　로비나는 덜컥 겁이 났다. 경기장에서 큰 실수를 저질러 관중들이 보는 앞에서 창피를 당할 것만 같았기 때문이다. 그 두려움은 경기 내내 로비나를 사로잡았다. 그러나 경기장에서 뛰는 로비나의 모습은 더할 나위 없이 안정돼 보였다. 로비나는 기회가 있을 때마다 공을 차지하기 위해 맹렬하게 뛰었다. 결국 경기는 0대 0 무승부로 끝났다.

　로비나의 팀은 미국에 사는 아프가니스탄 사람들을 상대로 겨뤄 대등하게 싸울 수 있다는 것을 보여주었다. 비록 패스하면서 실수를 저지르고, 좋은 기회들을 놓치고, 골을 기록하지는 못했지만 말이다. 그러나 팀은 자부심을 가지고 열심히 뛰었고 패배하지 않았다.

　경기가 끝난 뒤, 팀원들은 한 줄로 서서 상대 팀 선수들과 악수를 했다. 두 팀은 함께 경기장 주변을 뛰었고, 관중들은 박수를 치며 환호성을 질렀다.

　소녀들은 잔디 운동장 가장자리에 앉아 남자 결승전을 구경했다. 그리고 다리 어와 파쉬토 어로 재잘거리기도 하고 지나가는 사람들에게 인사하기도 했다. 몇몇 사람들은 눈물을 글썽이며 아프가니스탄에서의 삶에 대해 물었다.

　남자 결승전이 끝난 뒤 시상식이 열렸다. 두 여자 팀 모두 호명을 받아 시상대로 나가서 메달을 받았다. 로비나의 첫 축구 메달이었다.

'아, 어서 엄마한테 보여주어야 하는데.'

⁓⁜⁓

로비나가 카불로 돌아왔을 때는 찌는 듯이 더운 8월이었다. 그녀를 실은 차가 로비나 집의 현관문 앞에 섰다. 현관문은 잠겨 있지 않았다. 로비나는 큰방으로 걸어 들어갔다. 동생들은 바닥에서 놀고 있었다. 로비나를 본 동생들이 발딱 일어나 로비나를 껴안았다.

"우승했어? 어서 말해봐!"

"음, 이번에 처음으로 미국에 갔잖아."

로비나는 조심스럽게 말을 했다.

"그러니까 우승을 하지 못해도 괜찮아. 이번이 처음이니까."

로비나의 부모님과 오빠 나지브는 일을 하러 나가고 없었다. 그들에게는 모두 휴대전화가 없었다. 그들을 기다리다 로비나는 깜빡 잠이 들었고, 남동생이 흔들어 깨울 때까지 내리 잤다.

"로비나, 일어나! 엄마가 왔어."

남동생이 소리쳤다.

자이나브가 문 안으로 걸어 들어왔다. 자이나브와 로비나는 서로를 껴안았다.

"네가 무사히 집에 돌아와서 정말 기쁘구나."

자이나브가 속삭였다.

잠시 뒤, 나지브가 들어왔다. 로비나는 나지브에게 미국에서 한 축구 경기와 그 밖의 모험담을 이야기해주었다.

"좋았어. 계속 그렇게 해. 계속 배워 나가는 거야."

나지브는 힘주어 그렇게 말했다.

카불로 돌아온 로비나는 이제 다른 여자아이들과 함께 연습하는 것이 너무도 좋았다. 그들은 이제 친한 사이가 되었다. 로비나는 당장이라도 아프가니스탄을 대표해 시합에 출전하고 싶어 몸이 근질근질했다. 하지만 지금 당장은 축구를 하고 싶어 하지만 아직 그럴 기회조차 갖지 못한 다른 여자아이들에게 자신이 배운 축구 기술을 가르쳐주는 일을 행복한 마음으로 하려고 마음먹었다. 축구 경기를 하러 로비나가 미국으로 간 사실을 알게 된 반 아이들은 로비나에게 축구를 가르쳐 달라고 졸라댔다.

로비나는 적당한 운동장만 찾으면 곧바로 팀을 결성할 결심을 했다. 우선 여동생 살마를 자기 집 뒷마당에서 가르치기 시작했는데, 소리를 질러 엄한 지시를 내리고 폼을 교정해주었다. 얼마 지나지 않아 살마는 금요일 연습에 합류하게 되었다.

　미국에서는 여자아이들이 길에서 자전거를 타고, 차를 몰고, 잔디 운동장에서 축구를 한다. 로비나는 아프가니스탄의 여자아이들도 그렇게 될 수 있기를 바랐다. 하지만 로비나는 여전히 앞에 놓여 있는 자신의 길을 한순간도 잊지 않았다.

　친구 타마나는 더 이상 배구를 하지 않았다. 가족들이 더 이상 그녀를 학교에 다니지 못하게 했기 때문이다. 마침 타마나의 집 가까이에서 일하는 자이나브가 이따금 타미나의 편지를 로비나에게 전해주었다.

　'너는 정말 운이 좋아.'

　타마나는 편지를 통해 로비나에게 이렇게 말했다.

　로비나의 가족은 카불 내 다른 곳으로 이사했다. 로비나가 미국에 가기 전에 로비나 가족은 첼사툰에 살았는데, 그 집에는 방 두 개와 부엌, 거실이 있었다. 게다가 다른 사람의 방해를 받지 않고 목욕할 수 있는 조그마한 공간도 있었다.

　그러나 로비나가 미국에서 돌아와 얼마 되지 않았을 때, 집 주인은 로비나 가족이 감당할 수 없을 만큼 집세를 많이 올렸다.

　로비나 가족의 새집은 로비나의 친척 아저씨가 지은 집인데, 방이 하나밖에 없었다. 그리고 높은 언덕에 자리 잡고 있었다.

　새 이웃들은 로비나가 실수로 그 이야기를 흘려 버려 미국에

갔다 왔다는 사실을 알게 되었고 로비나를 괴롭히기 시작했다.

"아, 네가 미국 사람들하고 놀았다며? 너 혹시 미국 사람 아니냐?"

아침마다 물을 길으러 언덕배기를 오르는 로비나를 향해 남자아이들은 그렇게 빈정댔다. 그리고 남자아이들은 로비나를 빙 에워싸고는 로비나의 얼굴이 빨개질 말들을 퍼부었다.

로비나가 울면서 집으로 돌아오자, 다음 날 어머니가 로비나와 함께 밖으로 나갔다. 자이나브는 돌멩이투성이인 가파른 길 가장자리에 모여 있는 사내아이들에게 뛰어가 부르카의 틈 사이로 고함을 질렀다.

"나는 타지 사람이 아니야! 여기는 내 집이야. 그런 나쁜 말 다시는 하지 마."

자이나브는 헐렁하고 가벼운 파란색 겉옷을 휘날리며 사내아이들을 향해 다가갔다. 사내아이들은 한 마디도 하지 못하고 줄행랑을 쳤다.

그날 밤, 자이나브는 로비나에게 이렇게 설명해주었다.

"아프간 사람들은 무척 보수적이야. 다우드 칸 시대 때부터 아프간 사람들은 세상의 쓴맛을 보았지. 넌 지금쯤 학교를 모두 마쳤어야 하지만 탈레반이 있었던 그때, 보수주의자들 때문에 학교에도 못 다녔어. 이제 탈레반은 사라졌지만 변화에는 오랜 시간이 걸려."

금요일 아침, 로비나는 연습장으로 가는 버스에 앉아 스포츠

잡지를 읽고 있었다.

"그게 뭐야? 너 어디 가는 길이니?"

옆에 앉은 여자아이가 호기심을 가지고 물었다.

"축구하러 가."

"축구해도 너희 가족이 아무 말도 안 해?"

"응."

로비나는 여자아이를 찬찬히 살펴보았다.

"너 관심 있니?"

"우리 오빠는 나를 학교도 못 다니게 해."

여자아이가 풀 죽은 목소리로 말했다.

"축구는 엄두도 못 내."

HOWEVER TALL THE MOUNTAIN

2

하나의 공, 여덟 개의 꿈

소녀들은 한 팀으로 호흡이 착착 맞았다.
연습 때 살펴보면 패스한 공이 축구장을 가로질러 이미 자리를 잡고
슛을 날릴 준비가 되어 있는 팀 동료의 발 앞에 떨어졌다.
경기장에서 그들은 자기들만 아는 비밀 눈짓과
고갯짓과 손짓으로 생각을 주고받았다.

1

아프간과 미국, 두 세계 사이에서

나는 두 세계를 오가며 자랐다. 집에서는 아프가니스탄의 세계에서, 밖에서는 미국의 세계에서. 내가 다니던 초등학교에 가려면 도시를 가로질러 가야 했기 때문에 나는 언니, 오빠와 함께 매일 아침 코네티컷의 집에서 세 블록 떨어진 버스 정류소에서 노란 스쿨버스를 탔다.

나는 학교를 무척 좋아했다. 벅스 힐 초등학교부터 노스 엔드 중학교를 거쳐 월비 고등학교에 다닐 때까지 나는 늘 교실에 있으면 마음이 편했다. 나는 정말로 공부를 좋아했다. 그러나 고등학생 때까지 나는 학교가 끝나면 곧장 집으로 가곤 했다. 앞서 말했듯이, 집에는 아프간 언어와 아프간 음식 그리고 아프간 문화가 있었기 때문이다.

우리 삼 남매가 초등학교와 중학교에 다니던 시절, 부모님은 윈체스터 전기 회사에서 함께 일하셨다. 어머니와 엔지니어였던 아버지는 조립 라인에서 야간근무조로 일했다. 어머니는 주중에 근무를 하셔서 주말에만 볼 수 있었다.

주말이 되면 조라 언니와 나는 부엌에 있는 높다란 의자에 앉아 어머니에게 주중에 일어난 일들에 관해 수다를 늘어놓았다. 우리가 파쉬토 어로 떠드는 사이, 어머니는 요구르트에 콩과 간 소고기를 넣어 냄새가 좋은 아우쉬(국수)나 쌀에 향이 좋은 아몬드, 건포도, 생강을 섞어 만든 쾌볼리 팔우를 요리하곤 했다. 또 살짝 튀긴 양파와 잘게 썬 소고기를 채운 일종의 찐만두인 만투나 밀가루 반죽에 감자와 부추를 잔뜩 넣고 튀긴 통통한 볼라니를 만들기도 했다. (요즈음은 집에서 만든 이런 음식들을 맛보려면 멀리까지 가야 하지만 그 시절에는 어머니가 직접 그 음식들을 만들어 주셨다.)

다른 아이들은 학교가 끝나면 여러 방과 후 프로그램을 듣거나 지역 유소년 축구팀에 들어가거나 학교 연극부에서 연극을 했다. 그러나 나는 주말이면 언니와 함께 어머니의 고향 칸다하르 지방 특유의 자수법인 카마크 도지를 배웠다.

어머니는 한사코 당신한테 직접 그 자수법을 배워야 한다고 하셨다. 카마크 도지가 아프간의 문화이기 때문이 아니라 하나의 예술이기 때문이라 말씀하시면서 말이다. 그런데 솔직히 말하면 자수는 배우기가 결코 쉽지 않았다.

어머니는 우리가 아주 어렸을 때부터 카마크 도지를 가르치셨다. 다섯 살 무렵에 나는 카마크 도지를 배우는 것을 싫다고 했다. 또 어머니한테 불쌍하게 보여 자수를 배우지 않으려고 일부러 바늘로 손가락을 찌르기도 했다.

나는 그저 밖에 나가 뛰놀고 싶었다. 창밖으로 보이는 길 건너편에 있는 운동장에 모여 발야구를 하거나 서로를 밀어주며 그네를 타는 동네 친구들을 부러운 눈으로 바라보곤 했다. 바늘과 천을 들고 소파에 앉아 있는 대신 밖으로 나가 달리고, 뛰고, 다른 아이들과 시합을 하고 싶었다.

"엄마, 밖에 나가서 놀아도 되죠?"

나는 어머니에게 그렇게 사정하곤 했다. 그러나 어머니는 단호했다.

"먼저 이걸 배워야 해, 아위스타. 이건 우리가 조상으로부터 물려받은 유산 가운데 하나야."

우리는 어릴 때부터 이슬람교의 성서이자 아랍 어로 된 코란을 읽는 법과 코란의 수라를 암송하며 기도하는 법을 배웠다. 그리고 부모님은 우리 삼 남매에게 여러 이야기들을 들려주었다.

어머니와 아버지가 우리에게 심어준 아프가니스탄 사람들에 대한 인상은 소박하고 아무 근심이 없는 사람들이었다. 드넓은 땅과 눈부신 군청색 하늘을 가진 민족, 가장 외딴 곳에도 복잡한 문양과 색깔의 타일로 꾸민 화려한 모스크(이슬람교의 사원)가 있는 땅이었다.

주말이면 아버지는 아프가니스탄식의 아침 식사를 차려내는 곳에 데려갔다. 달걀과 함께 나오는 기름에 살짝 튀긴 파와 토마토, 아프간의 납작한 빵 그리고 내가 특히 좋아하는, 우유에 생강을 넣은 차이 등이 나왔다. 나는 턱을 두 손으로 받친 채 둥그런 아침 식탁에 앉아 아버지와 아버지 형제들의 어린 시절에 관한 이야기들을 재미있게 들었다. 나무를 타고 올라가 뛰어내리며 놀던 이야기, 가족 소풍을 하기에 좋은 곳으로 유명한 아르간다브의 아름다운 정원들을 누비며 뛰놀던 이야기, 기도를 하기 위해 모스크에 가는 매주 금요일에 해가 뜨기 전 캄캄할 때 일어난 이야기, 칸드하르의 알로코자이 거리에서 동네 친구들과 함께 짓궂은 장난을 치며 놀던 이야기…….

한번은 내가 이렇게 물었다.

"아빠, 어떤 짓궂은 장난이었죠?"

"별것 아냐. 시장에 가서 광주리에 담긴 과일들을 뒤바꿔 놓는 것, 뭐 그런 거였지."

아버지는 눈을 반짝이며 대답했다.

"과일 파는 나이 많은 아주머니가 어찌된 영문인지 어리둥절해 하면 우리는 깔깔대며 도망쳤어."

만약 전쟁이 일어나지 않았다면 나도 정원을 누비며 뛰놀고,

우리 가족이 키우는 과일 나무에서 신선한 과일을 따서 먹거나 과일 나무를 타고 오르며 어린 시절을 보냈으리라. 나는 납작한 우리 집 지붕 위에 누워, 신선한 저녁 공기를 마시면서 부모님이 다른 어떤 곳보다 환히 빛난다고 말씀하셨던 아프가니스탄의 별을 헤아리는 몽상에 빠지곤 했다.

1979년 소련이 아프가니스탄을 점령했을 때, 우리 가족은 아프가니스탄을 떠났다. 아버지와 어머니는 미국에서 우리 가족을 위해 풍요로운 삶을 일구었지만, 고국으로 돌아가고픈 고통스러운 희망을 품고 살았다. 그러나 해가 갈수록 귀국은 점점 더 불가능한 일처럼 보였다.

이민을 온 다른 많은 아이들처럼 나도 조국에 가고 싶었다. 그러나 한 전쟁이 또 다른 전쟁으로 이어지고, 갈수록 더 파괴적인 상황으로 치달아 나 역시 점점 그 희망을 잃어가기 시작했다.

시간이 흘러 1989년, 소련군이 아프가니스탄을 떠났을 때 나는 초등학교 4학년이었다. 10년 동안 두 초강대국의 싸움터였던 아프가니스탄은 순식간에 사람들의 머릿속에서 잊혀졌다. 재건 계획은 없었으며, 국민의 3분의 1은 난민 상태였고, 다양한 종족 대부분이 서방으로부터 재정적인 지원을 받아 무장한 상황에서 파벌 싸움이 벌어졌다. 이는 결국 내전으로 발전하여 나라를 유린하고 말았다.

집과 건물과 마을들은 파괴되었지만 수많은 아프간 사람들은 고향으로 돌아가고 싶어 했다. 그런 외중에 1996년 젊은 이슬람교도 학생들로 이루어진 한 단체가 이슬람의 가치의 훼손과 지속적인 전쟁이 아프가니스탄에 끼친 악영향에 대해 반대의 목소리를 냈다. 그들은 나라를 복구하기로 결심한 열성적인 이들을 모아 작은 군대를 결성했다.

탈레반이라는 이름으로 불린 이 학생들은 종교적 경건함을 재정립하고 평화를 정착시키겠노라고 약속했다. 평화. 아프가니스탄의 젊은 세대들은 전쟁과 파괴가 없는 시절에 대한 기억이 전혀 없었다. 탈레반의 약속은 사람들의 마음을 끌 만했다.

처음 서방국가들은 무기와 자금을 공급하며 탈레반을 지지했다. 이어 탈레반의 지배가 시작되었다. 사람들이 숨 돌릴 틈도 없이 새로운 법률들이 제정되고 시행되었다. 남자들은 구레나룻을 면도하는 것이 금지되었다. 음악도 금지되었다. 결혼식 때 춤을 추는 것도 불법이 되었다. 여자들은 가까운 남자 친척을 동반하지 않고는 집 밖으로 나갈 수 없게 되었으며, 여자 학교들은 모두 폐교되었다.

새로운 법률들은 사람들의 삶의 모든 것을 결정할 정도로 광범위하게 영향을 미쳤다. 법을 위반한 사람들은 잔인한 방법으로 공개적으로 처벌을 받았으며, 처벌에는 사지를 절단하는 것과 공개 처형도 포함되어 있었다.

코란에 기초한 법체계인 샤리아에 대한 탈레반의 재해석은 많은 사람들로 하여금 '아프가니스탄이 비극에서 벗어날 수 있을까?' 하는 의구심을 품게 했다.

시간이 어느 정도 흐르자 식탁에서의 대화는 부모님의 생기 넘치는 과거 이야기에서 격렬한 정치 토론으로 변했다. 대학살과 폐허로 점철된 세월이 매해 거듭될수록 귀국의 꿈은 무너져 갔고, 나는 아버지의 목소리에 어린 좌절과 슬픔을 느낄 수 있었다.

"아프가니스탄은 더 이상 내가 기억하고 있는 나라가 아니야."

아버지는 그렇게 한탄했다.

아프가니스탄이 갈수록 정체성을 잃는 방향으로 퇴보하자, 어머니는 더욱더 조국의 전통을 보존하려고 애썼다. 어머니는 우리에게 바느질과 자수를 가르쳐줄 수 있다는 것을 무척 다행스럽게 생각했다.

"나는 바느질을 참 좋아했어."

어머니는 꿈속을 헤매는 듯한 미소를 지으며 추억에 잠기곤 했다.

"자라면서 나는 내 옷은 내 손으로 만들어 입었어. 심지어 결혼식 드레스도 직접 만들었지."

우리 집 구석구석에는 어머니가 손수 자수를 놓아 문양을 넣은 스카프와 베개, 커튼, 식탁보가 있었다. 그리고 얼마 있지 않아 내가 자수를 놓은 문양들이 우리의 식탁을 장식하기 시작했다. 그 가운데 몇 개는 상을 타기도 했다.

어머니에게는 1970년대 네 자매와 함께 카불에서 찍은 사진이 한 장 있다. 모두들 젊었을 때였다. 하나같이 호리호리한 몸매에 나팔바지를 입고 반짝반짝 빛나는 길고 까만 머리칼을 등 뒤로 늘어뜨린 채 한가로이 연못을 거닐고 있는 모습이었다. 나는 그 사진을 물끄러미 보다 텔레비전 뉴스로 눈길을 돌렸다. 뉴스에서는 파란색 부르카를 뒤집어쓴 여자들을 담은 장면이 수없이 되풀이해 나왔다. 텔레비전 속의 아프가니스탄의 모습과 부모님의 추억 속 아프가니스탄의 모습은 사뭇 달랐다.

2001년 10월, 미국이 연합군과 함께 탈레반을 축출하기 위해 아프가니스탄으로 진격했다. 탈레반 정권은 순식간에 무너졌다.

이때부터 수백만의 아프간 난민들이 물밀 듯이 고향으로 돌아오기 시작했다. 많은 사람들이 인접한 파키스탄과 이란에서 걷거나 마차를 타고 돌아왔다. 세계 각지에서 비행기를 타고 오는 사람들도 있었다. 아프가니스탄으로 가는 문이 열린 것이다.

2

꿈꿀 수 있는 자유

프레슈타와 라일라, 파키스탄에서 카불로

> "나는 링 안에서 폴짝폴짝 뛰었다. 춤, 나는 춤을 추었다."
>
> —아랍계 미국 시인 나오미 쉬하브 니예

프레슈타와 라일라는 트럭 뒤에 실은 집에서 가져온 카펫과 깔개, 옷, 베개 위에 앉은 채 난생처음 아프가니스탄으로 들어갔다. 프레슈타는 열한 살, 라일라는 열두 살이었다. 두 아이는 어머니와 사촌과 형제자매들과 함께 파키스탄의 페샤와르에 있는 집을 떠나 꼬박 하루가 걸리는 여행에 나섰고, 이제 카이베르 산길을 지나고 있었다.

지난 10월 미군 비행기들이 텔레반을 몰아내기 위해 아프가니스탄에 대규모 폭격을 감행했다. 그리고 카불은 수복되었다. 프레슈타와 라일라의 아버지 하피즈는 곧바로 트럭을 타고 국경을 넘어 가족들이 돌아오면 거주할 안전한 집을 마련했다. 그리고 카불에서 파키스탄으로 여행을 간 친척 아저씨를 통해 카불 한복판에 있는 이층집을 구했다는 소식을 가족에게 전했다. 며칠 후, 가족은 카불로 출발했다.

"트럭이 왜 이렇게 느릿느릿 가요?"

라일라가 투덜거렸다.

"길이 어떤지 안 보이니?"

어머니 아르조가 조용조용 대답했다.

라일라는 아래를 내려다보고는 깜짝 놀랐다. 도로가 폭격을 맞아 엉망이었다. 길이 아예 없었다.

어머니가 말했다.

"지금 우리는 파키스탄과 아프가니스탄 사이에 있어. 여기는 전쟁이 일어났던 곳이야."

"나는 우리나라가 정말 아름다울 줄 알았는데."

라일라가 계속 투덜대는 투로 우물우물 말했다.

"예전에는 아름다웠지."

어머니가 말했다.

라일라는 허물어진 건물들과 엉망이 된 도로들, 텅 빈 상점들, 황량한 들판, 폭탄 맞은 땅을 가만히 바라보았다.

파키스탄에 있는 집은 아버지가 지은 방 다섯 개의 작고 편한 진흙집으로, 아프간 난민들과 추방당한 사람들이 모여서 만든 동네에 있었다. 그 동네 주변에는 아이들이 물장구를 치며 노는 수영장이 있고 외벽은 유리로 된 고층 맨션들이 있었다. 프레슈타와 자매들은 근처 강에서 수영을 했다.

주변 동네에 사는 사람들 가운데 일부는 차를 가지고 있어서 매일 차를 타고 쇼핑을 갔다. 프레슈타와 라일라는 쇼핑을 하려면 집에서 두세 블록 떨어진 곳에 있는 창문도 없는 단칸짜리 잡화점으로 걸어가야 했다. 그 가게에서는 콩, 감자, 단추, 바늘, 과자, 캔디를 팔았고, 가게 밖에 있는 가판대 위에는 인형들이 쌓여 있었다. 어떤 사람들은 아침에 차를 타고 직장에 갔다. 프레슈타의 아버지 하피즈는 자전거를 타고 다녔다.

프레슈타와 라일라는 자기 집을 사랑했다. 하피즈는 땅을 사서 가족들을 위한 집을 지었고, 몇 년 동안의 피난 생활 동안 아내와 함께 높다란 돌담으로 둘러싸인 커다란 정원을 가꾸었다. 꽃냄새가 향기로운 정원 한쪽 구석에는 꽃을 활짝 피우는 복숭아나무를 심었고, 포도, 석류, 오크라, 옥수수, 꽃양배추, 가지, 고추 등을 재배했다. 또 나무 두 그루 사이에 그네를 달았다. 따스한 오후가 되면 열 명의 아이들은 번갈아 그네를 타고 놀았다.

더운 여름에는 침대를 모두 마당으로 꺼냈다. 땅거미가 지면, 가족들은 밖으로 나와 향긋한 차이를 마시면서 조용히 이야기를 나누다 별빛을 받으며 잠이 들었다.

이따금 네 자매는 하늘을 올려다보며 가장 밝은 별을 찾아보았다. 선선한 산들바람이 갑갑한 더위를 몰아내고 아이들의 머리카락과 몸을 덮고 있는 달빛 시트 위를 살랑거렸다. 아이들

은 눈을 말똥말똥 뜨고 한참을 속닥거리고 웃다가 스르르 잠이
들었다.

아르조와 하피즈는 전쟁이 끝나면 돌아오겠다고 다짐하면서
1980년에 아프가니스탄에서 탈출했다. 그 후 20년 동안 파키스
탄에서 열 명의 아기를 키웠으며, 지금 또 한 명의 아이를 임신
한 상태였다.

아르조는 아이들의 마음속에 아프가니스탄의 아름다운 모습
을 심어주기 위해 많은 이야기들을 들려주었다. 그 가운데에는
학교 건물 바닥에 깔린 두툼한 카펫 이야기도 있었다. 은은한
색깔에 신발이 푹 들어갈 정도로 두툼한 카펫이었다. 그녀의 이
야기 속에 나오는 교실들은 하나같이 깨끗하고 환했으며, 벽은
모두 반질반질하게 닦여 있어서 햇빛이 반사되면 눈이 부실 정
도였다.

"그리고 건물 밖으로 나가면, 꽃들이 사방을 뒤덮고 있었어."

아르조는 그렇게 덧붙였다.

프레슈타와 라일라는 파키스탄의 인기 스포츠인 크리켓을 구
경하는 것을 무척 좋아했다. 아르조는 두 아이에게 카불에서는
농구장과 배구장에 여자아이들이 가득해서 다 함께 연습을 하
고 코치의 날카로운 호루라기 소리에 따라 공을 차지하려고 몸
을 날린다고 말했다. 아르조가 어찌나 생생하게 말했던지 프레
슈타와 라일라의 눈앞에 배구팀이 네트 너머로 공을 스파이크

하고, 공이 팽팽한 흰색 네트 위로 분수의 물줄기처럼 포물선을 그리며 날아가는 모습이 그려질 정도였다.

파키스탄에서 그들은 펀자브 지방 특유의 옆구리에 기다랗게 구멍이 나 있는 화려한 색의 긴 셔츠와 헐렁한 바지를 입었다. 그리고 머리에는 아무것도 두르지 않았다. 그들은 아프가니스탄의 뉴스를 열심히 봤다. 뉴스 속 여자들은 모두 부르카를 뒤집어써 망사 뒤로 얼굴을 숨기고 있었다.

"내가 어렸을 때는 여자들이 치마를 입었어. 입고 싶은 치마 아무 거나. 여자들한테는 그럴 권리가 있었지. 당연히 어떤 옷을 입고 어떤 옷을 입지 않을지 결정할 수 있었어."

아르조는 그렇게 말했다.

프레슈타는 아프가니스탄 정부의 명령을 이해할 수 없다고 툴툴댔다. 라일라도 옆에서 거들었다.

"그런데 왜 지금은 그런 권리가 없는 거지요?"

"탈레반 때문이야."

아르조는 그렇게 대답하고는 텔레비전에서 눈을 돌렸다.

"아프가니스탄에서는 정말로 처형을 해요, 엄마?"

프레슈타가 목소리를 낮추어 물었다.

"응, 그래."

12월 어느 날, 라일라는 텔레비전에서 온통 새하얗게 뒤덮인 카불을 보았다. 깜짝 놀란 라일라는 이렇게 물었다.

"저게 뭐예요?"

"눈이야."

아르조가 빙그레 웃으며 대답했다. 그러나 웃음은 금세 사라졌다.

"올 겨울에도 추위 때문에 죽는 사람들이 있겠구나."

그해 여름에는 비가 오지 않아 강물이 말랐다. 텔레비전에는 소와 말과 양들의 시체가 나왔다. 끔찍한 가뭄이 든 것이다.

아르조의 얼굴이 고통으로 일그러졌다.

"이제 곧 사람들 차례가 될 거야. 전쟁통에 사는 것은 힘든 일이야."

아르조는 텔레비전에서 고개를 돌렸다. 그리고 아이들의 관심을 다른 데로 돌리기 위해 카불에 있는 극장에 대한 이야기를 꺼냈다. 그녀는 그 극장이 어떤 건물보다도 컸으며, 스크린이 지금 살고 있는 집만큼이나 높았다고 말했다. 그리고는 하늘로 높이 치솟아 카불을 에워싼 채 사람들을 지켜주는 천혜의 요새 같은 높다란 산꼭대기들에 대한 이야기를 풀어냈다.

"카불에 가보고 싶어요."

프레슈타는 저녁을 먹는 동안에도, 집 밖에 앉아 있는 동안에도, 카펫을 짜는 동안에도 그 말을 몇 번이나 되풀이했다.

"지금 당장은 안 돼. 너무 위험해."

"그럼 언제 갈 수 있는데요?"

"모르겠다. 전쟁이 끝나야겠지."

아르조는 사실대로 말했다.

아이들의 친척 아저씨인 오미드와 카심이 아프가니스탄에서 피난을 와서 이 집에 머물렀다. 프레슈타와 라일라는 다른 자매인 미나와 자밀라 그리고 큰오빠 칼리드와 함께 친척 아저씨들에게 카펫 짜는 기술을 배웠다.

칼리드가 하루에 짤 카펫의 양을 정하는 책임을 맡았다. 그는 시내에 있는 카펫 가게로 가서 카펫에 쓸 도안(문양과 색깔을 스케치한 그림)과 함께 카펫 짜는 데 필요한 손으로 염색한 털실, 줄, 바늘, 칼 등을 집으로 가져왔다.

카펫을 짤 때, 오 남매는 베틀 옆에 한 줄로 자리를 잡았다. 먼저 라일라와 칼리드가 앞에 걸려 있는 도안을 보면서 까만 실로 꽃잎과 꽃대 등이 그려져 있는 디자인의 윤곽선을 바느질했다. 베틀을 가로질러 모양 스케치가 끝나면, 자밀라와 미나, 프레슈타가 밝은 색의 털실로 색깔을 넣어 짜기 시작했다.

칼리드는 자신이 모은 인도 노래 테이프를 틀었고, 아이들은 다 같이 신나게 노래를 따라 불렀다. 테이프에서 흘러나오는 노래의 리듬이 일의 속도를 일정하게 유지하는 데 도움이 되었다. 그런가 하면 라일라는 실 짜는 소리가 만들어내는 음악도 들었다. 다섯 아이들은 함께 일하면서 각자 다른 소리를 냈다. 털실

자르는 소리, 바느질하는 소리, 꼬인 실을 풀어 팽팽하게 당기는 소리…… .

'바와르 나카르다니스트(우리는 잘하고 있어).'

라일라는 그렇게 생각했다.

하지만 가끔 바늘에 손이 찔려 피를 흘리기도 했다. 게다가 털 실에서는 아주 고약한 동물 냄새가 났다! 또 동물 털이 손에 엉겨 붙었다 떨어지기도 했다. 다섯 아이는 스카프로 코와 입을 가렸다. 그 냄새는 마치 오랫동안 놔둬서 썩은 과일에서 나는 냄새 같았다. 또한 실을 자를 때면 먼지구름이 일어서 콜록콜록 기침을 했다.

"그러면 못써. 양털을 모아서 밖에 놔두자."

어머니가 이런 말을 한 것은 한두 번이 아니었다. 아이들은 엄청나게 큰 양털 타래를 들어서 마당에 있는 빨랫줄에 널었다. 그리고 먼지를 모두 털어낼 때까지 빗자루로 두들겼다.

라일라는 아주 날카로운 칼로 일하는 것을 좋아했고, 일하는 손놀림이 무척 빨랐다. 그런데 어느 날 오후, 실이 끊어지면서 칼이 휙 빗나가 라일라의 눈꺼풀을 벴다. 피가 얼굴을 타고 줄줄 흘러내렸다. 하지만 라일라는 아랑곳하지 않고 맡은 일을 끝마쳤다.

베틀 앞에서 등을 구부린 채 조금씩, 조금씩 꼼꼼하게 실을 짜며 하루 일을 마치고 나면 온몸 구석구석이 쑤셨다. 다섯 아이는 비틀거리며 잠자리에 들어 깊은 잠에 빠졌다.

하지만 점점 더 모습이 드러나는 아름다운 문양을 보면 마음이 뿌듯해졌다. 이윽고 카펫을 뒤로 뒤집어 이리저리 얽힌 실들의 술이 아름다운 꽃이나 고불고불한 덩굴이나 복잡한 문양으로 변해 있는 것을 보면, 아이들은 환호성을 질렀다.

어느 날, 작업실에 있는 환풍기가 고장 났다. 아르조가 모터를 만지작거리며 라일라에게 물었다.

"전원 껐지?"

라일라는 전원을 껐는지 잘 생각이 나지 않아 스위치를 건들었다. 그러나 그 바람에 전원이 켜져 200볼트나 되는 전류가 전선을 타고 흘렀다. 아르조는 이미 모터를 열어 놓고 손으로 퓨즈를 만지고 있었다. 그녀는 비명을 내질렀다.

칼리드가 방 안으로 뛰어 들어와보니, 어머니가 땅에 쓰러져 있었다. 칼리드는 어머니가 기절한 것이라고 생각하고는 가까이에 있는 물 양동이를 집어 어머니에게 물을 끼얹었다. 아르조의 몸은 경련을 일으켰고 피부는 새까매졌다.

이 광경을 보고 라일라가 비명을 지르며 밖으로 뛰어나갔다. 카심이 후다닥 안으로 들어왔다. 그는 아르조의 손을 퓨즈에서 떼어냈다. 아르조의 피부는 까맣게 탄 채 벗겨져 손가락뼈가 훤히 보였다.

카심은 아르조를 업고 밖으로 뛰어나가며 소리쳤다.

"차가 필요해! 병원에 가야 해!"

아르조는 두 달 동안 침대에서 꼼짝하지 못했다. 의사가 날마다 와서 손가락에 들러붙어 있는 죽은 피부를 잘라내야 했다. 아르조가 다 나을 때까지는 아주 긴 시간이 걸렸다.

그로부터 몇 달 뒤, 그들은 카불로 가는 길 위에 있었다.

마침내 트럭이 덜덜거리며 반쯤 무너진 건물 앞에 멈춰 섰다. 아버지가 건물에서 나와 손을 흔들었다. 회색 흙벽은 일부는 무너져 내리고 커다란 구멍이 나 있어서 벽 내부에 아무렇게나 쌓은 벽돌이 훤히 드러났다.

2층의 큼지막한 창은 비닐로 가려져 있었고 널빤지 두어 장이 비닐을 질러 박혀 있었다. 한때는 화려했을 발코니는 녹이 슬고 썩어가는 채로 삐딱하게 기울어져 있었다. 문은 하나도 보이지 않았다.

파키스탄에 있는 집과 마찬가지로 집 옆에는 강이 흐르고 있었다. 그러나 강은 가파르고 메마른 강둑을 남겨둔 채 얕은 웅덩이로 쪼그라든 상태였다. 먼지투성이의 강둑에는 메마른 나무들이 줄지어 서 있었다. 흐르지 않는 수면 위로 강물에 잠긴 나뭇가지들이 보였다. 하피즈는 아르조와 아이들이 모두 트럭에서 내리도록 도와준 뒤에 운전사에게 말했다.

"벽돌들을 치워야 하는데 좀 도와주시겠어요?"

하피즈는 아프가니를 조금 내밀었다. 두 사람은 함께 집 안으로 들어가서 벽과 천장에서 떨어진 벽돌들을 주머니 몇 개에 담아 질질 끌고 밖으로 나왔다.

라일라는 현관문이 있던 자리였지만 지금은 휑하니 뚫린 깜깜한 사각형 안으로 들어갔다.

어느덧 새집으로 온 지 두어 달이 흘렀고, 그사이 라일라는 페인트가 벗겨지는 낡은 벽에 익숙해지고 천장에서 물이 새는 곳이 어디, 어디인지를 모두 알게 되었다. 또 철제 사다리를 타고 2층까지 올라가는 일도 능숙하게 할 수 있게 되었다.

어느 날 아침, 아르조가 사다리를 오르다 발을 헛디뎌 아래로 떨어져 허리와 무릎과 목을 다쳤다. 며칠 뒤에는 이제 겨우 한 살인 아미르가 기어가다가 바닥에 있는 구덩이 쪽으로 다가갔다. 구덩이 속으로 떨어지기 직전, 아르조가 아기를 보고는 발을 붙잡았다.

카불에서 맞이하는 첫 번째 겨울이 왔고, 눈이 천장과 창문을 통해 들이쳤다. 라일라는 집 안으로 하늘하늘 내려오는 눈송이를 손으로 잡았다.

시간이 어느 정도 흐르자, 라일라 가족은 위험한 발코니와 마당에 있는 빨랫줄에 빨래를 널기 시작했다. 그리고 아직도 유리가 없어 휑한 창문에 빨간색 커튼을 달았다. 바닥에는 빨간색 깔개들이 쌓여 있었고 한쪽 구석에는 짜부라진 빨간색 벨벳 베개들이 있었다. 그 위에 파키스탄에서 가져온 색이 바랜 문양이 있는 카펫을 깔았다.

용접공인 하피즈는 작은 TV 스탠드나 옷을 넣어둘 커다란 철제 상자 같은 가구를 손수 만들었다. 그리고 벽을 모두 하얀색으로 칠했다.

1층에는 다른 가족이 살았다. 이곳에 와서 알게 된 낯선 사람들이었다. 그 가족이 다투는 소리가 얇은 바닥이나 철제 계단을 타고 2층까지 들렸다. 아랫집의 아버지는 허약했으며 큰아들을 무서워했다. 큰아들은 여동생이 청바지를 입거나 머리카락을 너무 많이 드러내면 때렸다.

어느 날, 라일라는 바닥에 있는 구멍을 통해 아랫집 아들이 주먹으로 여동생의 머리를 때리는 것을 보았다. 여동생은 소리를 지르지 않으려고 손을 꽉 물고 있었다.

"엄마, 아래층 좀 보세요."

라일라가 소리쳤다.

라일라의 어머니는 계단을 서둘러 내려가 단호한 태도로 아랫집 아들을 불렀다.

"원하는 게 있으면 말로 하면 되지, 왜 폭력을 써?"

어머니는 조용조용 말했다. 아랫집 아들은 콧방귀를 뀌며 나가 버렸다.

결국 더는 참을 수 없는 상황까지 갔다. 아랫집 큰아들이 또 폭력을 쓰자, 이번에는 라일라의 아버지 하피즈가 계단을 후다닥 내려가 그를 붙잡아 벽에 내동댕이쳤다.

"이 집에 주먹을 가진 남자가 너만 있는 게 아니야. 한 번만 더 여동생에게 손찌검을 했다가는 우리가 가만두지 않을 거야."

하피즈 가족들은 이웃들의 폭력에 불안해했다. 특히 프레슈타와 라일라가 그랬다. 전쟁의 흔적이 남은 도시에 사는 것은 불안한 일이었다.

'모든 것이, 모든 사람이 낯설기만 해.'

라일라는 그렇게 생각했다.

파키스탄에 있었을 때는 친구들이 있었다. 번듯한 집도 있었다. 이웃들은 다정했으며 가족들은 행복했다. 결국 프레슈타는 어머니에게 고백했다.

"파키스탄으로 돌아가고 싶어요."

"엄마는 조국에서 살고 싶구나. 여기는 너의 조국이기도 해."

어머니는 그렇게 대답했다.

하루는 라일라가 어머니가 사준 새 청바지를 입고 시장으로 걸어가고 있었는데, 사내아이들이 희롱하기 시작했다. 한 아이가 이렇게 말했다.

“너 정말 귀엽구나! 청바지 죽이는데.”

라일라는 사내아이들에게 대들었다.

“부모님이 사주신 거야. 내가 무슨 옷을 입든 너희가 무슨 상관이야?”

한 사내아이가 바득바득 대드는 라일라가 재미있다는 듯이 손가락으로 가리키며 말했다.

“하, 요거 봐라!”

다른 사내아이는 큰 소리로 이렇게 말했다.

“쟤가 지금 우리한테 뭐라고 하는 거냐?”

“나한테 계속 말을 걸면, 경찰을 부를 거야.”

라일라는 그렇게 엄포를 놓고는 그 앞을 걸어가서 원래 사려고 했던 반짝반짝 빛나는 팔찌를 샀다. 그러나 팔찌를 손에 쥐자마자 집으로 뛰어갈 수밖에 없었다.

라일라는 눈물을 흘리며 어머니에게 말했다.

“엄마가 이곳에서 여자들은 이렇게 옷을 입는다고 했잖아요. 무릎 위로 올라오는 치마도 입을 수 있고.”

“예전에는 그래도 괜찮았어. 하지만 지금은 달라졌어.”

“하지만 전쟁은 끝났잖아요?”

“한꺼번에 모든 것을 할 수는 없는 법이야.”

라일라의 어머니는 차분한 목소리로 말했다.

“한 걸음 한 걸음 나아가야 해.”

아르조는 오래된 사진들이 들어 있는 상자를 가져왔다. 그러고는 라일라 나이만 했을 때의 자신의 사진을 한 장 꺼냈다. 이모와 함께 공원에서 무릎 위로 오는 치마에다 티셔츠를 입고 찍은 사진이었다.

"멋져요."

라일라가 침울하게 말했다.

"그래. 내가 네 또래였을 때부터 이 나라의 문화가 변하기 시작했어."

프레슈타와 라일라는 집에서 조금만 걸어가면 있는 나완니구자르가 학교에 등록했다. 둘 다 학교는 난생처음 가는 것이었다. 검은색 바지와 검은색의 긴 버튼다운 코트로 된 교복을 입고 머리에는 하얀 스카프를 둘렀다.

학교는 거의 모든 면에서 어머니의 이야기와 딴판이었다. 다양한 연령대의 학생들이 있었다. 열다섯 살에 처음 학교에 입학한 학생들도 있었다. 난민들이 카불로 몰려옴에 따라 3부제 또는 4부제로 세 시간씩 수업을 했다. 그리고 남녀를 구분하여 반을 만들었다.

수도나 화장실용 화장지는 없었으며, 티슈나 난로도 없었다. 한번은 몰래 학교 안으로 폭탄이 반입될 뻔했다. 낯선 사람이 한 학생에게 다가가 폭탄을 새라고 하면서 교장실에 가서 새를 풀어주라고 부탁했다. 그때부터 학생들은 학교에 아무것도 가져올 수 없었다. 아주 작은 꾸러미도, 심지어 아침에 자기 집 농장에서 딴 과일도 가져올 수 없었다. 책가방은 모두 검사를 받아야 했다.

라일라는 학교생활을 열심히 했다. 부지런히 공부해 의사가 되어 어머니를 돕겠다는 약속을 지키려고 애썼다. 집에서 프레슈타가 토샤크 위에서 빈둥거리는 동안 라일라는 구석에 앉아 몇 시간씩 공부를 했다.

두 아이는 같은 학년이었다. 라일라는 반에서 일등을 했고, 프레슈타는 이등이었다. 일등을 차지한 라일라는 교사를 돕는 학생에 지원할 자격을 얻었지만, 그 일을 하고 싶어 하지 않았다. 그냥 친구들과 함께 공부하는 게 더 좋았기 때문이다. 그래서 그 일을 동생 프레슈타에게 넘겼다.

프레슈타는 기꺼이 그 일을 맡았다. 프레슈타는 아이들에게 명령을 내리고, 교실 앞으로 나가 수업을 이끄는 일을 무척 좋아했다. 자신이 수업을 하는 동안 말썽을 피우는 아이들이 있으면 주저하지 않고 잣대를 사용하기도 했다.

학교가 끝난 뒤, 프레슈타와 라일라는 어머니가 컨디션이 안 좋은 날이면 어머니를 대신해 허드렛일을 했다. 위험한 층계참에 서서 단지를 들기 전에 머뭇거리거나 방 한가운데에 잠시 가만히 서 있는 어머니의 모습이 두 아이의 눈에 자주 목격되었다.

두 아이는 어머니가 살짝만 건드려도 매끄러운 표면에 금이 쫙 가는 꽃병처럼 허약하다는 사실을 잘 알고 있었다.

어느 날 오후, 아르조가 두 아이에게 말했다.

"이 둥근 밀가루 반죽을 길 저 아래에 있는 제과점에 좀 갖다 줄래?"

제과점에 있는 흙으로 빚은 커다란 오븐에서 구울 축축한 반죽들이었다. 두 아이가 밖으로 나가려는 순간 어머니가 다시 말했다.

"나가는 김에 우물에 가서 커다란 물통에 물을 가득 좀 담아 오렴."

두 아이는 집 밖으로 나갔다. 10월 첫째 주였지만, 카불에는 새 계절을 느낄 수 있는 가을바람은 아직 불지 않았다. 여름이 아직도 무겁고 뜨거운 뚜껑처럼 카불을 덮은 채 주발 같은 도시를 뜨겁게 달구고 있었다.

피난을 떠났다가 카불로 돌아온 수많은 사람들처럼 프레슈타와 라일라는 이 도시에 온 지 얼마 되지 않았다. 간헐적으로만 공급되는 전기, 훤히 드러나 있는 길가의 하수구, 더위 때문에 더욱더 고약해진 악취, 황폐한 땅과 폭탄을 맞아 무너진 건물들, 이 모든 것에 익숙해지는 것은 쉬운 일이 아니었다.

300만 명이 넘는 난민들이 파키스탄과 이란을 비롯한 외국에서 아프가니스탄으로 돌아왔다. 그리고 그들 대부분이 카불에 정착했다. 전쟁 전 인구 40만이었던 카불은 몰려오는 수백만 명의 사람들 때문에 미어터질 지경이었다.

늘어난 사람들 때문에 전기가 딸리고 하수구가 넘쳐났으며, 이미 부서진 도로들은 더욱더 신음해야 했다. 그러던 어느 날, 두 아이가 밖으로 나갔을 때 거리가 한산했다.

'사람들이 어디로 간 거지?'

라일라는 의아했다. 하지만 우물과 펌프가 있는 곳은 사정이 달랐다. 그곳은 근처에 사는 아이들이 모두 모이는 장소였다. 큰 물통에 물을 가득 채워 집까지 가려면 두 아이가 모두 달려들어 손잡이를 하나씩 맡아야 했다.

이날, 두 아이가 물통을 가지고 집으로 돌아가는데, 길이 소란스러웠다. 키가 크고 피부색이 옅으며, 아프간의 전통 의상인 파란 툼반이라 불리는 헐렁한 바지와 낙낙한 셔츠를 입은 나이가 지긋한 남자가 아이들에게 사탕을 나누어주고 있었다. 점점 더 많은 아이들이 몰려들었다.

그 남자는 라일라와 프레슈타 자매를 보고는 손을 흔들었다. 두 아이는 물통을 내려놓고는 남자에게 조심조심 다가갔다. 남자는 피곤해 보였지만, 미소를 지으면서 사탕을 내밀었다. 그는 다리 어를 잘 못하는 것 같았다.

프레슈타는 사탕 두어 개를 받은 다음 남자를 꼼꼼히 살펴보듯 시선을 남자에게 고정시킨 채 사탕을 입으로 넣었다. 그리고 "맛있네요."라고 말하는 듯한 손짓을 하고는 언덕 위에 있는 자기 집을 가리켰다. 그리고 차를 마시는 동작을 했다.

이 남자는 몇 주 전에 아프가니스탄에 처음 발을 들여놓았는데, 그때부터 만나는 아프간 사람들 거의 모두에게 초대를 받았다. 그것이 바로 손님을 환대하기로 유명한 아프가니스탄 문화였기 때문이다. 그러나 그는 다른 사람들에게 부담을 주지 않기 위해 초대를 모두 사양했다. 그런데 이번만큼은 스스로도 놀라울 정도로 흔쾌히 그 초대를 받아들였다.

"두에인 구드노."

남자는 이름을 말하고는 손을 내밀었다.

❧❧

하피즈는 두에인을 반갑게 맞이했고, 함께 난간이 없는 가는 철제 계단을 기어 올라갔다. 두에인은 조심조심 다른 사람들 뒤를 따라갔다. 그는 최근에 발작을 일으켜 시력이 약화된 상태였다.

처음에는 서로 의사소통이 잘 되지 않아 대화가 자꾸 끊기고 어색하기만 했다.

"너―몇―살이니?"

두에인이 라일라에게 큰 소리로 물었다.

라일라는 재미있다는 표정을 짓고는 이렇게 물었다.

"나메 쇼마 체스트?"

두에인과 하피즈 가족은 손짓, 발짓, 표정을 총동원해서 조금씩 조금씩 서로를 알아갔다. 두에인은 손으로 자신을 가리키면서 "두에인!"이라고 말했다.

라일라와 프레슈타는 서로를 말똥말똥 바라보았다. 그러다 프레슈타가 먼저 두에인과 똑같은 동작을 하며 말했다.

"프레슈타!"

그러고는 라일라에게도 해보라고 했다. 라일라는 자신을 가리키며 "라일라."라고 말했다.

두에인은 자주 하피즈의 집에 찾아왔고 그때마다 라일라와 프레슈타에게 영어를 조금씩 가르쳤다. 온 가족이 그를 따뜻하게 맞이해주었다. 특히 하피즈가 그랬다. 하지만 얼마 지나지 않아 동네에 소문이 돌았다. 이웃들은 화를 내며 날카로운 질문을 퍼부었다. 두에인이 동네사람들을 기독교로 개종시키려고 한다면서 말이다.

"제가 다 알아서 하겠습니다."

하피즈는 두에인에게 그렇게 말했다. 하지만 두에인은 자기 나름대로 머리를 써서 하피즈의 집을 방문할 때 매번 똑같은 길로 오지 않고 여러 다른 길을 통해 오기 시작했다.

이따금 이웃들이 함께 있을 때 두에인이 집에 오기도 했는데, 그럴 때면 프레슈타와 라일라가 밖으로 뛰어나가 미친 듯이 손을 흔들었다. 이런 어려운 상황에도 불구하고 두에인과 하피즈 가족의 관계는 갈수록 깊어졌다.

156

아르조와 하피즈의 동의 아래, 두에인은 아이들의 사촌인 자리나를 고용하여 라일라와 프레슈타에게 영어를 가르치게 했다. 자리나는 두에인과 가족 사이의 통역을 맡기도 했다.

두에인은 자리나를 통해 아르조와 하피즈에게 라일라와 프레슈타를 영어로만 수업을 하는 카불 국제학교로 전학시키라고 권유했다. 그는 직접 두 아이를 데리고 그 학교를 방문했다. 학교는 깨끗하고 번듯했다. 한 반에 열두 명의 학생이 있었으며, 남녀 합반이었고, 각자 책상 하나씩을 썼다. 학교 건물 밖에는 체육관과 잔디 축구장과 농구장도 있었다. 그리고 여자아이들도 운동을 할 수 있었다.

"이 학교에 다니고 싶니?"

두에인이 라일라와 프레슈타에게 물었다.

"네!"

라일라가 대답했다.

국제학교에 입학하자마자, 라일라는 처음으로 완벽한 영어 문장 하나를 배웠다. '그거 하지 마.(Don' t do That.)'였다. 선생님을 그대로 흉내 낸 말이었다.

2004년 2월, 두에인은 '아프간 청소년 스포츠 교류'라는 새 프로그램에 대한 이야기를 들었다. 스포츠를 통해 아프간 소녀

들에게 리더십을 길러주는 것을 목표로 하는 프로그램이었다.
두에인은 프로그램 운영자에게 이메일을 보내 이렇게 이야기
했다.

"당신이 흥미를 가질 만한 소녀 두 명이 있습니다."

자, 이제부터 시작이야!

프레슈타와 라일라, 카불, 2005년 12월

"우정의 끈은 비밀스럽고 무척 약하다."
―페르시아의 시인, 루미

"엄마, 내일 축구팀 아이들을 초대해서 밤새 놀아도 되죠?"
라일라가 물었다. 2005년 12월의 어느 금요일 밤이었고, 라일라와 프레슈타는 축구 연습을 마치고 막 돌아왔다. 평화의 뿌리에 있는 운동장은 집에서 걸어가면 10분쯤 걸렸다. 두 아이들의 손가락은 추위 때문에 아직 굳어 있었고, 얼굴은 몇 시간 동안이나 꽁꽁 언 땅을 누비며 공을 몰고 다닌 탓에 빨개져 있었다.

아르조는 밥을 짓기 위해 작은 가스난로인 고즈 위에 쌀을 올려놓고 있었다. 라일라가 두 사람이 들어가면 꽉 차는 작은 부엌 안으로 들어와 따뜻한 불길에 손을 쬈다. 아르조는 느리지만 빈틈없는 몸놀림으로 저녁을 준비하고 있었다.

"시합이 있어요!"

프레슈타가 큰 방에서 소리쳤다. 프레슈타는 토샤크에 편안하게 앉아 텔레비전을 보고 있었다.

"우리는 내일 힌두 쿠시 경기장에 갈 거예요."

아르조는 바닥에 까는 천인 데스타르칸에 책상다리를 하고 앉아 도마 위에 있는 시금치를 잘게 썰기 시작했다.

라일라가 입을 뗐다.

"오늘 연습이 끝나고 나서 할리마 코치 선생님이 우리한테로 오셔서 우리가 아주 잘하고 있다고 말씀해주셨어요."

코치의 말은 사실이었다. 하지만 지난 이삼 주 동안 팀이 조금 삐걱거렸다. 아리아나가 일 때문에 너무 바빠 함께 연습을 할 수 없다고 말했기 때문이다. 게다가 나이가 가장 어린 두 선수인 나디아와 디나가 갑자기 사라져버렸다.

남은 다섯 선수는 지난 8월에 카불로 돌아온 후로 일 년 넘게 정기적으로 연습을 해왔다. 12월로 접어든 지금 각자의 플레이는 제자리에 단단하게 자리 잡은 퍼즐조각처럼 아귀가 잘 들어맞았다. 호리호리한 라일라와 미리암은 수비수, 건장한 로비나와 프레슈타는 공격수였으며, 강인한 사미라는 골문을 책임졌다.

소녀들은 한 팀으로 호흡이 착착 맞았다. 연습 때 살펴보면, 패스한 공이 축구장을 가로질러 이미 자리를 잡고 슛을 날릴 준비가 되어 있는 팀 동료의 발 앞으로 떨어졌다. 경기장에서 그들은 자기들만 아는 비밀 눈짓과 고갯짓, 손짓으로 생각을 주고받았다. 평화의 뿌리 소속 직원들은 소녀들보다 나이도 더 많고 덩치도 더 큰 경비원들과 외다리인 파와드 코치와 할리마 코치로 구성된 팀인데도 그들과 연습 경기를 벌여 승리하기도 했다.

이날 소녀들이 연습을 끝마친 뒤 가방을 챙기고 머리에 다시 스카프를 두르고 있는데 할리마 코치가 걸어왔다.

"시합 이야기 들었니?"

소녀들은 고개를 가로저었다.

"아프가니스탄 최초로 여자 국가 대표 팀을 출범시키려고 준비하고 있는 올림픽 위원회에서 주최하는 시합이야. 여남은 팀이 참가 신청을 했다더구나."

할리마 코치는 빙그레 웃으며 이렇게 덧붙였다.

"내 생각에는 너희들이 잘 해낼 수 있을 것 같다. 내일 참가 신청을 해보자."

라일라가 어머니를 바라보며 말했다.

"시합은 이미 시작됐어요, 엄마. 하지만 할리마 코치 선생님은 지금 참가 신청을 해도 된다고 했어요."

아르조는 시금치를 긁어모아 단지 안에 넣으며 라일라의 이야기를 듣고 있다가 이렇게 대답했다.

"방학이라 수업이 없으니까 허락해주마."

학교는 몇 주 동안 겨울 방학에 들어갔다. 교실에 난방을 공급할 정도로 전력이 충분하지 않았기 때문이다.

"음, 팀원들을 불러서 밤에 같이 있으려무나. 학교가 쉬어서 신경 쓸 것도 없는데, 너희도 좀 재미있게 놀아야지. 그리고 다 함께 참가 신청을 하러 가렴."

라일라는 어머니를 덥석 안았다.

그날 밤 미리암, 로비나, 사미라가 라일라와 프레슈타의 집으로 왔다. 저녁을 먹은 후, 하피즈는 소녀들이 편하게 밤을 보낼 수 있도록 프레슈타와 라일라의 작은 방 대신에 더 큰 방을 내주었다.

"내 방을 쓰지 그러니?"

라일라와 프레슈타의 올케 나탈리가 말했다. 나탈리아와 아이들의 오빠 아시프는 집에서 제일 큰 방을 쓰고 있었다.

"오늘밤에는 아시프하고 내가 너희들 방을 쓸게."

라일라는 싱긋 웃으면서 말했다.

"고마워요, 크와르."

라일라와 프레슈타는 세 소녀를 큼지막한 노란색 방으로 안내했다. 소녀들은 한쪽 구석에 가방들을 쌓아놓았다. 바로 옆 화장실에서 콸콸거리는 수도관 소리가 나고 벽에 스민 물이 눈물처럼 반짝였지만 소녀들은 전혀 신경 쓰지 않았다. 방에 하나밖에 없는 창에는 비닐이 씌워져 있었다. 근처에 떨어진 폭탄 때문에 유리창이 박살났지만 유리를 새로 끼우려면 돈이 많이 들기 때문이었다.

"이렇게 하면 되겠다!"

프레슈타가 벌떡 일어나며 말했다. 그러고는 아이들을 다시 탁자가 있는 거실로 데리고 나왔다. 아이들은 기다란 벤치와 의자들을 끌어 탁자에 둘러앉았다. 프레슈타는 노트북을 열어 미국 여행 때 찍은 사진들을 하나하나 클릭했다.

"우리가 어떻게 했는지 생각나니?"

미리암이 웃으며 말했다.

"우리 진짜 못되게 굴었어. 뭐든 툴툴거렸잖아."

"바버라 아주머니 집에서는 소금을 못 먹게 한다고 툴툴거렸지."

"클리블랜드에서는 흐물흐물한 샌드위치 때문에 투덜댔고."

"코네티컷에서는 기숙사 방이 좁다고!"

"우리가 왜 그랬는지 모르겠어."

라일라가 웃으며 말했다.

"우리는 완전히 투덜이들이었어."

화면에 사진이 뜰 때마다 소녀들은 너도나도 자기가 기억하고 있는 사건들을 이야기했으며, 가장 창피한 순간들을 떠올리며 키득거렸다.

"사미라, 네가 나무 아래에 숨어서 우리가 몇 시간 동안 찾아 헤맸던 일 생각나니?"

사미라는 얼굴을 붉혔다. 미국 여행 첫 주에 워싱턴에 있는 아프가니스탄 대사관을 방문했을 때 일어난 일이었다. 사미라는 가족에게 연락할 수 있도록 전화를 쓰게 해달라고 부탁했다. 대사의 잘생긴 아들이 사미라를 도와주었다.

사미라가 돌아오자, 다른 여자아이들은 사미라를 에워싸고는 의심의 눈초리를 보내면서 대사 아들과의 '우정'에 대해 이것저것 캐물었다. 심지어 코네티컷에 가서도 계속 사미라를 놀려댔다. 사미라는 밖으로 뛰쳐나가 학교 안에 있는 숲속으로 들어가 버렸다. 그리고 나무 밑동에 앉아 있다가 잠이 들고 말았다. 그리고 몇 시간이 지난 뒤에야 학교 건물로 돌아왔다. 사미라가 떠들썩한 학교 카페로 들어서는 순간, 팀 동료들이 반기며 이렇게 소리를 질렀다.

"우리가 얼마나 놀란 줄 아니? 네가 없어진 줄 알았잖아! 널 찾으려고 사방팔방을 뒤졌어!"

로비나가 말했다.

"미리암, 너, 그 개 생각나니? 개가 그냥 너하고 놀고 싶어서 다가왔는데, 네가 비명을 빽 질렀잖아! 그렇게 미친 듯이 내지르는 비명은 난생처음 들어봤다."

미리암이 크게 웃었다. 코네티컷에 있는 동안, 미리암은 연습 도중에 화장실에 갔다가 돌아오는 길에 잔디 연습 구장 위에 있는 가파른 언덕에서 발을 헛디뎌 아래로 굴렀다. 미리암이 몸을 일으켜 세웠을 때, 바로 눈앞에서 쌕쌕거리고 있는 입이 큼지막한 개가 있었다. 개의 부드럽고 축축한 코가 미리암의 코를 비비고 있었다.

"엄마야!"

미리암은 소리를 빽 지르고는 고개를 획 돌려 얼굴을 손에 파묻고는 울음을 터뜨렸다.

소녀들은 계속 사진을 뒤적거렸다. 그러다 아유브 아주머니의 가족과 아주머니의 편안했던 집 안 사진들 그리고 푹신한 쿠션이 있는 소파에 몸을 파묻고 한 명 한 명 찍은 자신들의 사진들이 나오자 잠시 손길을 멈추었다. 심지어 식탁에 놓여 있는 매운 콩과 밥 사진도 있었다. 미국으로 여행을 떠나기 전, 라일라는 아프가니스탄계 미국인들은 "문화를 잃어버렸다."는 말을 들었다. 그러나 아유브 아주머니는 어떤 음식을 부탁하든 준비해 주었다. 달콤하면서도 생강을 넣어 매콤한 맛이 나는 떡인 라우트도 만들어주었고 야식으로 만투, 볼라니, 팔라우를 만들어주기도 했다. 마치 집에 있는 것 같았다.

프레슈타가 미국 여행에서 돌아와 그곳에서 찍은 사진들을 보여주었을 때, 프레슈타의 친구들은 아프가니스탄계 미국인들이 입고 있는 목둘레선이 깊게 파인 옷에 대해 한마디씩 했다. 그러나 프레슈타는 친구들에게 이렇게 말했다.

"스카프를 두르지 않거나 목둘레선이 조금 깊게 파였다고 해서 이슬람교도가 아닌 건 아니야. 그 사람들도 깊은 신앙심을 가진 이슬람교도야."

밤이 되자 집은 어둡고 추웠다. 소녀들은 담요 두세 장을 당겨 몸 위에 덮었다. 그리고 술통 모양으로 생기고 위에 불쏘시개를 넣을 작고 둥근 구멍이 나 있는 난로인 보카리에 불을 붙였다. 소녀들은 카펫 위에 한 줄로 매트를 깔았다. 라일라는 미리암 옆에 누웠다.

미국에 있었을 때, 미리암은 라일라에게 아버지의 죽음에 대해 털어놓았다. 라일라는 미리암과 함께 울었다. 라일라는 앞으로 자신이 할 수 있는 모든 방법으로 미리암을 돕겠다고 마음속으로 다짐했다. 그 가운데 한 가지가 축구였다. 미리암의 슛이 빗나가면 라일라는 부드러운 목소리로 조언을 해주었다.

"이런 실수를 보면 사람들이 나를 비웃겠지?"

미리암이 그렇게 말하면 라일라는 미리암을 위해 이렇게 용기를 북돋아주었다.

"나는 아니야, 미리암. 나는 절대로 너를 비웃지 않을 거야."

미리암과 라일라는 잠을 자기 위해 담요 한 장을 당겨 함께 몸을 덮었다. 하지만 담요 속에서 옛날 일들을 되새겨보고, 미래에 대해, 내일 있을 시합에 대해 이런저런 이야기를 속닥거리느라 자정이 한참 지난 다음에야 잠이 들었다.

축구팀은 토요일 아침에 시합 참가 신청을 하고, 오후에 힌두쿠시경기장으로 갔다. 경기장에 도착했을 때 프레슈타는 입이 쩍 벌어졌다. 사방팔방에 여자아이들이 보였다. 30명, 40명, 아니 50명쯤 되는 것 같았다.

호리호리한 소녀들, 땅딸막한 소녀들. 붉은 유니폼, 푸른 유니폼, 온갖 색깔의 유니폼들. 무릎으로 공을 툭툭 치는 소녀들, 빙 둘러서서 패스 연습을 하는 소녀들, 한 줄로 죽 늘어서서 악을 쓰는 코치의 지시를 받고 있는 소녀들. 주근깨투성이에 빨간 머리인 소녀들, 프레슈타와 라일라처럼 길고 까만 머리칼을 가진 소녀들, 미리암처럼 짧고 고불고불한 머리칼을 가진 소녀들.

사미라는 추운 날씨 때문에 장갑을 긴 손을 문지르며 뛰어들어 여남은 개의 슛을 막아내는 여남은 명의 골키퍼들을 물끄러미 바라보았다.

'이 애들이 모두 어디에서 왔지?'

그때 숱이 많고 까만 머리칼을 등 뒤로 따서 늘어뜨린, 키가 크고 강인해 보이는 소녀가 경기장을 가로질러 성큼성큼 다가왔다. 아리아나였다. 아라아나는 고개를 돌려 소녀들을 보고는 우뚝 멈춰 섰다.

소녀들은 아리아나를 보고 기뻐했다. 시합 소식을 듣고 온 게 틀림없다고 생각하고는 흥분했다. 아리아나의 가세로 이제 우승은 확실했다.

소녀들은 웃으면서 서둘러 아리아나에게 다가갔다.

"난 너희 팀에서 뛸 수 없어."

아리아나가 냉큼 말했다.

"왜?"

라일라가 어안이 벙벙한 표정을 지으며 물었다.

"부상을 당했어."

라일라는 아리아나의 이 대답을 잊지 못할 것이다. 그때 키가 큰 남자가 소녀들에게 걸어오며 말했다.

"아라아나는 다른 팀 선수야."

까만 콧수염을 가늘게 기르고 까만 머리칼이 곱슬곱슬한 남자였다.

"설사 아리아나의 팀이 탈락한다 해도 아리아나는 다른 팀에서 뛸 수 없어."

"하지만 아리아나는 우리 팀이에요."

프레슈타가 당황한 목소리로 말했다.

"아니야. 이 시합에서는 그렇지 않아."

이 시합의 조직위원장이자 아프가니스탄 축구 협회에서 여자 축구 위원회 위원장으로 일하는 압둘 사부르 왈리자다가 나섰다. 그는 소녀들의 나이와 이름과 휴대전화 번호를 받아 적고는 팀 이름이 뭐냐고 물었다.

"평화의 뿌리."

프레슈타가 영어로 대답했다.

"팀 이름은 다리 어야 해."

왈리자다는 그렇게 말하고는 잔뜩 흥분한 소녀들의 얼굴을 가만히 보더니 뭔가를 적었다.

"'세타라'라고 적어두마."

영어로는 스타스(Stars), '별들'이라는 뜻이었다.

왈리자다가 자리를 뜨자마자 라일라가 아리아나를 다그쳤다.

"시합이 있다는 걸 알았을 것 아니야? 그런데 왜 우리한테 말하지 않았니? 우리는 한 팀이잖아."

"너희가 참가할 줄 몰랐어."

"너하고 난 친구야. 나한테는 말했어야지."

"미안해."

아리아나가 두 손을 올리면서 말했다.

"미안해."

아리아나는 같은 말을 되풀이하고는 자신의 새 팀 동료들을 만나러 갔다. 로비나와 프레슈타는 고개를 홱 돌렸다.

"괜찮아."

사미라가 라일라의 소매를 잡아끌며 나지막이 말했다.

"우리끼리 하면 돼."

"안 돼."

라일라가 단호하게 말했다.

"네가 우리 팀이라면 팀 안에 있어야 하는 거야. 만약에 내가
그냥 다른 팀으로 가 버리면 네 기분이 어떻겠니?"

"알아, 알아."

사미라가 불편해하며 대꾸했다.

"하지만 지금은 경기를 해야 할 시간이야."

그러나 경기를 벌일 두 팀은 이미 경기장에 나와 있었다.

"하루에 한 경기씩만 해."

왈리자다가 다시 소녀들에게 걸어오며 말했다.

"내일 오너라."

소녀들이 터벅터벅 걸어 경기장을 떠나려는 순간, 누군가가
소리쳤다.

"너희는 이 시합에서 뛸 수 없어!"

다른 팀의 여자아이였다.

"너희들, 너무 늦었어. 지금은 참가 신청을 할 수 없어."

"너 겁먹었니?"

프레슈타가 맞받아 소리를 질렀다.

"아니. 너희는 우리랑 같이 시합을 할 수 없을 뿐이야."

"왜?"

"너희 팀은 선수가 부족하잖아."

경기장에 있는 다른 팀들은 모두 여섯 명의 선수로 구성되어
있었다. 거기에 후보들까지 있었다. 아리아나가 없으면, 스타스
팀은 다섯 명뿐이었다. 지켜보고 있던 왈리자다가 끼어들어 다

른 팀 여자아이에게 쌀쌀맞게 말했다.

"네 경기에나 신경 쓰도록 해라. 입씨름은 나중에 하고. 이 시합은 누구나 참가할 수 있어."

그날 밤, 다섯 소녀는 다시 프레슈타와 라일라의 집에 모였다. 아이들의 근심 어린 표정과 프레슈타와 라일라가 가방을 휙 내던지는 모습이 아르조의 눈에 들어왔다. 미리암과 로비나는 심각한 표정으로 아무 말도 하지 않았다. 사미라는 괴로운 표정을 지으며 친구들 얼굴을 번갈아 살펴보고 있었다.

아르조가 물었다.

"프레슈타, 내일 경기 몇 시에 하니?"

"오전 10시 전에 경기장에 가야 해요."

프레슈타가 짧게 대답했다.

저녁을 먹은 뒤, 소녀들은 방으로 갔다. 라일라가 문을 꼭 닫았지만 그들의 대화는 화장실 파이프에서 새는 물처럼 밖으로 새어 나왔다.

소녀들은 아리아나의 배신에 충격을 받았다. 아리아나가 왜 시합에 대해 말하지 않았을까? 할리마 코치가 시합에 나가라고 권유하지 않았다면 소녀들은 시합이 있다는 사실조차 모를 뻔했다.

미국에서 그들은 서로에게 이런 맹세를 했다.

"우리는 자매들이나 마찬가지야. 그러니까 무슨 일이 일어나

든 그 모든 것을 서로에게 이야기해야 해."

아리아나는 그 약속을 깨버렸다.

"걔가 왜 그랬을까?"

"우리가 걔한테 뭘 잘못했나?"

"왜 우리한테 말하지 않았을까?"

"어쩌면 걔한테 무슨 문제가 있는지도 몰라. 우리가 걔한테 한 번 더 기회를 줘야 하지 않을까?"

프레슈타가 제안했다.

"그래."

로비나가 얼른 맞장구쳤다.

다른 아이들은 몇 주 전에 아리아나가 은밀히 로비나에게 접근해서 시합에 나가지 않겠냐고 제안한 사실을 알지 못했다.

그때 아리아나는 이렇게 말했다.

"다른 애들한테는 절대 말하지 마. 네가 우리 팀에서 뛰면 좋겠어."

로비나는 우쭐한 기분이 들었다. 로비나가 여러 선수 중에 자신을 새 팀에 들어갈 선수로 선택했기 때문이다. 아리아나는 로비나를 믿었다.

그러나 결국 로비나는 아리아나에게 첫 번째 경기가 열리는 날, 집에서 일을 해야 한다고 말했다. 하지만 로비나는 자기 팀 동료들에게 아리아나의 제안에 대해 말하지 않았다.

"아리아나한테 기회를 한 번 더 주자."

로비나가 프레슈타, 라일라, 사미라, 미리암에게 다시 한 번 말했다. 다른 아이들도 모두 동의했고, 다음날 아리아나에게 마지막으로 한 번 더 물어보기로 했다.

"어떤 팀에서 뛸래?"

HOWEVER TALL THE MOUNTAIN

3

내 생애 가장 자유로운 90분

미리암은 자기 자신과 나라에 대해 점점 더 깊어가는 애정을 느꼈다.
얼마나 많은 것들이 파괴되었는지 이제 미리암도 이해할수 있었다.
이제 미리암의 마음속에는 새로운 뭔가가 꿈틀거렸다.
'우리의 삶은 변할 수 있어!'

1

도약을 위한 눈물, 패배

미국, 2004년 7월

7월 7일 아침, 바버라와 축구팀원들은 워싱턴에서 코네티컷 주 하트퍼드로 가는 심야 비행기를 탔다. 에설 워커 학교로 가기 위해서였다. 그곳에서 소녀들은 내가 준비해둔 축구 캠프에 참가할 예정이었다. 나는 '미국 독립기념일 기념 아프가니스탄계 미국인 축구 대회'가 끝난 직후 그들보다 며칠 앞서 하트퍼드로 가서 세부 계획을 확정 짓고, 그들이 묵을 방에 담요와 시트와 베개 등을 넣는 일 등 사소하지만 중요한 일들을 마무리 지었다.

오전 8시, 나는 브래들리 국제공항으로 마중을 나갔다. 축구팀의 짐이 눈에 띄게 많아졌다. 팀원들은 새 옷과 장비들이 가득 든 가방을 하나씩 질질 끌고 나왔다. 돈을 주고 산 것들도 있었지만 대부분은 기증 받은 물건들이었다.

앞으로 3주 반 동안 그들은 에설 워커 기숙학교에 묵으면서, 7월 28일부터 8월 2일까지 클리블랜드에서 열리는 국제청소년 축제를 준비할 예정이었다. 그 경기가 미국 여행의 마지막 일정이었다.

축구팀과 함께 부모님께서 캠프 기간 동안 차를 쓰라며 빌려주신 녹색 미니밴으로 우르르 몰려갈 때 내 뱃속에서는 나비들이 미친 듯이 날아다니는 것 같았다.

나는 두려웠다. 이제 축구팀원들은 내 책임이었다. 바버라는 하루만 묵을 예정이었다. 소녀들이 축구 훈련을 받는 것도, 보살핌을 잘 받는 것도 전적으로 나한테 달려 있었다.

마침내 아프간 소녀들이 이곳으로 왔다. 지난 2월에 나는 뉴잉글랜드에 있는 모든 기숙학교의 목록을 만든 다음 한 군데씩 전화를 해보았다. 그 수는 서른 개가 넘었다. 대부분의 학교 기숙사는 이미 예약이 끝난 상태였다. 성과 없이 열다섯 군데와 통화를 한 끝에 나는 에설 워커 기숙학교의 서무 직원인 킴 블랜처드와 이야기를 나누었다.

그녀는 나를 지역 청소년 축구 코치인 제리 갈릭에게 연결해주었다. 그는 전국에 있는 수백 명의 코치들과 긴밀한 네트워크로 연결되어 있었다. 갈릭이 심스베리 축구 클럽 위원회에 있는 동료들에게 이메일을 보내자 열 명의 지역 청소년 축구 코치들이 돌아가면서 캠프에서 가르치겠다고 자원했다.

캠퍼스에 도착했을 때, 킴과 제리가 나와 우리를 맞이했다. 정면에 가는 흰색 기둥이 줄지어 있는 빨간 벽돌 건물들이 두툼한 잔디와 키가 크고 잎이 무성한 나무들에 둘러싸여 있었다.

킴은 우리를 기숙사로 안내했다. 주 캠퍼스에서 외따로 떨어져 있는 2층짜리 벽돌 건물이었다. 건물 안에는 밖에서는 보이지 않지만 조경이 잘 된 회랑이 있었으며, 좁은 뒷길 바로 옆에는 테니스장들이 줄지어 있었다.

나는 팀원들에게 방을 배정해준 다음, 짐을 풀 수 있도록 잠시 자리를 비켜주었다. 다들 말이 없었다. 평소 모습과는 달리 조용했다. 문이 잠겨 있는 텅 빈 방들이 줄지어 있고 소리가 울리는 넓은 공간에 있는 것이 불안한 눈치였다.

"괜찮을 거야."

나는 그렇게 말했다. 정말 내 말대로 되기를 바라면서.

얼마 뒤, 킴과 제리는 우리를 학교 안에 자리한 세 군데의 축구장 가운데 한 곳으로 데려갔다. 체육관 뒤에 있는 가파른 언덕 아래에 있는 축구장이었다. 사미라, 로야, 아리아나, 라일라, 미리암은 언덕을 뛰어 내려갔다. 프레슈타, 디나, 로비나, 나디아는 무슨 은밀한 대화를 나누는지 걸으면서 키득거리고 있었다.

축구장에 다다르자 팀을 둘로 나누었다. 나는 킴, 제리, 바버라와 함께 터치라인 옆에 있는 철제 스탠드에 앉았고, 나머지 팀원들은 경기를 시작했다. 눈부신 햇빛이 잔디를 반짝이는 옥색으로 물들였다.

제리는 실눈을 뜨고 경기장을 보면서 팀원들의 기술을 평가했다. 그런데 경기가 갑자기 끝이 났다. 팀 전체가 축구장 가운데로 몰려가 손을 마구 내저으며 목청을 높였다. 당황한 나는 서둘러 축구장으로 내려가보았다.

"왜 그러니?"

너도나도 뭐라고 정신없이 외치는 와중에 나는 미리암과 디나가 공을 서로 차지하려다 충돌했다는 사실을 알 수 있었다.

"쟤가 나를 밀었어요!"

미리암이 말했다.

나는 나를 에워싸고 있는 팀원들에게 말했다.

"하지만 너희 둘 다 공을 차지하려고 다투었잖아. 그러다보면 밀 수도 있지. 일부러 그런 건 아니야."

나는 미리암을 진정시키려고 애썼다. 미리암은 얼굴을 찡그렸다. 내 말을 곱씹으며 디나가 고의로 밀지 않았을 수도 있다는 가능성을 생각하고 있는 듯했다.

그렇지만 결국 미리암은 내 말을 받아들이지 않았다. 미리암은 다시 디나에게 손가락질을 하면서 왜 자기를 들이받았는지 해명하라고 몰아세웠다. 나는 난감했다.

'이제 어떡해야 하지?'

밀거나 부딪치는 몸싸움은 축구의 일부이다. 이 아이들은 그

걸 모른단 말인가? 선수들은 혼신의 힘을 다해 공을 차지하고 골을 넣고 골을 막으면서 치열하게 싸워야 한다. 그러나 이 아이들은 축구에서 당연히 있을 수 있는 일을 개인적인 공격, 즉 자기를 다치게 하려고 고의로 한 행동으로 여겼다. 나는 시간이 조금 흐르면 이 아이들의 행동 이면에 깔려 있는 동기를 이해할 수 있었으면 하고 바랐다.

나는 경기를 중단하는 것이 좋겠다는 결론을 내렸다. 결국 우리는 다 함께 기숙사로 돌아갔다.

바버라의 집에서는 네 명이 한방에서 잤지만, 이곳에서는 두 명이나 세 명이 한방을 썼다. 나는 라일라와 아리아나에게 한방을 쓰게 했다. 두 아이는 조용하고 성격이 느긋했다.

미리암과 디나는 두 번째 방을 같이 썼다. 나는 디나의 밝고 온화한 성격이 쉽게 마음의 상처를 입는 미리암에게 도움이 되기를 기대했다. 하지만 아까 두 아이가 싸우는 모습을 보니 내 바람대로 될지 미심쩍었다.

나디아와 사미라와 로야는 세 명이 쓸 수 있는 방을 함께 썼다. 나는 사미라의 강한 성격이 나디아의 유머와 균형을 이룰 것이라고 생각했고, 로야는 누구하고나 잘 지내는 털털한 성격이었다.

남은 두 아이, 로비나와 프레슈타가 마지막 방을 배정받았다. 지난 2주 내내 두 아이는 말다툼을 벌이고 승강이를 벌였지만,

나는 이제 두 아이가 화해하기를 바랐다.

아이들을 모두 들여보내고 내 방문을 열려는 순간, 바버라가 복도에서 나를 불러 세웠다.

"잘될 것 같아요, 아위스타?"

"글쎄요. 이 아이들에게는 모든 것이 낯설겠지요. 하지만 잘 될 거예요."

나는 그렇게 말했다. 정말로 그렇게 되기를 바라면서.

"물론 잘될 거예요."

바버라가 말했다.

짐을 풀고 있는데, 복도에서 쿵쿵대고 쨍그랑거리는 소리가 들렸다. 나는 복도로 뛰어나갔다. 어느 방 할 것 없이 아이들이 모두 이층 침대를 분해해서 침대 프레임을 복도로 꺼내고 있었다. 나는 안도하며 웃었다.

'당연하지! 저 애들은 이제까지 이층 침대에서 한 번도 자본 적이 없으니.'

미리암이 나를 보고는 말했다.

"떨어지고 싶지 않아서요, 아위스타 아주머니."

✦

그 다음 3주 동안, 팀원들의 축구 기술은 부쩍 늘었다. 처음 두세 번의 연습 때 코치를 맡았던 사람들은 2주 뒤에 다시 와서는 그들의 실력이 얼마나 많이 향상되었는지를 보고는 깜짝 놀랐다. 코치 가운데 한 명은 이렇게 말했다.

"저 아이들은 축구를 배우려는 의욕이 대단해요. 이 캠프가 그들에게 얼마나 중요한지 그리고 얼마나 아이들이 발전할 수 있을지 그저 상상만 할 수 있을 따름이에요."

나는 고되고 힘든 축구 연습과 균형을 맞추기 위하여 빵 굽기, 티셔츠 염색하기, 얼굴 페인팅 같은 축구 외의 활동을 일과에 포함시켰다. 심지어는 '과학의 날'이라는 것도 만들었다.

내가 예전에 다녔던 '제너럴 일렉트릭'에 있는 친구들이 과학의 날을 아주 잘 준비해주었다. 아이들은 풀과 물, 붕사를 섞어 퍼티(유리를 창틀에 끼울 때 바르는 접합제)를 만들고, 종이학을 접고, 찰흙으로 동물이나 물건을 빚어 색칠했다. 제일 재미있었던 것은 찰흙으로 화산을 만들어 폭발시킨 활동이었다.

"고오맙습니다, 정말 고맙습니다."

디나는 제너럴 일렉트릭에서 온 선생님 가운데 한 명에게 영어로 말했다.

"고오맙습니다, 정말 고맙습니다."

나디아도 똑같이 영어로 말했다. 나디아와 디나는 이렇게 영어의 첫 문장을 배웠다. 그리고 그 말을 쓰기에 적당하다고 생각할 때마다 창조적으로 활용했다.

미국에 있는 대부분의 여름 캠프처럼 에설 워커 학교에도 전형적인 '캠프 음식'을 내놓는 식당이 있었다. 놀랍게도 아이들은 하나같이 샐러드 바에 있는 음식을 먹었다. 라일라는 삶은 달걀을 무척 좋아했다. 아리아나와 디나는 마리나라 소스를 넣은 스파게티를 한 사발 먹었다.

캠퍼스에는 다른 그룹의 아이들도 있었지만, 우리가 단연 눈에 띄었다. 우리는 날마다 연습 때 입는 큼지막한 등번호가 있는 빨간색 또는 노란색 유니폼을 입었다. 그리고 식사를 할 때에는 기다란 탁자에 다 함께 앉았다.

학교 식당에서 일하는 사람들은 아프간 소녀들을 무척 예뻐했다. 특히 특유의 "고오맙습니다, 정말 고맙습니다."라는 말을 하는 디나와 나디아를 예뻐했다.

제너럴 일렉트릭의 동료 가운데 한 명이 여름 동안 쓰라며 자전거 아홉 대를 소녀들에게 기증했다. 이내 자전거 타기는 축구 연습 후 아이들이 즐겨하는 놀이가 되었다. 나도 한 코치에게 자전거를 한 대 빌렸다. 그래서 소녀들과 함께 잘 닦인 길을 따라 자전거를 타고 목가적인 풍광이 가득한 학교 이곳저곳을 누비고 다녔다.

어느 날 오후, 우리가 자전거로 캠퍼스를 한 바퀴 돈 다음 기숙사로 가고 있었는데 킴과 이야기를 나누고 있는 어머니가 보였다.

"할머니!"

미리암과 라일라가 소리쳤다.

“살람.”

어머니가 손을 흔들면서 말했다.

우리는 자전거를 타고 어머니의 차 옆으로 갔다.

“엄마, 오늘 오실 줄 몰랐어요.”

“아이들이 연습하는 모습을 보고 싶어서 왔어. 참, 애들한테 줄 게 있다.”

어머니는 차로 가서 쇼핑백 하나를 가져왔다. 그리고 작문 연습장 여덟 권을 꺼냈다. 연습장 표지에는 소녀들의 이름이 하나하나 적혀 있었다.

“너희한테 주려고 가져왔어. 영어 공부하라고.”

연습장 안에는 영어 알파벳과 함께 “Hello.” “Good-bye.” “What time is it?” 그리고 아무 때나 쓸 수 있는 “Thank you.”와 같은 기본적인 영어 표현들이 담겨 있었다.

“이걸로 영어 쓰기 연습을 하면 돼. 그럼 영어 실력이 늘 거야.”

어머니는 아이들에게 그렇게 말했다.

“타샤코르, 칼라 잔(감사합니다, 할머니).”

아이들은 한 명 한 명 연습장을 받으면서 다리 어로 감사 인사를 하고는 연습장을 가슴에 꼭 안았다.

⚜

매일, 매주 새로운 일이 일어나는 것 같았다. 그러나 변하지

않는 것이 하나 있었으니, 바로 아이들이 끊임없이 벌이는 말다
툼이었다. 연습 시간은 말다툼의 시험 무대 같았다.

캠프에 온 지 2주가 되었을 때, 다른 팀과 친선경기를 했다. 라
일라가 골을 넣었을 때 로비나가 라일라에게 다가와 따졌다.

"왜 나한테 패스를 안 하니? 내 앞에 상대방 팀이 아무도 없는
게 안 보였어? 내가 골을 넣을 수 있었단 말이야!"

나는 깜짝 놀랐다. 골은 팀이 함께 노력해서 얻는 것임을 아이
들이 알고 있을 것이라고 생각했기 때문이다. 고등학교와 대학
교 시절에 나는 팀 경기를 통해 그것을 배웠다. 물론 팀 동료들
끼리 때로는 충돌을 일으킬 수도 있고, 따지고보면 누구나 득점
을 올리는 선수가 되고 싶어 했다. 그러나 이 아이들의 다툼은
그런 정도의 차원이 아니었다. 강도로 보나 빈도로 보나 그 다툼
은 나로서는 과거에 한 번도 본 적이 없는 것이었다. 나는 아이
들을 이해할 수 없었다.

'왜 그럴까?'

나는 수도 없이 자문해보았다. 그리고 경기장에 있는 아이들
을 바라보았다. 사나운 로비나, 방어적인 태도를 취하는 라일라,
잔뜩 긴장한 채 빙 둘러서 있는 나머지 아이들.

그 순간 나는 문득 깨달았다. 열서너 살인 이 아이들은 삶의
대부분을 전쟁 중인 나라에서 보냈다. 매일 아침 그날이 마지막
날일지도 모른다는 생각을 하며 잠에서 깼을 것이다. 그리고
'폭탄이 우리 집 가까이에 떨어질까?' '오늘 총알에 맞는 것은

아닐까?' '우리 가족도 집을 버리고 도망치게 될까?' 하는 생각들을 떨쳐낼 수 없었을 것이다. 과연 이 아이들은 갈등이 평화롭게 해결되는 것을 경험해본 적이 있었을까?

아이들은 분명 열정적이었다. 그것은 좋은 일이었다. 그러나 방향성이 없는 열정은 방향키가 없는 배와 같다. 내가 길잡이가 되어 이 아이들이 한 팀이 될 수 있도록 도울 수 있을까?

나는 어머니에게 전화를 했다.

다음날, 어머니가 퇴근하는 길에 다시 들르셨다. 어머니는 키가 작고 머리칼이 짧고 곱슬곱슬하며 눈은 호박빛이 점점이 있는 옅은 갈색이다. 이날 어머니는 헐렁한 흰색 리넨 바지를 입고 꽃무늬가 있는 까만색 상의를 입으셨다. 등에 큼지막한 흰 히비스쿠스(무궁화속에 속하는 화려한 색의 큰 꽃이 피는 열대성식물)가 그려져 있었다. 진주 귀걸이와 그에 어울리는 목걸이도 함께 착용했던 것으로 기억한다.

항상 웃으시는 어머니는 그날 아프간 전통 떡인 라우트를 뚜껑이 있는 접시에 담아 왔다. 아이들이 좋아하는 음식이었다. 바로 그날이 어머니가 아이들이 축구하는 모습을 두 번째로 본 날이었다. 아이들이 우리 집에도 두 번 정도 방문했었는데, 그 덕분에 아이들은 우리 어머니를 편하게 생각했다. 어머니를 보니 무척 반가웠다.

어머니가 물었다.

"휴게실에서 내가 아이들과 이야기를 좀 나누면 어떻겠니?"

"네, 아이들을 모두 휴게실로 오라고 하는 게 좋겠어요. 그러면 어느 한 방만 골라서 갈 필요가 없으니까요."

바로 그때 아홉 명의 아이들이 길모퉁이를 돌아 자전거를 타고 나타났다. 자전거를 타지 않고 남아 있던 로비나와 디나는 기숙사 입구로 이어지는 널찍한 계단에 앉아 있었다.

어머니가 미소를 지으며 다리 어로 말했다.

"자, 모두들 안으로 들어가자꾸나."

아이들은 어머니에게 다가와 한 사람씩 어머니의 볼 세 군데에 차례차례 입맞춤을 했다. 나는 아이들이 어머니 주위에 둘러앉는 것을 가만히 지켜보았다. 아이들의 얼굴에서 빛이 났다.

"너희한테 할 말이 있어."

어머니는 다리 어로 이야기를 시작했다.

나는 밖으로 나가 창문 앞에 서 있었다. 내게 익숙한 고통이 느껴졌다. 바깥에서는 땅거미가 지고 있었다. 귀뚜라미들이 쉬지 않고 번갈아 수다를 늘어놓기 시작했다. 나는 캠퍼스를 둘러보았다. 나는 저 아이들을 이곳으로 데려왔다. 그리고 캠프를 마련해주고 코치들을 찾아주었다. 그렇게 여덟 달 동안 일을 했지만 그들과 나 사이에 있는 틈은 여전히 넓었다. 이따금 우리 사이의 거리가 극복할 수 없을 정도로 멀게 느껴지기도 했다.

훗날 어머니는 그날 아이들과 나눈 이야기를 몇 번이나 내게 말해주었다. 어머니는 기숙사 휴게실에 있는 의자와 소파에 아이들을 앉히고는 이렇게 말했다.

"너희는 여기에 있는 동안 한 가족이야. 그러니까 함께 어울리고, 서로를 믿고, 함께 일하는 법을 배워야 해. 파미디.(알겠지?)"

"네, 우리 모두 함께요, 아주머니."

소녀들은 우물우물 말했다.

"서로 싸우면 안 돼. 파미디?"

눈 아홉 쌍이 바닥에 딱 고정되었다. 아이들은 당황했다. 이제 자신들의 행동을 자신들이 사랑하고 존경하는 어른의 눈을 통해 볼 수 있게 되었기 때문이다.

"잘할게요."

로비나가 나지막이 말했다. 모두 고개를 끄덕끄덕했다.

그 후로 소녀들은 운동장에서 서로 부딪치면 "미안해."라고 말했다. 그러면 상대는 "괜찮아." 하고 대꾸했다.

클리블랜드에서 국제청소년 스포츠 축제가 열리기 일주일 전, 몇 주에 걸친 연습 끝에 우리는 미국 독립기념일 기념 아프가니스탄계 미국인 축구 대회 이후 처음으로 연습 경기를 가졌다. 저녁 경기였고, 이 지역 코치인 본 로빈스가 마련한 경기였다. 그는 심스베리에 있는 열한 살에서 열세 살까지의 소녀들 가운데 몸집과 기술이 아프간 선수들하고 비슷하다고 생각되는 아이들을 뽑아 팀을 구성했다.

그 시합 전날 밤, 아프칸 소녀들은 평소와 다름없이 일상적인 프로그램을 마무리한 다음 조심조심 유니폼을 꺼내 놓고는 장비를 확인하고 또 확인했다. 이튿날, 팀원들은 아무 말 없이 점심을 먹었다. 이제 그들은 또 한 단계 도약해야 하는 도전을 앞두고 있었다. 나는 경기가 캠퍼스에서 열리게 되어 참 다행이라고 생각했다. 아프간 소녀들에게 익숙한 곳이니까 말이다.

당연히 팀원들도 시합을 앞두고 걱정을 했다. 그리고 자신감이 없었다. 그러나 일단 경기가 시작되자 걱정과 불안은 싹 사라졌다. 그들은 공을 차지하기 위해 공격적으로 나아가고 사미라는 날렵한 손놀림으로 공을 막아냄으로써 상대 팀이 꼼짝할 수 없을 정도로 견고한 수비를 선보였다. 전반전이 끝났을 때, 두 팀은 득점 없이 비겼다. 그러나 후반전이 시작되고 첫 골을 허용하자, 마치 봉지가 찢어진 것 같은 일이 벌어졌다. 전반전 내내 유지되던 수비 형태는 산산조각이 났다. 공격은 허술했고 위치선정은 엉망이 되었다. 아이들은 당황해 연습 때 익힌 것들을 모두 잊어버렸다.

그들은 어쩔 줄 모르는 듯했다. 경기장에서 자기 자리를 제대로 지키는 선수는 골키퍼 사미라뿐이었다. 그러다 결국 사미라까지 무너졌다. 사미라는 골키퍼 장갑을 찢을 듯이 벗고는 앞으로 뛰어나갔다. 너무나 당황해 더는 제자리에서 가만히 있을 수 없었던 것이다. 그러다 상대 팀이 공을 몰고 오는 것을 보고는 자신의 실수를 깨닫고서 미친 듯이 뒤로 뛰어갔다. 몇 분 뒤, 상대 팀은 또 한 골을 넣었다. 그리고 곧이어 또 한 골…….

"시간이 얼마나 남았지요?"

미리암이 숨을 헐떡거리며 내 앞을 뛰어가면서 물었다. 시간이 남지 않았다는 대답을 기다리는 눈치였다. 마치 평생처럼 길게 느껴지는 시간이 흐른 뒤에, 경기 종료를 알리는 휘슬이 울렸다. 로비나와 라일라가 경기가 끝나기 몇 분 전에 각각 골을 넣었다. 그러나 그것으로는 부족했다. 우리는 4대 2로 졌다.

두 팀은 경기장 한가운데에서 만나 두 줄로 서서 악수를 했다. 그다음 아프간 소녀들은 내가 서 있는 터치라인으로 힘없이 터벅터벅 걸어왔다.

그들의 얼굴에 눈물이 주르륵 흐르고 있었다.

'이 아이들은 난생 처음 졌어.'

그러나 나는 알았다. 확신했다. 그들이 서로를 믿는 법만 배울 수 있다면 앞으로 스스로 많은 발전을 이룩해낼 수 있으리라는 것을. 운동에서뿐만 아니라 조국의 발전이라는 측면에서도.

2

우리 손으로 만든 팀 스타스

아리아나, 카불, 2005년 12월

"산이 아무리 높아도, 길은 있기 마련이다."
－아프가니스탄 속담

그해 8월 카불로 돌아온 아리아나는 미국 여행을 함께 한 팀 동료들과 매주 금요일마다 모여서 하는 연습에 부지런히 참가했다. 아리아나가 맨 처음 한 일은 공격수를 맡기로 한 것이었다. 미국에서 코치들은 아리아나의 의사를 무시하고 아리아나를 수비수로 썼다. 코치들은 몸집이 크고 힘이 좋은 아리아나가 후방에서 골문을 지키기에 완벽하다고 했다.

그러나 아리아나는 골을 막기보다는 골을 넣고 싶었다. 사람들이 아무리 힘주어 수비의 중요성을 강조해도, 수비는 오랫동안 가만히 서 있어야 하고 다른 사람이 먼저 움직일 때까지 기다렸다가 그제야 반응할 따름이었다.

큰 키 덕분에 아라아나는 경기장 전체를 볼 수 있었지만 경기장에서 벌어지는 상황에 바로 뛰어들 수는 없었다. 아리아나는 클리블랜드와 코네티컷에서 두어 번 공격수를 맡을 기회를 얻었는데, 그때 다시 한 번 본인은 공격수로 잘할 수 있다는 것을 확신할 수 있었다. 능동적으로 움직이고, 뛰고, 골을 넣고, 늘 공 가까이에 있고 싶었기 때문이다.

아프가니스탄으로 돌아왔으니 이제 수비수를 그만둘 때가 되었다. 아리아나는 공격수로 나설 준비가 되어 있었다.

아리아나가 다니는 여자 고등학교는 집에서 걸어서 5분 거리에 있었다. 오후가 되면 아리아나는 학교 운동장에서 아이들이 배구와 농구 연습을 하는 것을 지켜보았다. 그러나 축구를 하는 아이들은 없었다. 미국에서 외국 팀을 상대로 싸워본 아리아나가 하고 싶은 운동은 축구뿐이었다.

아리아나는 체육 선생님을 찾아가 물었다.

"축구팀은 없나요?"

"없어. 하지만 농구나 배구를 하고 싶으면 언제든지 오렴."

아리아나는 고개를 가로저었다. 농구와 배구는 아프가니스탄에서 여자아이들이 전통적으로 해온 운동이었다. 아프간에서 축구는 남자들만 하는 것으로 여겨졌다. 그러나 아리아나는 이제 그런 생각이 바뀔 때라고 생각했다.

"저는 여학생 축구팀을 만들어보고 싶어요."

아리아나는 생긋 웃으면서 그렇게 공손하게 말하고는 자리를
떴다.

여자 축구팀을 결성하려는 장대한 목표를 가진 이는 아리
아나뿐만이 아니었다. 아프가니스탄축구협회(AFF) 역시 아리
아나와 같은 생각으로 가지 주경기장에서 독자적으로 여자 축
구팀을 결성하는 일을 적극 추진하고 있었다.

1933년에 결성된 아프가니스탄축구협회는 축구를 관장하는
국제기구인 국제축구연맹(FIFA)에 1948년에 가입했다. 6년 뒤
인 1954년에는 아시아축구연맹의 창립 회원이 되었다.

그러나 소련과의 전쟁이 시작되자 실질적으로 아프가니스탄
의 모든 스포츠 활동이 중단되었다. 남자 축구팀이 마지막으로
국제 경기를 치른 것은 거의 20년 전인 1984년이다. 1996년에
정권을 잡은 탈레반은 여자들이 참가하는 모든 경기를 금지시
켰으며 남자 권투를 불법으로 규정했다.

1999년, 국제올림픽위원회(IOC)는 아프가니스탄이 올림픽
경기에 참가하는 것을 금했다. 아프가니스탄이 여자 스포츠를
금지한 것이 주된 이유였다.

탈레반이 카불에서 축출되자 아프가니스탄은 다시 세계 스포
츠 무대에 복귀했다. 2002년 남자 축구팀이 부산에서 열린 아시
안 게임에 참가했다. 예선전에서 32대 0으로 대패했지만, 새로

운 시작이었다.

일 년 뒤, 아프가니스탄축구협회는 국제축구연맹과 아시아축
구연맹, 독일, 영국, 이란 축구협회의 지원을 받아 국가적인 차
원에서 축구를 부흥시키기 위해 61만 달러의 예산이 드는 축구
부흥 계획을 승인했다. 청소년 축구부터 축구를 위한 새 인프라
전략과 행정의 구축까지 모든 것이 망라된 계획이었다. 또한
'기술 발전'에 예산의 13퍼센트가 투입되었다. 그중에는 아프
가니스탄 최초로 여자 축구를 육성하기 위한 프로그램도 포함
되어 있었다.

2004년 봄 아프가니스탄축구협회가 집행부를 새로 구성했
을 때, 한 전직 국가대표 선수가 청소년 위원회의 위원에 지원
했다.

압둘 사부르 왈리자다는 카불에서 보낸 어린 시절부터 수많
은 아프간 소년들이 그렇듯이 국가대표 축구선수가 되는 꿈을
꾸었다. 그리고 대부분의 아프간 소년들이 그렇듯이, 집 근처 길
거리와 공원에서 축구를 하고, 국가대표 팀의 활약에 환호하며
자랐다. 축구 경기가 있는 날이면, 아버지와 함께 수천 명의 열
성적인 팬이 가득한 가지 주경기장에서 국가의 영웅들을 응원
했다.

왈리자다의 꿈은 이루어져 마침내 그는 국가대표 선수가 되었
다. 10년 동안 국가대표로 뛰면서 그는 운동장에서 머리를 사용
할 줄 아는 선수로서 육체적으로뿐만 아니라 지적으로도 뛰어

난 거친 수비수로 명성을 떨쳤다. 그는 수비수 역할을 사랑했다.

은퇴 후 왈리자다는 축구협회에서 축구 지도자로 활동했다. 2003년 그는 쇄신된 축구협회에서 아프가니스탄의 야심찬 운동선수들을 지도하고 스포츠 시스템을 갖추는 일을 계속할 수 있기를 갈망했다.

2004년에 아프가니스탄축구협회가 집행 위원회를 발표했을 때 왈리자다는 깜짝 놀랐다. 새 청소년 위원회에 참여하고 싶다는 그의 요청이 거절당했기 때문이다. 그 대신 그는 새로운 프로그램을 이끄는 자리에 뽑혔다. 초대 여자축구위원회의 위원이 된 것이다.

왈리자다는 여자아이들이 축구를 하는 것에 대해 아무런 반감도 없었다. 하지만 그들을 지도하는 일에는 아무런 관심이 없었다. 여자아이들이 축구를 하는 것만으로도 충분히 논란의 여지가 많은데 하물며 남자가 그 팀을 지도한다고? 그는 그 일에 발을 담그고 싶지 않았다. 그는 선발 위원회 위원들에게 개인적으로 자신의 의사를 전달했다.

"왜 저를 그 자리에 뽑았습니까?"

그는 위원 한 명 한 명을 붙잡고 그렇게 물었다.

"당신은 학교에서 축구를 가르쳤고 경험이 전혀 없는 선수들을 지도하기도 했어요. 그래서 학생들이나 초심자들과 통하는 법을 잘 알잖아요."

왈리자다는 선임 반대 이유를 하나하나 이야기했다. 반대 이유는 많았다.

"남자인 제가 어떻게 여자 학교에 가서 학생들을 축구팀에 들어오게 해달라고 선생님이나 부모들을 설득할 수 있겠습니까?"

위원들은 하나같이 같은 말만 되풀이했다.

"우리는 당신이 이 일을 훌륭히 해내리라고 믿습니다."

왈리자다는 두 번째 반대 이유를 말했다.

"우리 사회의 풍토는 여자가 축구를 하는 것을 용인하지 않습니다!"

그는 이런 견해에 개인적으로는 동의하지 않지만 많은 사람들이 그렇게 생각하고 있다고 말하면서, 그런 사람들 때문에 난관에 봉착할 것이라고 했다. 그리고 안전 문제도 있었다.

"사람들은 자기 딸들이 경기장에 나가 운동하는 것을 반대할 것입니다. 심지어 협회 임원도 안전하지 않습니다. 제가 무슨 수로 가족들이 저를 믿고 딸들을 맡길 수 있을 만큼 신뢰를 얻을 수 있겠습니까?"

1970년대에는 카불에서 남자가 여자 스포츠를 코치한 사례가 있었다. 그러나 그 이후 그런 경우는 없었다.

"제가 어떻게 그들을 설득할 수 있겠습니까? 우리가 그들을 공원이나 극장 같은 부적절한 장소로 데려가지 않으리라는 것을 어떻게 입증하겠습니까?"

"이 자리 말고는 축구협회에서 당신에게 제안할 수 있는 자리는 없습니다."

위원회는 그렇게 솔직하게 말했고 왈리자다는 결국 그 자리를 수락할 수밖에 없었다.

축구협회는 아프가니스탄 올림픽 위원회에서 여자 스포츠를 담당하고 있는 샴시 하야트에게 왈리자다와 짝을 이루어 여자 축구 일을 맡게 했다. 그녀는 아프가니스탄이 올림픽에 다시 출전하는 것을 목표로 전반적인 여자 스포츠를 발전시키는 책임을 맡고 있었다. 2004년 여름, 이러한 노력은 성과를 이뤘다. 2004년 아테네 올림픽에 아프가니스탄은 선수 다섯 명을 출전시켰다. 그중에는 유도와 육상에 참가한 최초의 여자 대표 선수 두 명도 있었다.

샴시는 축구협회로부터 왈리자다를 도와 여자 축구를 맡아달라는 부탁을 받기 전에는 농구, 배구, 탁구 등의 스포츠를 자리 잡게 하는 일을 해오고 있었다.

샴시와 왈리자다는 우선 카불에 있는 여자 고등학교들의 목록을 만들었다. 카불 대부분 학교의 경우, 샴시가 다른 종목의 선수를 모으는 과정을 통해 적어도 한두 명의 교사는 이미 알고 있는 상태였다. 그녀는 자기가 아는 교사들을 모아 축구의 좋은 점과 이제 막 싹을 틔우는 여자 축구 프로그램에 대해 이야기했다. 그리고 교사들이 협회의 뜻에 동의하는 경우 교장과의 만남이 이루어졌다.

가는 학교마다 샴시와 왈리자다는 질문 공세를 받았다.

"여자가 축구를 한단 말이에요?"

"어떤 유니폼을 입게 되지요?"

"왜 남자인 왈리자다 씨가 코치를 맡지요?"

두 사람은 인내심을 가지고 축구가 건강에 좋은 점을 차분히 설명했다. 그리고 여자들은 다리와 팔을 가리는 옷을 입고 머리에는 모자를 쓰게 될 것이라고 말했다. 왈리자다는 여자 코치였으면 더 좋을 뻔했다는 생각에 동의를 표하고는 훈련 받은 여자 코치가 없는 일련의 사정을 설명했다.

몇몇 학교 교장은 그들의 말을 찬찬히 듣고는 축구에 관심 있는 학생들을 연결해주겠노라고 했다. 그러나 제안을 거절하는 교장이 훨씬 많았다.

학생들이 축구팀에 들어오는 것을 교장들이 허용하지 않는 경우, 왈리자다와 샴시는 선생님들과 접촉해 부모님들을 직접 만날 수 있도록 주선해달라고 부탁하기도 했다. 두 사람은 여자아이들의 집을 방문해 직접 부모님들에게 호소했다.

"여자아이들을 가르칠 만한 자격을 갖춘 여자 코치가 없습니다."

샴시는 부모들에게 솔직하게 말했다.

"하지만 협회 사람들은 남녀를 가리지 않고 모두 왈리자다 씨를 백 퍼센트 신뢰하고 있습니다."

게다가 훈련에는 늘 성인 여성이 같이 있기로 했고, 축구 연습을 하는 곳은 경비가 잘 되어 있는 가지 주경기장으로 정해졌다. 연습은 언제나 안전한 경기장 안에서 철저한 감독 하에 이루어질 것이었다. 두 사람은 축구가 건강에 좋은 점을 몇 번이나 되풀이해서 강조했다. 배구보다 더 많이 뛰고 농구보다 거친 신체적인 접촉이 더 적다는 점도 언급했다.

샴시와 왈리자다가 선수를 모집하기 위해 학교를 돌아다니던 중 뜻밖에도 반가운 소식을 접하게 되었다. 지역 TV 방송에서 최근에 축구를 배우러 미국에 간 소녀들에 대한 이야기가 방송되었다. 방송을 본 왈리자다는 그들이 아프가니스탄의 어느 소녀들보다 높은 축구 기술 수준에 도달해 있다는 것을 한눈에 알 수 있었다.

그러나 그들을 찾아낼 방법이 막연했다.

며칠 뒤, 왈리자다의 휴대전화가 울렸다.

"살람, 저는 아리아나라고 합니다. 그런데 이 전화가 여자 축구팀 전화가 맞나요?"

아리아나는 왈리자다의 전화번호를 이웃을 통해 알게 되었다고 설명했다. 아리아나는 미국에서 막 돌아왔고, 축구를 하고 싶어 했다.

"그렇지 않아도 너를 찾고 있던 중이었어."

왈리자다가 흥분한 목소리로 말했다.

"가지 주경기장으로 한번 오지 그러니? 만나서 더 이야기해 보자꾸나."

아리아나는 전화를 끊고 집 안에 있는 어머니에게로 뛰어갔다.

"엄마, 저 내일 올림픽 위원회에 갈 거예요!"

아프가니스탄 올림픽 위원회 사무실은 사락 마스지드 에이드 가(에이드 가 사원 거리)에 있는 가지 주경기장에 있었다. 이 곳은 1923년에 완공된 이래 국가적인 행사가 열렸으며, 1941년에는 아프가니스탄 역사상 최초로 국제 축구 경기가 열린 장소이기도 하다. 이란을 상대로 한 경기 결과는 0대 0 무승부였다.

수십 년 동안 가지 주경기장에서는 아프가니스탄에서 가장 규모가 큰 축구 경기들과 공공 행사들이 열렸다. 탈레반이 카불에서 축출되었을 때, 사람들은 그동안 금지되었던 아프가니스탄의 국가적인 전통 스포츠인 부즈카쉬(투우와 비슷한 민속놀이)를 이곳에서 재개해 축하 공연을 벌였다. 수천 명의 사람이 주경기장으로 몰려와, 말을 타고 득점을 하기 위해 용감하게 경기를 벌이는 선수들을 응원했다.

아리아나는 탈레반이 카불을 떠난 뒤에 텔레비전 뉴스를 통해 가지 주경기장을 본 적이 있었다. 20여 년에 걸친 전쟁 때문에 주경기장의 좌석들은 파괴되고 잔디는 깊게 파였으며, 먼지와 쓰레기와 종잇조각들이 경기장 전체를 뒤덮고 있었다. 지금

가지 주경기장은 어떤 모습일까? 아리아나는 무척 궁금했다.

한 시간 동안 버스를 타고 간 끝에 아리아나는 카이르 카나에 있는 자기 집에서 13킬로미터 떨어진 가지 주경기장에 도착했다. 무장한 경비원들이 보였다. 담장 꼭대기에는 둥글게 말려 있는 가시철사가 쳐 있었다.

"누구냐? 어디 가려고?"

경비원이 아리아나를 제지하며 물었다.

"축구 협회에 계시는 분하고 이야기하러 왔어요."

"여자들은 여기에서 축구 안 해."

"왈리자다 코치님을 만나러 왔어요."

경비원은 미심쩍은 표정을 지었지만 아리아나를 통과시켜주었다. 아리아나는 어둑하고 서늘한 주경기장의 복도 안으로 들어갔다. 하지만 어디로 가야 할지 몰랐다. 그래서 초조하게 손가방에서 휴대전화를 꺼냈다.

"살람, 아리아나예요. 지금 막 가지 주경기장에 도착했어요. 코치님을 만나려면 어디로 가야 하지요?"

"거기서 기다리렴."

일 분 뒤, 왈리자다가 활짝 웃는 얼굴로 아래층으로 내려왔다. 두 사람은 왈리자다의 사무실로 향했다. 아리아나는 축구 선수로 뛰고 싶은 자신의 소망을 털어놓았다.

"너 같은 아이들이 더 있어야 하는데!"

왈리자다는 아리아나를 칭찬했다.

"너희 학교에 팀을 만들어 축구를 시작하고 싶으면, 너희가 준비되는 대로 내가 가서 가르쳐주마."

왈리자다의 사무실 창으로 드넓은 경기장이 내려다보였다. 아리아나는 창문을 통해 녹색으로 뒤덮인 경기장과 깨끗하고 단정하게 줄지어 있는 스탠드를 보았다. 소녀들과 소년들 각각 무리를 지어 운동을 하고 있었다. 소녀들은 육상 연습 중이고 소년들은 축구 연습 경기를 벌이고 있었다.

"사람을 죽인 장소는 어디지요?"

아리아나가 호기심 어린 표정으로 물었다.

왈리자다는 경기장 한가운데를 가리켰다.

"바로 저기야."

지금은 평범한 경기장처럼 보였지만, 이곳이 바로 아리아나가 텔레비전에서 봤던 여자가 바닥으로 힘없이 쓰러졌던 바로 그 장소였다. 아리아나는 고개를 절레절레 저었다.

생각에 잠겨 있는 아리아나에게 왈리자다가 말했다.

"다음번에는 너랑 같이 미국 여행을 한 다른 아이들도 한번 오라고 하렴."

"애들한테도 말할게요."

아리아나는 그렇게 약속하고는 출구로 향했다.

머칠 뒤 금요일, 아리아나는 다시 평화의 뿌리 운동장으로 갔다. 운동장이 전보다 더 작아진 느낌이었다. 아리아는 팀 동료들에게 왈리자다의 제안에 대해 말했다. 아프가니스탄 전국에 여자 축구팀들을 만들려는 그의 꿈에 대해서도 말했다.

"그분은 프로 선수야. 앞으로 우리를 가르쳐주실 거야. 언젠가 올림픽에 나가서 싸울 국가대표 팀이 생길지도 몰라."

"우리 가족은 허락 안 해줄 거야."

미리암이 말했다. 나머지 아이들의 반응도 비슷했다.

"학교 공부 때문에 너무 바빠. 지금 하는 운동으로도 충분해."

미국 여행에서 돌아온 여덟 명의 팀원 가운데 아리아나의 나이가 가장 많았다. 처음부터 다른 아이들은 아리아나에게 의지를 많이 했다.

비행기에서 나디아가 초조한 표정으로 두통을 호소했을 때 옆에서 위로를 해준 것도 아리아나였다.

"걱정 마. 내가 기장한테 비행기를 세우라고 말할게."

"정말로?"

"응."

나디아는 실눈을 짓더니 깔깔 웃었다.

"말도 안 돼. 농담인 거 다 알아."

아리아나는 어깨를 으쓱하며 싱긋 웃었다.

축구는 아리아나에게 모든 것이었다. 팀원들은 어디를 가나 축구를 했다. 바버라의 집 뒷마당에서도, 공원에서도, 심지어는 펜타곤에서도.

팀원들이 미국에 도착하고 2주밖에 안 지났을 때, 펜타곤에서 경기를 해달라는 초대받았다. 그리고 당시 국방부 장관인 도널드 럼즈펠드와 여자 프로 축구 선수 몇 명을 만났다. 여자 프로 선수들과 뒤섞어 두 팀을 이뤄 연습 경기를 펼치기도 했다.

프로 선수들이 공을 패스했을 때, 아리아나는 공을 잡느라 애를 먹었다. 프로 선수들과 나란히 뛰고 그들의 속도를 따라잡고, 그들의 지구력을 감당하기가 불가능했다.

'나는 저 사람들하고 달라. 나는 그냥 아이일 뿐이야.'

그러나 잔디밭을 미끄러지듯이 가로질러 뛰는 그들을 보면서, 아리아나는 그들과 자신들의 진짜 차이점을 깨달았다. 그들은 10년 넘게 잔디밭에서, 진짜 골문 앞에서, 공을 가지고 지속적인 지도를 받으며 연습을 했다. '우리는 이제 막 여기에 도착했어.' 하고 아리아나는 생각했다.

그러나 가장 놀라운 사실은, 프로 선수들은 늘 슛을 쏘지 않는다는 점이었다. 심지어 슛을 쏠 수 있을 때에도 말이다.

아리아나는 다른 사람에게 공을 양보하기 싫어했으며 기회를 잡으면 늘 자신이 득점하려고 했다. 다른 아이들도 모두 마찬가지였다. 그러나 자기들보다 훨씬 힘이 센 프로 선수들은 욕심을 자제하고 공을 공유하고 짧고 정확한 패스들을 주고받으면서 상대방 진영으로 나아갔다.

그날 프로 선수들이 아리아나에게 특별히 가르쳐준 기술은 하나도 없었다. 그러나 아리아나는 많은 것을 배웠다.

다시 카불. 아리아나는 틈만 나면 가지 주경기장으로 가서 연습을 했다. 두 번째로 방문했을 때, 왈리자다가 주경기장 구경을 시켜주었다. 새 잔디가 깔렸고 갈색 가죽 소파가 구비된 콘크리트로 만든 옥외 VIP 관람석이 새로 단장되어 재개장했다. 카르자이 대통령이 경기를 관람하고 국가적인 행사를 할 때 연설하는 장소이기도 했다.

아리아나와 왈리자다는 경기장으로 걸어갔다. 소녀 스무 명이 달리기 시합을 하고 있었다.

"자, 해보렴."

왈리자다가 아리아나에게 축구공을 건네며 말했다.

아리아나는 씩 웃고는 경기장으로 뛰어나가 터치라인을 따라 공을 드리블하고 뛰면서 텅 빈 수천 개의 좌석 앞에서 축구 연습을 했다. 육상 선수들이 혼자 뛰며 연습하는 아리아나를 보고는 소리쳤다.

"우리랑 같이 뛰지그래?"

"너희가 나한테 오면 안 될까?"

아리아나는 큰 소리로 그렇게 대꾸했다.

"우리는 여러 명이잖아. 넌 혼자고."

아리아는 어깨를 으쓱했다.

"난 축구가 더 좋아."

아리아나는 계속 드리블을 했다. 남자 축구팀이 연습을 시작했다. 그들이 아리아나를 힐끔거렸다. 여자아이가 이곳에서 연습하는 것을 처음 보았기 때문이다. 아리아나는 연습을 멈추고 터치라인으로 걸어가서 그들의 기술을 유심히 지켜보았다.

공이 터치라인 밖으로 휙 날아왔다. 아리아나는 펄쩍 뛰어 공을 잡았다. 그러고는 그들 쪽으로 능숙하게 공을 드리블해 왔다. 소년들은 휘둥그레진 눈으로 아리아나를 가만히 지켜보았다.

"패스 한 번 해보면 안 될까?"

아리아나가 자신만만한 미소를 지으며 물었다. 그러고는 능숙하고 강력한 킥으로 공을 돌려주었다.

소년들은 서로를 바라보았다. 한 명이 앞으로 성큼성큼 나와 발 측면으로 공을 잡았다. 그러고는 머뭇머뭇하다 다리를 들어 공을 콕 찍어 차서 다시 아리아나에게 보냈다. 아리아나는 발로 공을 잡아 시원스레 쭉 뻗는 패스를 했다.

"우와, 너 축구 좀 하는구나."

패스를 한 소년이 말했다.

아리아나는 원 모양으로 선 소년들 틈에 끼어 한참 공을 이리저리 차며 패스를 했다.

"좋아. 그만 가봐."

한 소년이 말했다. 불퉁한 말투는 아니었다.

하지만 소년들 모두가 이해심이 많은 것은 아니었다. 몇 주가 흐르자, 몇몇 소년들이 아리아나를 놀려대기 시작했다.

"넌 여자야. 왜 매일같이 여기에 오는데?"

"넌 왜 다른 여자아이들처럼 행동하지 않니?"

이보다 더 심각한 말도 있었다.

"우리 중 누군가를 좋아하는 것 아니야?"

한 소년은 그렇게 물었다. 이는 카불의 여자들에게는 치명적인 말이었다. 아프가니스탄에서는 여자가 너무 나서는 것을 싫어하기 때문이었다.

어느 날, 아리아나는 가지 주경기장을 뛰다가 몇 분 달리지도 않아 멈춰 섰다. 근처에 있던 한 소년이 웃음을 터뜨렸다.

"운동할 힘이 없나 보네!"

아리아나는 그 소년을 째려보았다.

"그만두시지."

소년은 고개를 절레절레 저으며 말했다.

"축구는 여자들한테 어울리는 운동이 아니야."

아리아나는 더 이상 참을 수 없었다.

"왜?"

아리아나는 따져 물으며 소년에게 다가갔다.

"너도 눈 둘, 코 하나잖아. 나도 마찬가지야."

남자아이는 어리둥절한 표정으로 아리아나를 바라보았다.

"너 다리 두 개지? 나도 두 개야. 네가 가진 힘, 그 정도는 나도 가지고 있어. 다만 난 연습이 좀 필요할 뿐이야. 넌 지금까지 연습을 많이 했어. 연습하고 싶을 때 아무 때나 연습을 했지. 하지만 난 여자야. 그래서 연습하고 싶을 때 아무 때나 나와서 연습할 수가 없어. 그래서 나한테 필요한 건 연습이야. 연습을 열심히 하면 너하고도 겨룰 수 있어. 우리 둘이 시합을 하면 비슷할 거야."

"같은 편이 돼서 뛸 수도 있겠지."

소년은 그렇게 말하고는 눈을 내리깔았다. 대화를 여기에서 끝내고 싶은 눈치였다. 그러나 아리아나는 멈추지 않고 계속 다그쳤다.

"모든 사람이 너 같다면 우리는 운동을 관둬야 할 거야. 근데 네가 '그래, 아주 좋아' 라고 말해서 우리를 격려해주면 우리는 앞으로 훌륭한 축구 선수가 될 거야. 그렇게 되면 아프가니스탄이 어떤 나라 사람들하고도 경쟁할 수 있는 나라라는 사실을 전 세계가 알게 되겠지."

"아, 그만 좀 해라. 응?"

"넌 내가 마음에 안 들지? 흠, 나도 네가 마음에 안 들어."

아리아나는 시큰둥한 듯 그렇게 말하고는 성큼성큼 걸어 가지 주경기장을 떠났다.

왈리자다는 이런 공격들을 받아내고, 막아내고, 나아가 기습적인 반격으로 되갚아주는 아리아나의 모습을 지켜보았다. 그는 수비가 어떤 것인지 아는 사람이었다. 슛을 막아낼 수는 있지만 그래도 상처는 남는 법이다.

왈리자다는 아리아나를 따로 불러 말했다.

"사람들이 이러쿵저러쿵하지."

그는 어깨를 한번 으쓱하고는 내처 말했다.

"이 사내 녀석들은 꼭 네 아빠나 오빠들 같을 거야. 네가 계속 운동을 하고 싶다면 그만둘 필요 없어."

"저는 괜찮아요."

아리아나는 운동을 계속하고 싶었다. 아리아나를 멈추게 할 수 있는 것은 아무것도 없었다.

이제 아리아나는 거의 매일 오후, 가지 주경기장으로 달려갔다. 이삼 주가 지나자, 왈리자다와 샴시가 데려온 다른 소녀 두세 명이 경기장에 나오기 시작했다. 처음에는 그들의 어머니들도 함께 와서 연습을 지켜보았다. 카불에 있는 여러 학교에서 소녀들을 그러모아 대여섯 팀이 참가하는 작은 리그가 만들어졌다.

아리아나는 자신의 속한 새 팀과 함께 리그에 참가했다. 그녀는 팀 동료들이 마음에 들었다. 아리아나보다 몸집이 작고 두어 살 더 어린 그들은 아리아나의 체구와 기술을 보고는 말문을 잃을 정도로 감탄했다. 왈리자다가 없을 때는 아리아나가 연습을 이끌었다.

아리아나가 뛰라고 말하면 아이들은 뛰었다. 아리아나가 줄을 맞춰 서서 패스하라고 하면, 그들은 두 명씩 짝을 지어 공을 주고받았다. 아리아나가 슈팅할 시간이라고 말하면, 그들은 골문 앞으로 뛰어가 줄을 섰다. 그들은 스스로를 아트마(유일한 존재)라고 불렀다.

2005년 12월, 축구 연습과 작은 리그에서 다른 학교 팀들과 연습 경기를 시작한 지 거의 일 년이 되었을 때, 왈리자다가 아리아나를 조용히 불렀다.

왈리자다는 다른 경기를 계획하고 있었다. 이번에는 연습 경기가 아니었다.

"이제 우리는 준비가 됐어. 드디어 국가대표 팀을 만들 때가 됐어."

3
첫 공식 경기

미국, 2004년 7~8월

새벽 4시는 일어나기에 썩 좋은 시간이 아니다. 평소에는 힘이 넘치는 디나와 나디아까지 신경이 날카로웠다. 사미라는 삶이 불공평하다고 투덜거렸다. 다른 아이들도 납덩이가 든 양 힘겹게 가방을 끌고 갔다.

로비나는 여느 때처럼 다른 아이들이 서랍이나 옷장에 놔두고 간 물건이 없는지 점검하고 확인하고 있었다. 아리아나는 아직도 거울 앞에 서서 머리를 매만지고 있었다. 미리암은 복도에 웅크리고 앉아 가방을 발 앞에 내려놓고 눈을 감은 채 벽에 등을 기대고 있었다.

우리는 클리블랜드로 가는 비행기를 타기 위해 이 터무니없는 시간에 일어났다. 팀은 이제 치열한 축구 시합을 앞두고 있었다. 바로 국제청소년 스포츠 축제. 이 대회는 1968년 당시 유고슬라비아였던 슬로베니아에서 처음 시작되었으며, 유럽에 있는 아홉 개의 도시가 참가했다. 그 후로 70개가 넘는 나라가 참가하는 대회로 발전했다.

경기가 시작되기 전날 저녁에 우리는 로야와 작별 인사를 나누었다. 울음과 포옹 그리고 다시 만날 약속과 다짐. 로야는 우리 모두를 위한 닻 역할을 해왔다. 통역 기술도 많이 늘어 이제 다리 어와 영어를 거의 동시에 말할 수 있을 정도가 되었다. 그뿐만 아니라 그 아이의 유쾌한 열정과 축구에 대한 상식과 경험 그리고 미국에 대한 상식 덕분에 아프간 소녀들의 미국 체류는 더욱 풍성하고 귀중한 경험이 되었다.

"모두들 보고 싶을 거야. 클리블랜드에서도 행운이 함께하기를 빌어!"

로야의 말에 팀 모두가 입을 모아 이렇게 말했다.

"타샤코르, 로야!"

클리블랜드에 도착한 후 우리는 어린이 올림픽 주경기장이 있는 존 캐롤 대학의 기숙사로 갔다. 예수회에서 운영하는 이 학교는 유니버시티 하이츠에 자리하고 있었는데, 약 24만 여 제곱미터나 되는 캠퍼스는 클리블랜드 중심가에서 16킬로미터밖에 떨어지지 않은 교외에 있었다.

아이들은 서둘러 짐을 풀고 축구공 두 개를 집어 들더니 누가 뭐라고 하기도 전에 모두 한마음으로 서둘러 잔디밭으로 가서 연습을 시작했다.

연습을 마친 뒤 우리는 새 기숙사에서 빡빡하게 짜인 연습과 시합 일정을 확인하면서 하루를 마감했다. 여행 때문에 지친 우리는 곧바로 잠이 들었다.

이튿날 아침, 알리 카제마이니가 대학 정문 앞에서 우리를 기다리고 있었다.

"모두들 살람. 난 알리라고 해. 이번 경기에서 너희들을 지도해줄 코치야."

알리는 팀원 한 명 한 명을 한참 뚫어지게 바라보았다. 그러고는 단호한 목소리로 말했다.

"잊지 마. 모두들 즐겁게 해야 한다!"

이란계 미국인인 알리는 존 캐럴 대학에서 남자 축구팀을 맡고 있는 코치였다. 그는 곧바로 여덟 명의 팀원들에게 대학 운동장에서 연습을 시작하라고 지시했다. 소녀들은 이번 시합 동안 팀을 이끌 코치를 만나게 되어 흥분했다. 더구나 쉽게 의사소통도 가능한 사람이었다. 알리는 당연히 영어를 할 줄 알았지만, 다리 어와 마찬가지로 고대 페르시아 어에서 유래한 파시 어도 할 줄 알았다. 나는 사람들의 몸짓과 알리의 통역을 통해 어려움 없이 그들의 대화를 이해할 수 있었다.

"이런 일을 하시다니 대단하시네요."

내가 그렇게 말하자 알리는 열정적으로 이렇게 대꾸했다.

"축구는 모든 사람을 위한 것입니다."

그러고는 운동장으로 눈길을 돌리고는 소리쳤다.

"신경 써서 서로의 위치를 잘 파악해야 해. 모두들 자기 자리를 잘 지키도록."

사미라가 골문 앞에서 손뼉을 치며 다리 어로 외쳤다.

"팀워크, 팀워크."

"팀워크."

내가 파쉬토 어로 외쳤다.

"팀워크."

아리아나가 영어로 다시 한 번 말했다.

❧

금요일 저녁, 우리는 개회식을 준비했다. 팀원들은 분홍과 카키색이 어우러진 바지, 옅은 녹색 티셔츠, 지퍼 달린 양털 운동복을 입고 분홍색 모자를 썼다. 복장을 갖춘 뒤 모두 버스를 타고 클리블랜드 브라운즈 주경기장으로 갔다. 그곳에 모인 수백 명의 젊은 선수들은 시내 도로를 행진하는 행사를 위해 기다리고 있었다. 퍼레이드는 레이크사이드가에 있는 시티 그린에서 끝날 예정이었다. 그리고 곧이어 이번 경기를 위한 축제가 열릴 예정이었다.

한 임원이 휘슬을 불었다. 아프가니스탄이 영어 알파벳 순서대로 하면 첫 번째라 우리 팀이 행렬의 선두를 맡게 되었다.

우리는 경기 운영자들의 뒤를 따라 따스한 여름 공기 속으로, 클리블랜드 중심가의 널찍한 도로로 나아갔다. 팀의 주장으로 뽑힌 아리아나가 검정, 빨강, 녹색이 어우러진 커다란 아프가니스탄 국기를 높이 들었다. 깃발이 바람에 펄럭거렸다.

아리아나 뒤로 로비나와 미리암, 디나, 라일라, 프레슈타, 사미라, 나디아가 두 사람씩 짝을 짓거나 셋이서 무리를 지어 손을 꼭 잡은 채 걸었다. 행진하는 중간중간 길 양편에 줄지어 서서 환호를 보내고 있는 사람들을 향해 손을 흔들기도 했다. 나는 아이들 뒤에서 이번 여행에 같이 온 언니 조라와 함께 걸었다. 우리가 지나가자 군중들 사이에서 웅성거리는 소리가 들렸다.

"저 아이들은 아프가니스탄에서 왔대!"

지금까지 아프가니스탄은 어린이 올림픽에 참가한 적이 한 번도 없었다. 사람들은 목을 쭉 빼고 우리를 봤다. 아이들은 느긋한 기분으로 환한 표정을 지으며 군중을 향해 손을 흔들고 즐겁게 웃었다.

나는 미국 독립기념일 기념 축구 대회에서 마주했던 사람들의 반응을 떠올렸다. 하지만 이번에는 미국인들이 우리에게 보내는 환호성이었다. 지역 언론은 우리를 환영하는 이곳 사람들의 반응을 전하면서 '홀딱 반한'이라는 표현을 썼다.

아프가니스탄의 이름이 불렸다. 여덟 명의 소녀는 우레 같은 박수를 받으며 축제가 벌어지는 무대로 올라갔다.

"사람들이 환호하는 소리 들으셨죠, 아위스타 아주머니?"

그날 저녁 미리암이 흥분한 목소리로 말했다. 디나와 나디아는 방 안을 빙빙 돌며 아까 했던 행진을 재현했다.

아리아나가 밝은 얼굴로 이렇게 물었다.

"사람들이 우리 국기를 보고 얼마나 환호했는지 보셨지요?"

"그래. 네가 국기를 아주 잘 들었어."

우리는 대학 입구에 있는 작은 휴게실에 모여 있었다.

"너희 모두에게, 너희 한 명 한 명에게 보내는 환호였어."

내가 말하자, 로비나는 이렇게 덧붙였다.

"그리고 아주머니한테도요, 아위스타 아주머니."

나는 침을 꿀꺽 삼켜 자랑스러운 눈물을 삼켰다. 이 아이들은 지금까지 경기장 안팎에서 열심히 노력했고 마침내 결실을 맺었다. 이제 그들은 한 팀이 되었다.

다음날 아침, 나는 아이들이 자고 있는 방마다 노크를 했다. 각각 방 하나에 두 명씩 배정되었고, 모두들 만족했다. 방마다 선수들의 국가를 알려주는 작은 팻말이 있었다. 아이들과 내 방에는 '아프가니스탄'이라고 쓰인 팻말이 자랑스럽게 붙어 있었다.

알리는 오후에 치러질 우리 선수들의 첫 공식 경기 전에 충분히 연습 시간을 가질 수 있도록 조치했다. 로비나는 다른 팀원

들의 준비를 돕고 일일이 확인하기 위해 여느 때처럼 일찍 일어
났다.

나는 다시 내 방으로 갔다. 각 방의 문에는 출신 국가를 알리
는 팻말 말고도 메모를 할 수 있는 하얀 판이 걸려 있었다. 그런
데 내 방에 걸린 판에는 비행기가 높은 빌딩 두 개를 향해 날아
가는 유치한 낙서가 그려져 있었다.

나는 방으로 들어가 문을 닫았다. 그리고 침대에 걸터앉아 천
천히 한숨을 내쉬었다.

2001년 9월 11일, 나는 로체스터 대학에서 유일한 아프가니
스탄계 미국인이었다. 그 화요일 아침, 화학 과목 과제를 막 끝
내고 공책들을 챙기고 있는데, 공부하면서 들으려고 틀어 놓은
라디오에서 한 청취자가 다급히 전화해 이야기하는 소리가 흘
러나왔다.

"비행기가 세계무역센터 건물을 들이받았어요!"

"뭐라고요?"

아나운서는 더듬거렸다.

"도대체 무슨 소리예요?"

전화를 건 청취자는 앞서 한 말을 되풀이했다.

그 소리는 분명 내 귀에 들렸지만, 별다른 생각을 하지 않았

다. 나는 라디오를 끄고 9시 30분에 시작하는 대학원 화학 강의를 듣기 위해 널찍한 캠퍼스를 가로질러 뛰어갔다. 강의실에 도착했을 때도 그 뉴스에 대해 이야기하는 사람이 한 명도 없었다. 강의가 끝난 후, 나는 과제를 제출하고 공부하기 위해 도서관으로 향했다. 도서관으로 가는 길에 잔디밭 주변에서 사람들이 나누는 대화가 토막토막 들렸다.

"비행기."

"세계무역센터."

"테러리스트."

내가 전혀 깨닫고 있지 못한 사이 나는 전혀 다른 세계 속으로 빠져들고 있었다. 나는 도서관으로 가서 곧바로 컴퓨터 앞으로 갔다. 그리고 컴퓨터 화면을 보았다.

'세상에, 어떻게 이런 일이.'

그다음 며칠 동안 나는 전 국민과 마찬가지로 끊임없이 되풀이되는 방송을 겁에 질린 채 지켜보았다. 처음 느꼈던 충격은 슬픔으로, 뒤이어 공포로 변했다. 가슴 아픈 단어들이 전 세계의 신문 지면을 강타했다. '탈레반, 훈련 캠프, 아프가니스탄.'

몇십 년 동안 벌어진 전쟁에서 갓 벗어난 나라가 이제 세계의 표적이 되었다. 비행기 납치범 가운데 아프간 사람은 한 명도 없었지만, 뉴스에서는 그들이 아프가니스탄에서 훈련 받았을 것이라고 보도했다. 나의 조국에서 말이다.

이슬람교도들이 전국에서 공격을 받았다. 내가 살고 있던 뉴욕 주 로체스터에서도 한 남자가 식료품 가게에서 나오다 공격을 받았다. 그 남자는 터번을 쓰고 있었지만 사실은 시크교(인도의 펀자브 지방을 중심으로 일어난 힌두교의 한 파) 신자인 것으로 판명되었다.

나는 아버지에게 전화했다.

"불안해요. 아무래도 고향으로 가야 할 것 같아요."

"안 돼, 아위스타. 넌 공부에 전념해야 해. 그게 네가 할 일이야. 괜찮아질 거야. 꼭 올해에 공부를 마쳐야 해."

나는 아버지의 말을 듣고 내 반응이 지나치게 감정적이었음을 깨달았다. 그래서 나는 로체스터에 계속 머물렀다.

내가 아프가니스탄계 미국인이라는 사실을 아는 사람은 학교에 거의 없었다. 내가 국적에 대해 부끄러워하거나 방어적이었기 때문은 아니었다. 나는 국적은 개인적인 문제이며 중요하지 않다고 생각했다. 사람들이 그냥 '있는 그대로의 나'를 알아주기를 원했다. 그것이면 충분하지 또 뭐가 필요하다는 말인가?

아프가니스탄 사람이라는 나의 정체성은 주로 집이라는 안전한 테두리 안에서만 형성되었다. 대학에 다니기 위해 집을 떠나 있었던 몇 년 동안 나와 아프간 문화 사이의 연결고리는 점점 더 약해졌다. 매주 일요일에 집에 전화를 걸면서도 파쉬토 어를 쓰는 경우는 갈수록 줄어들었다. 나는 파쉬토 어를 잃어가고 있었다.

식료품 가게에서 발생한 시크교도 사건이 일어난 지 얼마 지나지 않았을 때였다. 도서관에서 공부하고 있는데 한 시크교도 학생이 내 책상 가까이에 앉았다. 나는 고개를 들어 그를 보았다. 나는 그의 이름을 알지는 못했지만 캠퍼스 근처에서 몇 번 본 적은 있었다.

"잘 지내지요?"

나는 이제 모든 이들이 다른 사람에게 던지는 일상적인 질문이 되어버린 '안부'를 물었다.

"그럭저럭요. '너는 왜 너희 나라로 돌아가지 않니?'라는 말을 몇 번 들었을 뿐이에요."

그는 내 눈을 빤히 보며 대답했다.

"무슨 말인지 알겠어요."

아, 얼마나 아이러니한가? 그런 생각이 들었다. 나는 아프간 사람이었다. 그러나 다스타르(인도에서 시크교도들이 쓰는 일종의 터번)를 쓰는 시크교도 학생과 달리 나는 히잡(이슬람 여성들이 머리와 상반신을 가리기 위해 쓰는 쓰개)을 쓰지 않고 다른 전통 의상도 입지 않았기 때문에 다른 사람들 눈에 띄지 않았다.

그렇다 하더라도 나는 그 남학생과 마찬가지로 분노와 좌절을 느꼈다. 또한 그 남학생과 마찬가지로 두려움을 느꼈다.

내가 아프가니스탄계 미국인이라는 사실을 알고 있는 미국 친구들은 나에게 우호적이었지만, 내가 조금 '예민하다'고 생각했다.

"이건 너나 너희 나라에 국한된 일이 아니야, 아위스타. 누구
한테나 끔찍한 일이야."

그들은 그렇게 말했다. 그러나 밤이 되면 나는 1층에 있는 기
숙사 방에서, 유리창이 깨지고 누군가의 손이 안으로 들어오거
나 누군가 돌을 던져 유리창을 박살내는 상상을 하면서 잠들지
못하곤 했다.

나는 1994년 동계 올림픽 아이스하키 경기를 텔레비전으로
보면서 스포츠를 좋아하게 되었다. 그때 나는 텔레비전 앞에 앉
아 우아하면서도 빠르고 거칠게 얼음 위를 날아다니는 선수들
을 뚫어지게 바라보았다.

그때부터 나는 새벽 6시에 일어나 ESPN에서 방송하는 '스포
츠 센터'라는 30분짜리 프로를 시청했으며, 가끔은 같은 프로를
잇따라 두세 번 보는 경우도 있었다. 히와드 오빠, 조라 언니와
매일 번갈아 가며 쓰는 리모컨을 밤이 되어 내가 마음대로 쓸 수
있을 때가 되면 나는 언니와 오빠의 실망을 뒤로한 채 뭐든 스포
츠와 관련된 프로를 봤다.

사람은 인생을 바꿀 만한 사건을 겪게 되면 인생을 바꿀 만한
결정도 내리는 법이다. 당시에는 깨닫지 못했지만 나는 9·11테
러사건(2001년 9월 11일 발생한 미국 뉴욕의 110층 세계무역센터 쌍둥이
빌딩과 워싱턴 국방부 건물에 대한 항공기 동시 다발 자살테러 사건)의 여
파로 많은 사람들이 그랬듯이, 무엇인가를 해야 할 것 같은 압

박감을 느꼈다.

그 생각이 구체화된 것은 어느 5월 아침이었다. 아프가니스탄의 이미지로서 '평화를 갈구하는 사람들, 자신들의 운명을 개척하기를 갈망하는 아이들'의 이미지가 마치 영화 장면처럼 내 머릿속에 떠올랐다.

'소녀들.' 나는 노란색 메모지에 적기 시작했다. '소녀들.'

'음, 어린 여자 선수들을 위한 스포츠 캠프는 어떨까? 스포츠 캠프를 계기로 아프가니스탄 소녀들을 미국을 여행할 수 있도록 후원하면 어떨까?'

나는 2003년 가을부터 여덟 달 동안 그 일에 매달렸다. 내가 '아프간 청소년 스포츠 교환 프로그램(AYSE)'이라고 이름 붙인 그 일은, 아프간 소녀들을 미국으로 초대해 6주 동안 지내게 하면서 집중적으로 스포츠를 훈련시킨다는 계획이었다. 여행의 정점은 팀이 국제 청소년 스포츠 축제에 아프가니스탄의 대표로 참가하는 것이 될 것이다.

나는 웹사이트를 열고 후원자가 될 법한 곳에 전화를 했으며, 계획 제안서를 만들었다. 이 프로젝트를 후원한 첫 기관은 뉴욕에 기반을 둔 아프가니스탄 비영리 재단인 '아프간 커뮤니케이터'였다. 당시 스물세 살이었던 나는 무모할 정도로 열정적이고

의욕이 넘쳤지만, 경험이 없었다. 하지만 한 가지 더 문제가 남았다. 어떤 스포츠로 할 것인가?

나는 줄리 파우디와 미아 햄이 미국 여자 축구국가대표 팀을 이끌어 올림픽에서 금메달 두 개와 은메달 하나 그리고 FIFA 월드컵에서 두 번의 우승을 차지한 역사적인 사건을 목격한 사람이었다. 그 당시 미국 여자 축구는 1999년 미국과 중국의 여자 월드컵 결승전이 가장 높은 시청률을 기록했을 정도로 최고의 인기를 누리고 있었다.

그래서 나는 축구가 '아프간 소녀들'을 위한 프로젝트에 가장 잘 맞는 종목이라고 생각했다. 남녀 불문의 스포츠인데다 상대적으로 팀을 조직하기가 쉽다는 장점이 있었기 때문이다. 그리고 필요한 것은 공과 널찍한 공간뿐이었다. 적어도 그때 당시 나는 그렇게 생각했다.

내가 미처 알지 못한 사실은 아프가니스탄에는 그때까지 여자 축구팀이 단 하나도 없었다는 것이었다. 한참이 지나고 나서야 나는 축구할 여자아이들을 찾는다는 것이 어려운 일임을 깨닫게 되었다. 그 이유는 처음에 내가 막연히 생각했던 것처럼 전쟁의 혼란 탓만은 아니었다. 아프가니스탄에서 여자아이들은 농구와 배구는 했지만, 축구는 남자들만 할 수 있는 경기였기 때문이었다.

순진하게도 나는 내 계획이 여자 운동선수에 관한 아프가니스탄의 통념에 얼마나 심각한 반기를 드는 행동인지 제대로 인식하지 못했다. 나는 어린 카불 소녀들을 사회의 용인을 얻기 위한 힘겨운 싸움의 한복판으로 몰아넣고 있었던 셈이다. 그리고 그 싸움은 지금도 계속되고 있다.

4
카불에서 열린 여자 축구 경기

카불, 2005년 12월

"나는 팀의 한 선수이고, 팀에 의존하고, 팀의 결정에 따르며, 팀을 위해 희생한다.
개인이 아니라 팀이 궁극적인 승자이기 때문이다."
―미국의 여자 축구선수 미아 햄

미국에서 돌아와 처음으로 참가한 시합이 열리는 일요일, 로비나는 동트기 전 토샤크에서 몸을 뒤척이다 잠에서 깼다. 찬 기운이 방 안으로 들어왔다. 로비나는 어둑한 흙무더기 같은 모습으로 옆에서 자고 있는 팀 동료들을 바라보며 가슴속에서 샘솟는 흥분을 느꼈다. 드디어 시합 날이다.

로비나는 두툼한 담요로 몸을 둘둘 만 채 자고 있는 아이들을 흔들어 깨웠다. 프레슈타는 툴툴거렸고 라일라는 담요를 당겨 머리에 뒤집어썼다.

"베다르 슈(일어나). 시합 날이야."

로비나는 무릎을 꿇고 다른 아이들과 함께 창문으로 스며드는 햇살을 받으며 기도를 올렸다. 그러고는 서둘러 쌀가루에 생강, 설탕, 건포도, 아몬드 조각을 놓고 구운 할와와 차이로 아침을 먹었다. 그다음 파란색과 검정색 줄무늬 새 유니폼 위에 긴 겨울 코트를 입고 밖으로 나가 경기장으로 출발했다.

힌두 쿠시 경기장은 프레슈타와 라일라의 집에서 1.6킬로미터 정도 떨어진 코티 산기라는 곳에 있었다. 땅에는 눈이 쌓여 있었다. 함께 걷는 소녀들의 코트 속에 유니폼이 언뜻언뜻 보였다. 경기장에 도착하면 마땅히 옷을 갈아입을 장소가 없기 때문이었다.

추웠다. 숨을 쉴 때마다 찬 기운이 가슴과 목과 코를 파고드는 것이 느껴졌다. 경찰서 앞을 지나가면서 선수들은 스스로 경기 계획을 구상했다.

'경기장에서 서로의 목소리를 못 들으면 어떻게 해야 하나? 수비수가 막으면 어떻게 드리블을 하고 패스를 해야 할까?'

아이들은 자신의 의도를 상대 팀에게 드러내지 않으면서 의사 교환을 할 수 있는 비법을 생각해냈다. 라일라는 로비나의 이름을 큰 소리로 외치면서 실제로는 프레슈타에게 패스를 하기로 했다. 한 경기에 한두 번은 그 속임수로 상대 팀을 속일 참이었다.

눈앞을 스쳐가는 집들은 대부분 총알구멍, 부서진 지붕, 허물어진 담장 등으로 엉망이었다. 아무런 피해도 입지 않은, 매끈한 크림색 돌로 지은 2층 이상의 집들도 가끔 보였다. 사내아이들이 길에서 놀고 있었다.

소녀들이 지나가자 사내아이들은 소리를 질렀다. 한 사내아이는 유니폼을 보고는 조롱하는 투로 외쳤다.

"우아, 쟤들 운동선수인가 보네. 안됐다."

"남자가 되고 싶은가보다."

"여자들이 무슨 운동이야? 셔츠가 훌러덩 훌러덩 올라가면 어쩌려고?"

라일라와 프레슈타의 열한 살짜리 남동생 압둘라가 소녀들과 함께 가고 있었다. 사내아이들이 소녀들을 향해 소리를 지르자, 압둘라는 얼굴을 찌푸리며 맞받아서 고함을 질렀다.

"너희 누나한테도 그런 소리 할 거야?"

사내아이들은 이내 조용해졌다. 아이들은 계속해서 경기 전략을 짰다.

경기장은 널찍한 흙바닥이었다. 눈은 말끔하게 치워져 있었다. 경기장 둘레에는 나무들이 줄지어 있었다. 잎이 무성한 나무들도 있었지만 추운 12월의 날씨 때문에 헐벗은 나무들도 보였다.

이날 열리는 경기를 위해 다른 팀들은 코치와 함께 몸을 풀고 연습을 하고 있었다. 그러나 스타스 팀에게는 마지막으로 해결해야 할 문제가 하나 남아 있었다. 그들은 터치라인에 서 있는 아리아나에게 다가갔다.

프레슈타가 대표로 말했다.

"우리는 너한테 마지막으로 기회를 주기로 결정했어. 우리 팀으로 돌아올 거니?"

"그건 안 돼. 이제 나한테는 내 팀이 있단 말이야."

"언제부터?"

"일 년 전부터."

깜짝 놀란 소녀들은 그 자리를 떴다. 스타스는 아리아나가 결국 여섯 번째 선수로 팀에 합류하리라 예상했기 때문에 다른 선수를 구할 계획을 세우지 않았다. 그러나 이제는 너무 늦어 버렸다. 이번에는 왈리자다가 예외적으로 다섯 명만으로 경기를 치를 수 있도록 허용할 테지만, 준결승전에 진출하면 여섯 명이 필요할 테니 말이다. 예외는 없었다.

드디어 스타스 선수들이 경기장으로 나가 각자 자리를 잡았다. 다른 팀 선수들과 관중들은 가냘프고 호리호리한 스타스 선수들을 환영해주었다. 선수들은 경기장에 넓게 포진해 있었다. 이제 그들은 공의 유혹에 쉽게 빠지지 않을 정도로 훈련이 잘 되어 있었다. 그들과 달리 다른 팀들은 자석에 끌리는 쇠붙이처럼 공만 보면 그쪽으로 몰려갔다.

"세타라!"

스타스 선수들이 골을 넣은 후 자기 자리로 돌아갈 때마다 관중들이 소리쳤다.

"스타스!"

그들은 생애 처음 출전한 경기에서 3대 0으로 승리했다. 프레슈타, 로비나, 라일라가 한 골씩 기록했다. 아리아나가 와서 축하 인사를 건넸다. 하지만 어느 누구도 아리아나에게는 말을 걸지 않았다. 선수들은 코트를 입고 서로를 껴안았다. 그리고 다음 라운드에 진출했다.

프레슈타와 라일라는 남동생과 함께 집으로 걸어가면서 그날의 경기를 다시금 하나하나 떠올려 보았다. 그러다보니 경기장에 갈 때는 30분이나 걸렸지만 집으로 가는 길은 그보다 훨씬 짧게 느껴졌다.

프레슈타와 라일라는 경기를 하면서 잔뜩 먼지를 뒤집어썼기 때문에 집에 도착하자마자 물을 한 양동이 끓여 구석구석 씻어냈다. 그날 밤, 피곤에 지친 두 자매는 곤히 잠들었다.

두 번째 경기는 목요일로 잡혔다. 목요일 아침, 힌두 쿠시 경기장에 도착한 스타스 선수들은 상대팀이 바로 홈팀인 힌두 쿠시라는 사실을 알게 되었다.

힌두 쿠시 선수들은 키가 크고 힘이 셌다. 관중들은 당연히 홈팀인 힌두 쿠시 편이었다.

"어떻게 될까?"

라일라가 물었다. 첫 경기 때 터치라인에 있는 사람들은 스타스를 응원했다. 그러나 이제 힌두 쿠시를 연호하고 있었다. 스타스 선수들에게는 비방과 조롱, 공격적인 말들이 날아들었다.

스타스 선수들은 불편한 마음으로 몸을 푼 다음 경기장에 모였다. 사미라가 골키퍼 장갑을 손에 꽉 끼고는 골문을 향해 빠른 걸음으로 걸어갔다. 사미라는 터치라인에서 가장 가까운 곳에 있었기 때문에 관중들의 표적이 되었다.

라일라는 꼼짝도 하지 않은 채 서서 앞만 뚫어지게 바라보는 사미라를 보고는 사미라가 얼마나 신경이 날카로워져 있는지 알 수 있었다.

"우리 편은 하나도 없어."

라일라가 사미라를 향해 부드러운 목소리로 말하자, 사미라는 단호한 표정을 지으며 고개를 끄덕였다. 라일라는 골대에서 멀리 나가지 않고 가까이 붙어 있기로 마음먹었다. 프레슈타가 공을 드리블해 수비수들을 제치고 골문이 활짝 열릴 기회를 만들었다. 그러나 마지막 순간, 공을 너무 힘없이 차고 말았다.

공은 골키퍼의 손으로 굴러갔다. 프레슈타는 경기장을 가로지르며 상대 선수들을 따돌리고 돌파해 결정적인 슛 기회를 세 차례나 만들었지만, 세 번 모두 슛이 막혔다.

"뭐하는 거야? 골을 넣어야지!"

로비나가 소리쳤다.

"로비나, 괜찮아."

프레슈타는 엷은 미소를 지으며 로비나를 진정시키려고 애썼다. 하지만 로비나는 공이 있는 쪽으로 고개를 홱 돌렸다. 라일 라는 수비 자리에서 믿을 수 없다는 표정을 지으며 자기 동생이 아까운 기회를 놓쳐버리는 모습들을 바라보았다.

라일라는 동생이 도저히 이해가 되지 않았다. 여러 차례 완벽 한 패스가 프레슈타에게 연결됐지만 서툰 솜씨로 어처구니 없 이 기회를 날려 버리고 있었다. 라일라는 동생이에게 더 이상 패 스를 하지 않기로 마음먹었다.

라일라가 공을 몰고 앞으로 나아가고 있는데, 한 소년이 소리 를 질렀다.

"지금 뭐하는 거야, 바보들아? 전에는 잘하더니 지금 보니 형 편없네. 골을 통 못 넣네!"

당황한 라일라가 주춤하는 사이 힌두 쿠시 선수가 공을 낚아 챘다. 관중들의 환호성이 들렸다.

스타스 선수들은 조심스럽게 관중을 살펴보았다. 스탠드에 있는 모든 사람이 그들의 적이었다. 다시 수비로 돌아온 라일라 가 힌두 쿠시 선수에게서 골을 빼앗아 노마크(수비수가 공격자를 경계하거나 방어하지 않아서 공격자가 마음대로 할 수 있는 상태)인 사미 라에게 백패스를 했다. 사미라는 공을 잡기 위해 몸을 앞으로 숙였다.

그때 로비나가 사미라를 향해 소리쳤다.

"그냥 걷어차!"

그 소리에 집중력을 잃은 사미라는 공을 잡으려는 마음과 가까이에 있는 동료에게 패스하려는 마음 사이에서 갈피를 잃고 머뭇머뭇했다. 사미라가 한 발을 드는 순간, 공이 뒤로 휙 빠져 골문 안으로 들어갔다.

관중들은 요란한 소리를 내며 비웃었다. 힌두쿠시의 리드로 1대 0. 심판이 하프타임을 알리는 휘슬을 불었다.

스타스는 넋이 나간 채 터치라인으로 걸어갔다. 게임은 엉망진창이 되었다. 스타스 선수들은 저마다 마음에 담아두었던 다른 팀원의 실수를 떠올리며 서로를 냉랭하게 째려보고 다른 아이들이 잘못한 것을 죄다 들춰내며 투덜거렸다. 모두들 지쳐 있었다.

아쉬아나에서 온 로비나의 코치 캄란이 소녀들에게 다가와 큰 소리로 말했다.

"얘들아. 이리 오렴."

소녀들은 캄란 주위로 모였다. 다들 어깨는 축 처져 있었으며 당황하고 화난 상태였다.

캄란이 말했다.

"너희는 평소처럼 패스를 안하고 있어. 모두가 자신이 골을 넣고 싶어 해!"

로비나, 라일라, 미리암, 프레슈타는 서로 눈길을 피했다.

"골을 넣으려면 서로 패스를 해야 해."

그의 말이 맞았다.

"사내아이들이 나한테 험한 말을 하고 있어요."

사미라가 갈라지는 목소리로 말했다.

그때 라일라한테 좋은 생각이 떠올랐다. 라일라는 파와드 코치와 남동생 압둘라에게 가서 조용히 부탁을 하나 했다.

"사내아이들이 다시는 우리한테 고함을 못 지르도록 해줄 수 있겠어요?"

후반전이 시작되었고, 스타스는 경기장으로 성큼성큼 나왔다. 압둘라와 파와드는 사미라가 지키는 골문 뒤로 가서 팔짱을 낀 채 사미라를 괴롭혔던 사내아이들을 째려보았다. 연호가 머뭇머뭇하다 잦아들었다.

상대 진영으로의 패스 한 번으로 프레슈타가 골을 넣었다. 다시 한 번 패스가 이어졌고 이번에는 로비나가 득점했다. 이어 다시 프레슈타가 골을 넣었다!

순식간에 스타스가 3대 1로 앞섰다. 골이 잇따라 터지자 소녀들은 사기가 충천했다. 상대 팀이 골을 넣기 위해 압박을 가했다.

"아가씨, 공을 가로채!"

사미라가 영어로 라일라에게 소리쳤다. 이 말에 라일라는 웃음을 터뜨렸다. 그 바람에 제대로 뛰지 못하고 허리를 숙인 채 공을 향해 터벅터벅 걸어갔다. 사미라는 자신을 향해 다가

오는 소녀와 일대일로 대치하는 상황이 되었다. 사미라는 공을 쳐냈다.

그러고는 라일라에게 장난스럽게 말했다.

"아가씨, 수비를 그렇게 하면 별 도움이 안 되지."

"그렇게 부르지 마."

라일라는 키득거리며 쏘아붙였다.

스타스가 3대 1로 이겼다. 유일한 실점은 자책골이었다.

왈리자다가 말했다.

"너희들, 아주 붕붕 날아다니더구나."

왈리자다는 이러다 이 아이들이 정말로 우승할지도 모른다는 생각을 했다.

새로운 관례가 생겼다. 이제 스타스 선수들은 게임 전날 밤이면 으레 프레슈타와 라일라의 집에 집합한다는 것이다. 밥풀이 들러붙은 접시와 빈 컵을 치운 다음 두 자매의 방에 모였다. 그리고 방문을 잠갔다.

그러고는 카세트플레이어를 틀고 춤을 추었다. 라일라는 발리우드 뮤지컬에 나오는 것처럼 머리와 팔을 과장해 움직이는 동작을 좋아했다. 로비나는 샤키라의 현란한 음악에 맞추어 목에 두른 스카프를 당기며 춤을 추었다.

그러다 지치면 모두들 바닥에 앉아 머리를 모아 분석하는 시간을 가졌다. 뭐가 잘못되었고, 어떻게 하면 더 잘할 수 있는지를 이야기했다. 그렇게 전략을 짜고, 플레이 하나하나를 세세하게 점검하고 확인했다.

"골키퍼가 어떻게 나오든 신경 쓰지 마. 그냥 골을 넣어."

로비나는 프레슈타에게 힘주어 그렇게 말했다.

"알았어, 로비나."

프레슈타는 그렇게 대답했지만 로비나는 여전히 못미더워하는 눈치였다. 프레슈타는 골키퍼의 어떤 눈빛에도, 심지어 눈물에도 흔들리지 말아야 하는데 그러지 못했기 때문이다.

"에이라 바즈 나 카우니드(다음에는 그러면 안 돼)!"

로비나가 힘주어 말했다.

"그런 일은 다시는 없을 거야!"

이제 선수들 사이에서 말하지 못할 것은 없었다. 서로 마음속에 담아두고 괴로워할 것은 아무것도 없었다. 이 방 안에서는 어떤 의견과 안목과 비평도 터놓고 이야기하고 서로를 마음 놓고 공격하고 생각을 주고받을 수 있었다. 그리고 결국에는 어떤 문제든 해결되었다.

새벽에 로비나가 동료들을 흔들어 깨웠다. 파즈르 시간이었다. 로비나는 아이들을 모아 새벽 기도를 올렸다.

"7시가 되면 다시 깨워."

라일라가 웅얼웅얼 말하고는 몸을 돌려 다시 잠에 빠져들었다.

"나는 차이 끓이고 싶지 않아."

프레슈타가 웅얼웅얼 말했다.

"추프 바스(입 닥쳐)."

로비나가 싱긋 웃으며 말했다.

소녀들은 프레슈타와 라일라의 부모님을 기쁘게 해드리기 위해 아침 식사와 차이를 직접 준비했다.

"학기 중에도 이렇게 일찍 일어나면 좋겠구나."

아르조가 넌지시 말했지만 아무 반응도 없었다.

그들은 아침을 먹고 나서 가방에 유니폼을 넣고 서로에게 경기 중에 어떻게 해야 하는지 상기시켜주면서 시합 준비를 했다. 아침 7시 30분, 그들은 함께 출발해서 경기장에 도착했다. 미리 암은 이런 모습을 전에는 상상도 하지 못했다.

5

삶은 변할 수 있어!

미리암, 카불과 미국

"사람은 함께 사는 사람을 닮는 법이다."
−아프가니스탄 속담

미리암은 전쟁의 아이였다. 소련이 아프가니스탄에서 철수한 직후에 태어났고, 무자헤딘(아프가니스탄의 무장 게릴라 조직) 대원들이 카불을 장악하기 위해 싸움을 벌였을 때 갓난아기였으며, 카불이 두 차례에 걸쳐 폭격을 받았을 때 걸음마를 배웠다. 미리암이 여섯 살이 되었을 때까지 4만 5천 명이 넘는 카불 시민이 사망했다. 그 직후 탈레반은 카불을 점령했다.

내전과 탈레반을 겪으며 자란 미리암은 사람들이 무차별로 죽어간다는 현실을 알게 되었다. 이따금 삶이라는 것이 교환 가능한 물건처럼 보일 정도였다. 친구들, 어린아이들, 친척들이 폭격에 사망했다. 아는 사람들과 모르는 사람들, 카불의 낯선 시민들과 바로 옆집에 사는 사람들이 죽었다. 미리암은 그런 현실을 받아들이며 살아왔다.

'우리나라 사람들은 길에 있다가도 아무런 이유 없이 죽는다. 다른 사람들이 이곳에 폭탄을 떨어뜨렸기 때문에.'

미리암은 이런 생각을 하면서 묵묵히 그 현실을 받아들였다.

심부름을 하느라 구(舊)도시의 길들을 걸어다니면서 미리암은 아무것도 보지 않고 아무것도 느끼지 않았다. 파편들, 창이 박살 난 집들, 골목길에 바글거리는 사람들, 누더기를 걸치고 하나같이 비쩍 마른 어린이들, 이 모든 것이 원래부터 그랬던 것처럼 느껴졌을 뿐이었다.

그러나 이제 열네 살이 된 미리암은 예전 같지 않았다. 이제 우는 법을 알게 된 것이다.

미리암은 좁은 도로를 지나다 몇몇은 팔이나 다리가 없기도 한 거지들과 그들 옆에 서 있는 어린이들을 보고 있노라면 마음이 아팠다. 그들은 구걸하는 손을 내민 채 온종일 햇빛을 받아 난(밀가루로 만든 둥글고 넓적한 빵)처럼 바싹 구워지고 있었다.

'우리나라는 불행 천지야.'

골목길이든 큰길이든 가리지 않고 어디에서나 피곤에 지친 기색이 역력한 소년들과 아저씨들이 납작한 나무 수레 뒤에 서서 뭔가를 팔고 있었다. 경찰이 가판대를 펼쳐놓은 그들을 단속하고 때리면서 소리쳤다.

"당장 치워! 꺼져!"

그들은 가족을 위해 푼돈이라도 벌려고 아등바등하고 있을 뿐이었다.

'우리 오빠나 남동생들처럼.'

경찰이 노점상들을 뒤쫓았다. 노점상들은 다치고 심지어 죽는 사람도 있었다.

'우리 아빠처럼.'

구(舊)시가의 도로들을 지나노라면 미리암은 자기 자신과 나라에 대해 점점 더 깊어가는 애정을 느꼈다. 얼마나 많은 것들이 파괴되었는지 이제 미리암도 이해할 수 있었다. 이제 미리암의 마음속에는 새로운 뭔가가 꿈틀거렸다. 바로 야심이었다.

'삶은 변할 수 있어!'

미리암은 자신이 이런 생각을 하게 된 것은 미국에서 만난 사람들 때문만은 아니라는 것을 알고 있었다. 그들은 미리암과 팀원들을 반갑게 맞았으며 집에까지 초대해 아프간의 전통적인 환대를 베풀었다. 미리암은 이런 친절을 마음속에 간직하려고 애썼다. 그래서 자신도 다른 사람들을 돌보고, 신뢰를 보내고, 친절을 표출하고 싶었다.

미리암은 미국에서 낯선 사람들이 자신에게 베푸는 애정을 느꼈다. 아프가니스탄계 미국 여자들은 팀원 하나하나를 껴안고 울면서 이렇게 말했다.

"너희들이 여기까지 와서 축구를 하다니, 알라 신에게 감사할 일이야."

미리암의 팀이 미국에서 축구를 할 때 수천 명의 사람이 환호성을 내질렀다. 만난 사람마다 미리암에게 더 열심히 운동하고, 더 치열하게 경쟁하고, 자신이 좋아하는 일, 즉 축구에 빼어난 사람이 되라고 격려해주었다.

⁂

미리암의 언니 사라는 이렇게 꾸짖었다.

"결혼할 때 축구가 무슨 도움이 되겠니?"

흙 벽돌로 지은 방 두 칸짜리 집 바깥에 있는 외진 흙바닥에서 미리암은 접시에 말라붙은 밥풀을 떼어내고 있었다. 시합 전에 모임 장소인 프레슈타와 라일라의 집에 가려고 일을 서두르고 있었다.

"'집안일을 얼마나 잘하니?'라고 묻는 사람은 있어도 '축구를 얼마나 잘하니?'라고 묻는 사람은 없을 거야."

사라는 그렇게 말하고는 비웃듯 짧게 웃었다. 사라는 자기 집과 옆집 사이에 연결되어 있는 빨랫줄에 빨래를 널고 있었다.

미리암은 접시들을 재빨리 물이 가득 든 큼지막한 통에 넣고는 북북 문질렀다. 그리고 일을 마치기가 무섭게 가방을 낚아채서 버스 정류장으로 뛰어갔다.

12월 21일 수요일. 지난 토요일, 3대 0으로 수월하게 첫 승리를 거둔 스타스는 다섯 번만 승리하면 우승할 수 있는 시합의 두 번째 라운드에 진출했다. 두 번째 경기는 내일 열릴 예정이었다. 미리암은 프레슈타와 라일라의 집에서 들떠 있는 팀 동료들을 만났다.

미리암의 오빠 다우드는 소녀들이 축구 연습을 하는 평화의 뿌리 본부에서 일했다. 그곳은 프레슈타와 라일라의 집에서 가까웠기 때문에 다우드는 퇴근길에 두 아이의 집에 들렀다. 그리고 문을 두드려 할 이야기가 있다며 미리암을 찾았다.

미리암이 나오자 그는 이렇게 말했다.

"집에 안 갈래, 미리암? 왜 여기 있는 거니?"

"내일 경기를 앞두고 여기 다 함께 있을 거야. 다른 아이들하고 함께 있고 싶어."

다우드는 잠시 고민했다. 이 집에는 나이 많은 남자들이 있었다. 프레슈타의 아버지와 오빠들. 다우드는 여동생인 미리암에 대한 책임감을 느꼈고, 그녀가 안전하기를 바랐다. 하지만 프레슈타와 라일라 식구들이 믿을 만하고 점잖은 사람들이라는 것을 잘 알고 있었다. 결국 다우드는 미리암에게 하고 싶은 대로 하라고 했다.

선수들은 사진을 보고 미국 여행에 대해 수다를 떨며 저녁 시간을 보냈다. 그리고 좋아하는 미국 노래들을 합창하고, 영화 〈나 홀로 집에〉에 대해 이야기를 나누며 웃음꽃을 피웠다.

그들은 코네티컷에 있을 때 성심껏 지도를 해주었던 코치들의 조언을 되새겼다. 그리고 경기의 규칙들을 작은 조각들로 나누어 모두가 이해하기 쉽고 서로에게 도움이 되는 이야기들을 나누었다.

"발가락이 아니라 발등으로 슛을 해. 패스를 할 때는 발 안쪽을 써. 머리를 이용해서 공을 잡아. 공이 닿는 순간 머리를 약간 뒤로 빼고."

스타스 선수들은 그들의 세세한 조언 하나하나를 곱씹고, 받았던 훈련 하나하나를 떠올리며 의견을 나누었다. 미국의 경기장에서는 공을 다루기 위해 모든 신체 부위를 동원했다. 경기장 밖에서는 전술 회의를 통해 축구에 대해 배웠다. 공이 없는 곳에서 어떻게 행동해야 하는지가 가장 중요할 수도 있다는 사실도 깨우쳤다.

미국 코치들의 가르침을 하나하나 되새겨볼 때마다 선수들은 지도와 훈련, 실용적인 조언이 부족한 현재 상황이 떠올랐다. 아프가니스탄에는 여자 축구가 존재하지 않았기 때문에 제대로 훈련받은 여자 축구 코치가 한 명도 없었다. 현장 경험도 선수들이 코치들보다 더 많았다. 그러나 그들의 불평은 자부심과 뒤섞여 있었다. 이제 그들은 스스로 가르치고 배우며, 경기 전략은 물론 시합 전 연습 계획까지 스스로 짜서 운영했다.

목요일 아침, 로비나는 맨 먼저 일어나 모두를 위해 차이를 끓였다. 다들 일어나서 가방 속에 유니폼을 넣고 헐렁한 셔츠와 긴 바지를 입고 히잡을 썼다. 12월이라 추웠기 때문에 선수들은 히잡을 쓸 수 있다는 사실이 오히려 기뻤다.

아침 7시 30분, 선수들은 다 함께 집에서 나왔다. 그리고 경기장으로 걸어가면서 지난밤에 토의했던 행동 지침들을 다시 한번 이야기했다. 자기 자리 지키기, 공을 향해 우르르 몰려가지 않기, 패스하도록 도와주기 등등을 이야기를 하면서 가다보니 어느새 힌두 쿠시 경기장에 도착해 있었다.

미리암은 이런 일은 꿈도 꾸지 못했다. 정말이지 상상도 할 수 없는 일이었다. 자신 못지않게 축구를 사랑하는 동료들, 함께 시합 작전을 짤 수 있는 동료들, 그 작전을 잘 수행할 수 있는 동료들과 함께 있다니. 경기장에서는 한 팀으로 함께 싸우고, 경기가 끝나면 친구가 되는 동료들과 함께 있다니. 그들과 함께 있는 것, 그것은 지금까지 미리암의 인생에서 가장 중요한 것 가운데 하나였다.

⁂

미리암은 아주 어렸을 때 축구를 처음 접했다. 그녀의 두 오빠는 텔레비전으로 축구 경기를 보고, 중계가 끝나면 늦은 오후인데도 밖으로 나가 동네 아이들과 함께 축구를 하곤 했다.

미리암은 지붕 위로 올라가 가장자리에 자리를 잡고는 아래에서 소년들이 공을 차거나 헛발질을 하는 모습을 훔쳐보았다. 소년들은 공을 그닥 잘 차지 못했다. 그러나 미리암은 축구에 홀딱 반했다.

미리암은 자기도 당장 나가서 함께 축구를 하고 싶었다. 오빠들이 집 안으로 들어오면서 발이 아프다고 투덜대거나 방금 벌인 경기의 플레이에 대해 이러쿵저러쿵 말할 때면 미리암은 귀를 쫑긋 세우고 열심히 들었다.

바깥에 너무 오래 있는 것은 위험했다. 아프간은 한창 내전 중이었다. 결국 미리암은 세 명의 형제자매 그리고 어머니 마수다와 함께 외할아버지가 사는 마을인 샤밀리로 피난을 갔다. 그러나 미리암의 아버지 캄란은 카불에 남았다. 10년 전, 미리암의 부모는 샤밀리에 살고 있다가 소련과의 전쟁 중에 집이 불타자 카불로 피난을 왔다.

샤밀리로 간 지 한 달쯤 되었을 때, 카불에서의 전투가 잦아드는 것처럼 보이자 캄란은 가족들에게 돌아와도 좋다는 전갈을 보냈다. 그러나 가족이 카불에 도착했을 때, 다시 폭격이 시작되었다.

"왜 돌아온 거야?"

폭발이 지진처럼 벽을 뒤흔들자 캄란이 마수다에게 물었다.

"당신이 우리한테 돌아오라고 했잖아요!"

"전쟁이 다시 시작될 줄 몰랐지. 다시 돌아가야겠소."

"싫어요. 당신이 여기에 살면 우리도 당신과 함께 있겠어요. 당신 혼자 여기서 살도록 내버려둘 수는 없어요."

캄란은 자신의 뜻을 굽히지 않으려 했지만, 마수다는 이렇게
말했다.

"우리가 떠나면 당신도 우리와 함께 가야 해요. 당신이 여기
에 남으면 우리도 당신과 함께 있겠어요."

"알았소. 우리 모두 카불에 남읍시다."

캄란은 매일 비명 같은 소리를 내지르며 집과 거리, 사람들을
산산조각 내는 로켓을 전혀 두려워하지 않는 듯했다. 로켓이 발
사되는 소리가 나면, 그는 아내 마수다에게 이렇게 말하곤 했다.

"애들을 모두 데리고 지하실로 가시오."

그러면 미리암의 어머니는 이렇게 대꾸하곤 했다.

"싫어요. 나는 당신과 함께 있을 거예요. 어차피 죽을 거라면
우리 모두 함께 죽는 게 나아요. 살 거면 다 같이 살고."

집집마다 바위에 판 땅굴 같은 지하실이 있었고, 축축하고 비
좁은 지하실들은 서로 연결되어 있었다. 마수다는 아마드, 다우
드, 사라, 미리암을 안전한 지하로 보냈다. 그러고는 지붕 위에
있는 남편과 빛이 없어 아무것도 볼 수 없는 좁은 지하 공간 속에
서 겁에 질린 아이들 사이를 뛰어다녔다.

1996년 탈레반이 안정과 평화를 약속하며 카불로 왔을 때,
미리암과 미리암의 가족은 희망을 품었다. 이제 카불을 엉망으
로 만들고 수많은 사람들을 살해한 세력이 바뀔 것이라고, 이제
아프간에 평화를 가져올 이슬람교도들이 등장한 것이라고 생

246

각했다. 그런데 어느 날 미리암의 오빠 아마드와 다우드가 축구를 하고 있다가 가지 주경기장으로 끌려갔다. 다시 돌아온 오빠들은 당장이라도 토할 것 같아 보였지만, 가지 주경기장에서 무엇을 보았는지에 대해서는 아무 말도 하지 않았다.

목요일 경기에서 스타스는 다시 3대 1로 승리했다. 선수들이 어깨에 가방을 걸치고 프레슈타와 라일라의 집으로 돌아갈 채비를 하고 있을 때, 프레슈타의 휴대전화가 울렸다. 프레슈타는 전화를 받더니 휴대전화를 미리암에게 건넸다. 미리암의 큰오빠 아마드였다.

"축구 경기는 낮에 하잖아. 밤이 아니라."

아마드가 그렇게 소리쳤다.

라일라는 미리암의 표정을 보고는 다정하게 말했다.

"가지 마. 우리랑 함께 있자."

미리암은 전화를 끊고는 이렇게 말했다.

"내 마음대로 할 수 있는 게 아니야."

미리암은 팀 동료들에게 손을 흔들어 작별 인사를 하고는 자기 집으로 향했다. 이것으로 아마드 오빠의 마음이 풀리기를 바라면서.

미리암은 늘 오빠 아마드를 사랑했다. 미리암이 어렸을 때 아마드는 가족을 위해 돈을 벌려고 이란으로 갔다. 아마드는 이란으로 떠나기 전에 미리암과 함께 지붕 위로 올라가 복잡한 시내를 내려다보았다. 아마드는 미리암의 질문을 참을성 있게 받아주었다. 그리고 미리암에게 좋은 친구들을 사귀고 그들과 가깝게 지내라고 말했다. 또 물을 길어올 때 낯선 사람에게 말을 걸지 말고 서둘러 집으로 오라고도 말했다.

작은오빠 다우드는 아마드하고는 반대였다. 늘 참을성이 없고 엄했으며 걸핏하면 화를 냈다. 여동생들에게 이런저런 일을 시키기도 했다. 예를 들어, 목욕을 할 때면 여동생들에게 갈아입을 준비하게 했다. 미리암은 오빠가 쓸 수건과 양말을 준비하고, 셔츠와 바지를 빳빳하게 다려 놓아야 했다. 행동이 조금이라도 굼뜨면 다우드는 욕을 퍼부었다.

다우드가 물이 마시고 싶다고 하면 곧바로 대령해야 했다. 이에 반해 아마드는 늘 참을성이 있었다. 여동생들이 갈아입을 옷을 준비해주면 고맙다고 말했고, 옷을 준비해 주지 않아도 별 소리 없이 자기가 직접 옷을 챙겨 입었다.

그러다 상황이 바뀌었다.

변화의 시작은 아버지 캄란의 죽음이었다. 캄란은 자식들을

사랑했으며 특히 막내 미리암을 각별히 아꼈다. 미리암이 어렸
을 때, 캄란은 퇴근해 집으로 돌아오면 미리암을 무릎에 앉히고
는 머리를 쓰다듬으며 다정한 목소리로 이런저런 이야기를 해
주곤 했다. 밤이면 미리암은 아버지 옆에 누웠고 아버지는 편안
하게 팔베개를 해주었다.

캄란은 한때 트럭을 몰았고 나중에는 택시 운전을 했다. 그러
나 그 일들이 너무 위험해 그만두고 길가에 산적을 파는 노점을
차렸다.

미리암이 다섯 살이던 해 어느 날 아침, 캄란은 새벽 4시에 일
어나 평소처럼 손톱을 깎고 목욕을 하고 집을 나섰다. 그는 평소
해가 져 거리가 한산해질 때까지 노점에서 일했는데, 이날은 두
어 시간도 지나지 않아 집으로 돌아왔다. 그는 자신에게 일어날
일을 예감한 듯 무척 불안해 보였다. 가족 역시 그 불안을 직감
했다. 미리암은 아버지한테 다시 밖으로 나가지 말라고 사정하
고는 키스를 퍼부었다. 다른 아이들도 모두 아버지에게 일하러
나가지 말고 집에 있으라고 간청했다. 미리암의 어머니 마수다
도 마찬가지였다.

“오늘만이라도 집에 있으세요.”

마수다는 그렇게 말했지만, 캄란은 아내의 볼에 입을 맞추고
는 이렇게 말했다.

“내일은 꼭 집에 있겠소. 약속하오.”

그날 오후 자동차가 캄란의 노점을 덮쳤다. 마침 그곳에 함께

있던 다우드가 아버지를 병원으로 옮겼다. 그리고 밤새 병원에 있었다. 다른 가족들에게 연락할 방법은 없었다. 그때만 해도 아프가니스탄에는 휴대전화 기지국이 없었으며, 지뢰 폭발 위험 때문에 지상 통신선이나 전화용 전신주를 땅속에 묻을 수도 없었다.

다른 가족들은 다우드와 캄란이 그날 밤 집에 오지 않았다는 사실을 빼고는 무슨 일이 일어났는지 전혀 알지 못했다. 미리암의 친척 아저씨들과 사촌들과 형제들이 나서서 새벽 세 시까지 시내를 샅샅이 뒤졌지만 끝내 두 사람의 모습은 보이지 않았다. 이튿날 아침, 캄란은 병원에서 사망했고 그의 시체가 집으로 돌아왔다.

미리암은 하염없이 울었다. 사람들이 집에 찾아오면 미리암은 그들에게 꼭 달라붙어 사정했다.

"저를 데려가세요. 저를 데려가세요."

"도대체 무슨 소리를 하는 거야?"

마수다는 그렇게 울부짖었다.

"아빠가 이곳에 안 계시니까 이 집에 있고 싶지 않아요!"

미리암은 언덕 바로 아래에 있는 할머니 집으로 갔다. 어머니와 오빠들이 매일 찾아와 애걸복걸했지만 미리암은 끝내 집으로 돌아가지 않았다. 미리암은 할머니 집에서 기다리면 아버지가 올 것이라고 믿었다.

"집으로 돌아와서 엄마랑 오빠들이라 가족들과 함께 살아야 해. 어서 집으로 돌아와.”

가족들은 그렇게 말했다.

그렇게 다섯 달이 흐른 뒤에야 마침내 미리암은 마침내 가족들의 말을 받아들였다. 미리암은 몸을 숙여 어머니에게 입을 맞추고는 이렇게 말했다.

“이제 엄마는 엄마이면서 아빠예요. 나는 앞으로 엄마를 그렇게 생각할 거예요.”

아버지가 돌아가셨을 때는 아마드와 다우드가 막 학교에 막 들어간 때였다. 그러나 이제 둘은 단순한 아들이 아니었다. 열두 살과 열 살이었던 두 소년은 집안의 가장이 되었다.

그들은 학교를 그만두고 가족을 부양하기 위해 길거리에서 일해야 했다. 둘은 임시 노점에서 향을 팔고 나무 수레에서 과일을 팔았다. 다시는 학교에 다니지 못했고, 그래서 읽고 쓰는 법도 배우지 못했다. 그때 다섯 살이었던 미리암은 탈레반이 들어온 그다음 해에 학교를 그만두어야 했다. 제일 먼저 먹을 것이 부족했다. 하루 세 끼 먹던 것에서 한 끼로 줄었다.

9년이라는 세월이 흘렀다. 다우드는 삶이 지금까지보다 더 나아지지 않으리라는 것을 알았다. 글을 읽을 줄 모르기 때문에 번듯한 직장을 가질 가망도 없었다. 절망적이었다. 그러나 2001년 탈레반이 카불에서 쫓겨나자 학교들이 다시 문을 열었다. 미리암은 다시 학교에 다닐 기회를 얻었다.

아마드는 미리암을 학교에 보내는 것에 반대했다. 다우드는 아마드와 말다툼을 벌이며 이렇게 말했다.

"미리암은 우리처럼 되면 안 돼. 미리암은 훨씬 더 나은 미래를 가질 수 있어."

다우드는 마음속으로 정말 그렇게 되기를 간절하게 바랐다. 친척 어른들과 사촌들은 아마드의 의견에 반대했다.

"학교가 무슨 소용이야? 무엇하러? 직업을 얻기 위해? 미리암이 일을 하면 사람들이 뭐라고 하겠어? 우리 집안이 여자애 하나 먹여 살리지 못해?"

아마드는 이러한 가족들의 반대에 커다란 압박을 느꼈다. 장남으로서 그는 친척들이 모일 때마다 그런 소리들을 들어야 했다. 친척들은 시장에 있는 아마드의 수레까지 찾아와 자신들이 의견을 쏟아 놓고 가기도 했다. 아마드는 친척들이 자기 가족이 좋은 가정이 아니라고, 미리암을 어른 말을 듣지 않는 딸이라 손가락질하리라는 것을 잘 알고 있었다.

논쟁에 종지부를 찍은 사람은 마수다였다. 그녀는 이렇게 말했다.

"내 딸은 교육을 받아야 해요. 그래야 미래가 있어요."

어머니까지 가세하자 아마드도 어쩔 수 없이 자기 의견을 접을 수밖에 없었다.

미리암은 학교를 무척 좋아했다. 그리고 얼마 지나지 않아 아쉬아나에도 등록했다. 아쉬아나에 이미 다니고 있는 동네 아이들이 몇 명 있었는데, 마수다는 그 아이들이 음식을 배급받아 집으로 가져온다는 사실을 알게 되었다. 마수다는 데 아프가난에서 가장 가까운 아쉬아나 센터로 딸을 데려갔다.

처음에는 학교나 아쉬아나 모두 학생들에게 걸상과 책상을 지급하지 못했다. 학생들은 땅바닥에 앉아 수업을 했으며, 종이를 벽이나 책표지, 바닥에 대고 글을 써야 했다. 하지만 학교는 지리, 사회, 이슬람교 공부 등 아쉬아나에 비해 더 많은 과목을 가르쳤으며, 학교의 같은 반 아이들은 미리암을 훨씬 더 다정하게 대했다.

아쉬아나에서는 학생들 사이의 친분 관계도 빠르게 변했다. 미리암이 학교에서 시험공부를 할 때면, 친구들은 미리암을 도와주기 위해 공책을 빌려주었다. 그러나 아쉬아나에서는 심지어 연필 하나 빌려주는 아이가 없었다.

미리암은 학생들이 매우 가난하다는 사실을 알았다. 많은 아이들이 낮에는 길거리에서 폐지를 줍거나 물을 팔았다. 학생들의 집은 너무도 가난했으며 몇 년 동안 모아 놓은 물건들을 아껴 써야 했다. 미리암은 이런 사실을 잘 알았지만, 그래도 상처를 받았다.

그러다 미리암이 학교보다 아쉬아나에 더 마음이 끌리게 된 결정적인 일이 일어났다. 어느 날 아쉬아나의 체육 선생님이 미리암의 반에 들어와 이렇게 발표했다.

"축구팀을 만들 계획이야. 관심 있는 사람은 누구나 들어올 수 있어."

미리암은 곧바로 손을 번쩍 들었다.

미리암은 전에 축구를 해보거나 축구 연습을 해본 적이 한 번도 없었지만 마침내 축구를 배울 수 있게 되었다는 사실에 온몸이 떨릴 정도로 기뻤다. 하지만 막상 운동장으로 나가보니, 축구팀 아이들은 축구보다는 서로 싸우는 것에 더 몰두하는 것 같았다. 너도나도 자기에게 패스하라고 고함을 질렀고, 공이 자기한테 오지 않으면 소리를 박박 질러댔다.

"왜 나한테 패스 안 하는 거야?"

미리암과 마찬가지로 다른 아이들도 어떤 훈련도 받은 적이 없고 그 어떤 기술도 알지 못했다. 심지어 축구를 한 번이라도 본 적이 있는 아이도 거의 찾아보기 어려울 지경이었다. 선생님역시 정신이 없기는 마찬가지인 듯했고, 아이들은 흙먼지 나는 운동장에서 아무렇게나 공을 뻥뻥 차도록 내버려두는 것에 만족하는 것 같았다. 미리암은 이 축구팀에서 자신의 몸을 지키며 싸우는 법을 터득했다.

그런데 어느 날 아쉬아나에 한 미국인 남자가 왔다. 알고 보니 그는 특별한 축구 훈련 프로그램에 참가할 학생들을 선발하기 위해 왔으며, 바로 그날 오후에 면접이 예정되어 있었다. 미리암은 자기와 같은 생각으로 온 아이들이 바글바글한 교실에 앉아 면접을 기다렸다. 미리암은 주위를 둘러보았다.

'나보다 나이가 적은 애는 한 명도 없네.'

미리암이 나이도 가장 어리고 몸집도 제일 작은 것 같았다.

'다른 애들이 뽑히고 난 안되겠네.'

이윽고 선생님이 결과를 발표했다. 두 명이 뽑혔다. 미리암과 사미라라는 아이였다. 사미라는 미리암이 모르던 아이였다. 너무 기뻐 넋이 나간 미리암과 사미라의 눈이 마주쳤다. 둘은 서로를 향해 싱긋 웃었다.

새 팀을 위해 선발된 아이들은 모두 여덟 명이었다. 그들은 매주 아프간 센터라는 곳에서 축구 연습을 했다. 그리고 그곳에서 영어와 컴퓨터 수업도 들었다.

아쉬아나에서 아이들은 비가 오면 진흙탕으로 변하는 운동장에서 축구를 했다. 교실 바닥도 흙바닥이라 바람이 불면 눈에 흙먼지가 들어가고 옷은 온통 흙먼지를 뒤집어썼다.

그러나 아프간 센터에 있는 교실의 바닥에는 타일이 깔려 있었으며 매일 청소를 해 깨끗했다. 건물 밖 벽으로 둘러쳐진 운동장에는 여자아이들이 뛰어다녔다.

미리암의 팀 동료들은 다들 착했다. 그들은 함께 배우고 함께 공부하고 함께 연습하고 서로를 사랑했다.

미리암이 미국 방문 선수단에 뽑히게 되자 그녀는 집으로 가서 가족들에게 그 이야기를 꺼냈다. 그리고 아주 조심스럽게 이렇게 말했다.

"우리가 공부할 수 있도록 미국에 데려간대요. 영어를 배울 거예요."

미리암에게는 공부를 할 수 있는 좋은 기회라고 생각한 마수다와 다우드는 곧바로 미국 방문을 찬성했다. 이 결정이 내려지기 전까지 다우드는 이란에 살고 있는 아마드를 끊임없이 설득했으며, 마침내 미리암은 미국에 갈 수 있게 되었다.

팀이 미국으로 떠나기 전날 밤, 미리암은 짐을 꾸렸다. 6주 동안 사용할 청바지 두 벌, 셔츠 두 개, 양말 하나, 칫솔, 치약, 빗, 뿐만 아니라 친척 아주머니가 준 쿠키와 다우드가 준 건포도와 이집트 콩, 또 다른 친척 아주머니가 준 삶은 달걀 등을 가방에 넣었다.

그리고 가족사진도 넣었다. 아버지, 어머니, 오빠들, 언니, 친척 아저씨들, 친척 아주머니들, 사촌들이 찍힌 사진을 여러 장 챙겼다.

그리고는 어머니에게 가서 이렇게 말했다.

"무서워요."

미리암은 친척이 화물 비행기에서 일하다 비행기가 추락하는 바람에 죽은 사고를 떠올리고 있었다.

"우리 비행기가 추락하면 어떡해요?"

"그런 일은 없을 거야."

마수다는 얼굴을 뒤로 빼서 미리암의 눈을 빤히 바라보며 말
했다.

"미리 겁먹을 필요 없어. 미국에 가는 건 네가 원한 일이야.
그 일을 잘해낼 수 있도록 강해져야 해."

'나는 강해져야 해.'

그날 밤, 미리암은 오랫동안 다시 보지 못할 어머니 옆에 꼭
붙어 잤다.

비행기는 미리암의 상상대로 무시무시했다. 정말이지 엄청나
게 거대했다. 세상에 그렇게 큰 게 하늘을 날다니! 미리암은 나
디아 옆에 앉았다. 두 아이는 비행 내내 서로를 꼭 안고 있었고,
비행기가 출렁거릴 때마다 비명을 내질렀다. 몇 시간 뒤, 비행기
는 미국에 착륙했다.

아프가니스탄에서 약식으로 연습을 하기는 했지만, 그들은
아직 축구 풋내기들이었다. 공만 보였다 하면 너도나도 공을 잡
으러 뛰어갔다.

"그렇게 모두 공만 쫓아다니면 안 돼."

그들을 지도하는 코치 알리가 말했다. 미리암은 그 말에 진지
하게 귀를 기울였다.

며칠 뒤, 선수들은 버지니아에서 아프가니스탄계 미국인 소
녀들을 상대로 첫 시합을 펼쳤다. 팀 동료들이 공을 쫓아 우르
를 몰려다니는 것을 보고 미리암은 얼굴을 찡그렸다. 그리고 곧

이어 알리 코치에게 말을 하려고 서둘러 경기장 밖을 향해 걸어
갔다.

"경기장 밖으로 나오면 안 돼!"

알리가 미리암을 보며 소리쳤다.

"가서 플레이를 해!"

"코치 선생님께서 우리 모두 공을 쫓아 뛰어다니면 안 된다고
하셨잖아요."

"그렇다고 경기장 밖으로 나오라는 말은 아니었어!"

미리암은 경기장 안으로 들어가서 팀 동료들에게서 멀찌감치
떨어져 있으려고 했다.

"흩어져!"

미리암은 동료들에게 소리쳤다.

"공을 따라 뛰어다니지 마!"

미리암은 이제 경기장 모서리에 홀로 서 있었다.

"나, 노마크야!"

미리암이 소리쳤지만 누구도 미리암에게 패스를 하지 않았
다. 이런 소동에도 불구하고 경기는 무승부로 끝났다. 경기 후
선수들 한 명 한 명은 메달을 받았다. 미리암의 첫 메달이었다.

경기장 밖에서 팀원들이 예민하게 구는 경우도 있었다. 한번
은 연습 중에 미리암이 프레슈타의 물통에 담긴 물을 마셨다.

"왜 내 물을 마시는 거야?"

프레슈타가 버럭 소리를 질렀다.

미리암은 물병을 내려놓았다. 그리고 잠시 후 부드러운 목소리로 이렇게 말했다.

"미안해. 내 물건 쓰고 싶으면 마음대로 써도 좋아."

프레슈타는 뭔가 할 말이 더 있는 것 같았지만, 미리암이 더 이상 말다툼을 벌이고 싶어 하지 않는 것을 보고는 마음을 누그러뜨렸다.

"알았어."

프레슈타는 용감했다. 수영을 할 줄 알았던 그녀는 바버라와 두에인의 집에 있는 풀장에서 깊은 곳까지 헤엄쳐 가곤 했다.

"같이 하자!"

프레슈타가 다른 아이들에게 소리쳤지만 다른 아이들은 수영을 배운 적이 없었다. 처음에 미리암은 물이 무릎 정도에 닿는 곳까지만 들어갔다. 하지만 다른 아이들이 주변에서 물장구를 치는 것을 보고는 용기를 얻었다.

잠시 뒤, 미리암이 머리를 물속에 담갔다가 꺼내더니 고개를 흔들어 반짝이는 물방울들을 흩뿌렸다.

미리암은 새 친구들을 사귀면서 더 용감해졌다. 미국에 온 첫 주에 소녀들은 아프가니스탄계 미국인 치과의사인 리아즈 라예크 박사에게 갔다. 라예크 박사가 주사기를 들고 천천히 다가오자 미리암은 얼굴을 찡그리며 고개를 획 돌렸다.

"넌 탈레반 통치를 겪었고 살아남았어. 그건 이빨 두어 개를 치료하는 것보다 훨씬 힘든 일이야. 그런데 뭘 무서워하는 거니?"

라예크 박사가 짓궂은 말로 놀렸다. 라예크 박사의 말이 맞을는지는 모르지만, 미리암은 날카로운 은색 기구를 들고 입으로 다가오는 그를 보자 혼비백산했다. 탈레반이 문제가 아니었다.

라예크 박사는 이 치료가 하나도 아프지 않다는 것을 보여주기 위해 치료실 안으로 들어와서 사미라의 이를 드릴로 뚫는 모습을 보라고 했다. 미리암은 미심쩍은 표정으로 치료실로 들어갔다. 그리고 의자 위에서 몸을 잔뜩 웅크리고 있는 사미라를 보았다.

사미라는 미리암을 보며 미소를 지었다. 의사가 사미라의 입 위에서 이리저리 움직이는 동안 내내 사미라는 아무 소리도 내지 않았다. 자기 차례가 되었을 때 미리암은 두 눈을 질끈 감았다.

"이를 몇 개나 때웠어요?"

라예크 박사가 다 끝났다고 말했을 때 미리암이 물었다.

"몇 개인지도 몰랐니? 두 개야."

라예크 박사가 빙그레 웃으며 말했다.

며칠 뒤, 나디아와 로비나, 미리암 이렇게 셋이 집에 남게 되었다. 다른 아이들은 남은 치료를 위해 라예크 박사의 치과에 갔다.

자기들끼리만 남게 되자마자 세 소녀는 수영장으로 갔다. 수

영할 줄 아는 나디아가 미리암을 풀장 쪽으로 잡아끌었다. 나디아는 미리암을 꼭 붙잡고 있을 생각이었다. 그런데 그만 미리암이 발을 헛디디고 말았다. 미리암은 미끌미끌한 경사를 타고 미끄러져 풀장의 깊은 곳으로 빠졌다.

미리암은 비명을 지르고는 물속으로 가라앉았다. 나디아와 로비나는 미친 듯이 미리암의 머리칼이든 셔츠든 뭐든 붙잡아 밖으로 꺼내려고 애썼지만, 미리암이 마구잡이로 발길질을 하는 바람에 두 아이마저 물에 빠지고 말았다.

잠시 뒤 로비나가 풀장 한쪽 모서리로 기어 올라왔다. 로비나는 한 손으로 모서리를 꼭 붙잡고는 다른 팔을 쭉 뻗어 미리암의 팔을 잡았다. 그리고 미리암을 한쪽 구석으로 당겨 바닥 위로 끌어올렸다. 미리암은 콜록거리며 물을 내뱉었고 금방이라도 기절할 것 같았다. 다른 아이들이 집으로 돌아왔을 때, 미리암과 나디아, 로비나는 몸을 덜덜 떨며 딱딱한 바닥에 가만히 누워 있었다.

그 뒤로 미리암은 물을 무서워하게 되었다. 그러나 팀이 바닷가에 갔을 때 미리암은 바다에 홀딱 반해 버렸다. 하늘색의 맑은 바다가 끝없이 펼쳐져 있는 듯했다. 어부들이 그물을 던져 바둥거리는 바닷가재와 게들을 잡아 올리고 있었다.

사미라는 천천히 앞으로 나가 바닷물에 발을 담갔다. 그리고 바지를 무릎까지 말아 올렸다. 그러고는 나디아와 함께 손을 잡고 앞으로 걸어갔다. 두 소녀는 파도가 밀려와 발가락을 집어삼

키자 후다닥 뒤로 뛰어가 모래를 한 움큼 집어 키득거리며 서로
를 향해 던졌다.

"누구 한 사람이 균형을 잃어 넘어지면 바로 다른 사람이 구
해주기다."

두 소녀는 그렇게 하루 종일 손을 꼭 잡고 놀았다.

미리암은 가족들이 미국 방문을 허락한 이유는 미국 방문이
'교육을 위한 여행'이라고 말했기 때문이라는 사실을 잘 알고
있었다. 차마 축구 때문에 미국에 간다는 말은 할 수 없었다. 마
침 아마드는 이란에 있었고, 어머니와 다우드는 미리암이 좋은
기회를 잡고 새로운 경험을 하게 되었다며 기뻐했을 뿐, 여행에
대해서는 꼬치꼬치 캐묻지는 않았다.

미리암이 코네티컷에서 전화로 미국에 온 진짜 이유를 털어
놓았을 때, 아마드는 화를 냈다. 만약 미리 알았더라면 여행을
허락하지 않았을 것이라고 했다. 다우드는 무슨 생각을 했는지
는 모르겠지만 아무 말도 하지 않았다.

6

금기를 깨고 얻은 값진 우승

미리암, 카불, 2005년 12월

"마음속에 슬픔이 더 깊이 새겨질수록 더 많은 기쁨을 담을 수 있다."

— 칼릴 지브란

힌두 쿠시시합에서 스타스는 연거푸 승리를 거두어 세 번째 팀을 2대 0으로 이겼다. 결승전 진출 여부를 판가름하는 다음 경기는 월요일에 벌어질 예정이었다.

월요일 아침, 미리암은 아침 7시에 일어나 준결승 경기를 준비했다. 앞에 까만 사선이 있는 파란색 티, N과 Y가 서로 뒤엉킨 문양이 새겨진 갈색 챙 모자, 축구화, 유니폼을 모두 챙겨 작은 가방 안에 넣었다. 그리고 머리를 질끈 당겨 틀어 올리고는 스카프를 썼다. 오전 10시에 평화의 뿌리에서 보내온 차를 타고 출발하기 때문에 그전에 준비를 마쳐야 했다. 한편 미리암의 어머니와 언니는 가족 모임을 위해 막 집을 나설 참이었다.

"너도 갈 거지?"

어머니가 당연히 미리암도 같이 갈 것이라고 생각하고 물었다.

"아니요, 실은 저 오늘 시합이 있어요."

옆에 있던 아마드가 이 말을 듣고는 신중하게 말했다.

"만약 엄마하고 같이 가지 않으면 축구장에도 못 갈 줄 알아."

"무슨 말이에요?"

미리암의 몸이 떨리기 시작했다.

"여자애한테 축구가 무슨 소용이야? 아무짝에도 쓸모없어."

미리암은 눈물을 글썽였다.

"나는 축구를 하고 싶어요. 오늘 시합에 참가해야 해요. 우리 팀에는 내가 있어야 해요."

"넌 학교에 다니는 것만으로도 감지덕지해야 해."

미리암은 울음을 터트렸다.

"학교면 됐지, 더 이상 뭐가 필요해?"

미리암이 훌쩍훌쩍 울면서 말했다.

"하지만 운동을 해야 튼튼해지고, 건강하고, 더 오래 살 수 있어요. 난 무슨 일이 있어도 해야 되요. 축구가 좋단 말이에요!"

미리암은 울면서 엄마를 불렀다.

"엄마, 엄마."

"오빠가 무슨 말을 하든지 넌 들어야 해."

마수다는 그렇게 말하고는 밖으로 나가 버렸다.

미리암은 어머니를 이해했다. 어머니는 미리암이 어떤 일을 할 수 있고, 무엇을 도전해야 하는지에 관해 분명하게 선을 그어 놓았다. 그러나 축구와 학교는 그 선을 사이에 두고 서로 반대편에 있었다.

아마드가 말했다.

"우리 친척 중에 축구를 하는 사람은 또 누가 있니? 아무도 없어. 도대체 넌 왜 그래?"

미리암은 아마드를 설득할 방법이 없다는 것을 알았다. 그래서 무작정 경기장으로 가기 위해 문 쪽으로 향했다.

아마드가 소리쳤다.

"집 밖으로 나가기만 해봐라. 다리몽둥이를 몽땅 부러뜨려 놓을 거다."

미리암은 오빠가 그냥 겁주려고 한 말이라는 것을 알았다. 하지만 동시에 오빠가 두 번 다시는 운동을 하지 못하게 할 작정이라는 것도 알았다. 미리암은 카펫 바닥에 털썩 주저앉아 엉엉 울었다. 그렇게 한 시간 넘게 울었고 결국 평화의 뿌리 차를 타기로 한 시간을 넘겨 버렸다.

다우드는 점심을 먹으러 집으로 왔다가 미리암이 아직 집에 있는 것을 보고는 깜짝 놀랐다. 유니폼을 넣어 놓은 가방과 함께 헐렁한 바지에 무릎 바로 위까지 오는 자루 모양의 긴 셔츠를 입은 평상복 차림의 미리암이 보였다.

"오늘 시합 없어?"

다우드가 묻자 미리암이 흐릿한 눈으로 올려다보았다. 다우드는 미리암으로부터 자초지종을 듣고는 이렇게 말했다.

"내가 허락해줄게. 경기장으로 가렴."

미리암은 벌떡 일어났다. 다우드는 미리암에게 '괜찮아. 내가 허락했잖아. 내가 책임질게.' 하고 말하는 듯한 표정을 지으며 어서 문 밖으로 나가라는 손짓을 했다.

미리암은 가방을 집어 들고 문 밖으로 뛰어나갔다. 다우드가 뒤따라왔다. 집 밖에 서 있던 아마드가 미리암을 보고는 무척 놀란 표정을 짓더니 여동생의 가방을 꽉 움켜잡았다.

"괜찮아. 가게 내버려둬."

다우드가 미리암의 뒤에 서서 말했다.

"이번 시합을 통해 미리암 팀이 최고인지 아닌지가 판가름 날 거야. 가서 경기를 할 수 있도록 미리암을 보내주고 진짜로 이기는지 한번 보자."

미리암은 두 오빠가 집 밖에 서서 팔을 휘저으며 자신이 축구를 왜 해야 하는지에 관해 벌이는 입씨름을 지켜보며 기다렸다.

잠시 뒤, 다우드가 이렇게 말했다.

"이번 시합은 끝까지 할 수 있게 보내주자. 마지막 두 경기를 치르고서 시합이 끝나면 이제 축구는 끝이야."

미리암은 일단 이 타협안을 받아들이고는 오늘 경기에 집중하기로 했다. 우선은 이미 놓쳐 버린 차를 잡아타야 했다. 미리암은 큰길로 이어지는 돌멩이투성이인 좁고 가파른 길을 뛰어

내려가 평화의 뿌리 사무실로 가는 버스에 훌쩍 올라탔다. 사무실에 도착해보니 다른 팀원들은 이미 가고 없었다.

하지만 코치 파와드가 마지막으로 남아 일을 처리하느라 아직 그곳에 있었다. 미리암은 그의 차로 뛰어가 올라탔다.

미리암과 파와드가 힌두 쿠시 경기장에 도착했을 때, 미리암의 동료들인 라일라, 프레슈타, 사미라, 로비나는 골대만 하얗게 도드라져 보이는 거친 돌조각들이 나뒹굴고 먼지가 자욱한 갈색빛의 경기장에 나가 있었다. 저 멀리 푸른색을 띤 산들이 높이 솟아 하늘과 잇닿아 있는 듯 흐릿하게 보였다. 눈 덮인 산등성이들은 마치 차가운 겨울 공기를 타고 하늘에 둥둥 떠 있는 것처럼 보였다.

미리암은 가방을 내려놓고 신발을 벗고는 축구화를 신었다. 그리고 스카프를 벗고 챙 모자를 쓰고는 서둘러 경기장에 있는 동료들에게 뛰어갔다. 프레슈타와 라일라의 소용돌이 모양의 포니테일이 넘쳐흐르듯이 챙 모자 뒤로 나와 짙은 파란색 상의에 부딪히면서 파도를 일으켰다. 몸집이 호리호리하면서도 단단해 보이는 사미라의 머리카락은 색이 바랜 까만 챙 모자 아래로 단정하게 들어가 있었다. 로비나는 챙 모자를 뒤로 돌려써 마치 이마에 베이지색 반창고를 붙이고 있는 것처럼 보였다.

동료들은 경기장에 들어온 미리암을 보고 생긋 웃고는 눈길을 상대 팀에게 돌렸다. 프레슈타는 고개를 절레절레 저었다.

느낌이 좋지 않았기 때문이다. 상대 팀은 체구가 더 크고 힘이 더 세 보였다. 스타스 선수들은 걱정스러운 눈빛을 주고받았다.

더 심각한 문제는 스타스에 갓 들어온 선수들이었다. 스타스는 지금까지 모든 경기를 여섯 명 대 다섯 명으로 싸웠다. 그러나 준결승 경기부터는 무조건 한 팀에 여섯 명씩 배치되어 싸워야 했다.

스타스 선수들은 저마다 새로운 팀원이 될 만한 아이를 찾아 나섰다. 그 결과 네 명이 뽑혔다. 자이나프샨, 라일리, 베나지르, 나지아. 하지만 이 아이들은 축구를 해 본 경험이 거의 없었다. 사실, 오늘 경기가 그들이 처음 뛰어보는 실전이었다. 그들은 잔뜩 흥분한 채 어색하게 경기장에 서 있었지만 무엇을 어떻게 해야 할지 몰랐다.

경기가 시작되자 미리암은 오빠들과, 그들이 한 말 그리고 그 말들의 의미에 대한 생각을 떨쳐 버리고 공에 집중하려고 애썼다.

'다른 것은 모두 잊어버리고 집중하자.'

공이 높이 솟구쳐 미리암을 향해 날아왔다. 미리암은 공을 뻥 찼다. 포물선을 그리며 날아가는 공과 함께 머릿속 잡생각도 날아갔다. 공이 땅에 떨어졌다.

상대 팀 선수들은 체구가 커서 견고해 보였지만, 어리고 호리호리한 스타스 선수들보다 느렸다. 스타스 선수가 공을 빼앗거나 멋진 패스를 할 때마다 터치라인에 줄지어 있는 소규모 관중들이 환호성을 질렀다. 그들은 대부분 이번 시합에 참가한 다른 팀 선수들이었다.

스타스는 먼지구름을 일으키며 빠르게 내달렸다. 먼지가 얼굴과 머리카락을 뒤덮는 바람에 선수들은 콜록콜록 기침을 했다. 숨을 들이쉴 때마다 찬 기운이 폐 속 깊이 들어왔다. 그러나 그들은 지치지 않고 뛰었다.

스타스 선수들이 부지런히 뛴 이유는 그것이 그들이 가진 유일한 장점이기 때문이다. 스타스는 스피드 면에서 상대팀을 쉽게 따돌렸다. 자그만 체구지만 폭발적인 스피드와 잽싼 몸놀림으로 패스를 가로채고 앞으로 밀고 나갔다. 미리암은 이쪽저쪽으로 쏜살같이 뛰었고, 어느새 상대 팀 선수 뒤로 다가가 공을 빼앗았다. 프레슈타와 로비나는 패스를 보기 좋게 가로채 드리블하면서 맹렬하게 그라운드를 누볐다.

그러나 슛은 상대 팀에게 번번이 막혔다. 킥은 상대 팀이 더 강력했다. 일단 볼을 잡게 되면 그들은 맹렬한 기세로 밀고 나왔다.

백중지세(伯仲之勢, 우열을 가리기 힘든 상태)를 깨뜨린 것은 프레슈타의 골이었다. 결국 스타스가 아슬아슬하게 1대 0으로 승리했다.

미리암은 활짝 웃으며 집 안으로 들어섰다.

"결승전에 진출했어요! 우리가 이겼어요!"

아마드는 어깨를 으쓱하며 이렇게 말했다.

"네가 이긴 게 나한테 무슨 의미가 있어? 네가 이기든 지든 나한테는 아무 이익도 없어."

"오빠한테는 아무것도 아니겠지요. 하지만 나한테는 그렇지 않아요. 난 훌륭한 축구 선수라고요."

스타스는 결승전에 진출했다.

결승전은 가지 주경기장에서 열릴 예정이었다. 가지 주경기장은 1923년에 완공된 이후 지금까지 아프가니스탄의 국민 주경기장이었다. 주경기장 주변은 다른 건물이 없어 텅 빈 곳이라 가끔 사내아이들이 그곳에 모여 즉석 축구 시합을 벌인다. 경기장 측면에는 포장이 잘 된 널찍한 도로가 있다. 그 도로에서는 국가적인 퍼레이드 행사가 펼쳐지기도 한다. 어찌 보면 나지막한 주변 풍경은 우뚝 솟은 주경기장과 어울리지 않아 보인다.

낡고 거대한 철문을 열면 어마어마하게 큰 콘크리트 담장으로 둘러싸인 확 트인 넓은 운동장이 나온다. 탈레반이 집권했을 때 미리암의 두 오빠는 이 안으로 끌려와 공개 처형을 지켜보았고, 토할 것 같은 기분으로 집까지 비틀거리며 걸어간 적도 있었다. 2005년 12월 23일 오늘 바로 그 가지 주경기장에서 여자 축구 결승전이 열릴 예정이었다.

경기가 열리던 그날 아침, 미리암은 운동 가방에 유니폼과 축구화를 챙겼다. 그리고 가족들에게 당당하게 말했다.

"오늘 결승전 하러 가지 주경기장에 가요."

어머니와 언니와 두 오빠는 아무 말도 하지 않았다. 미리암의 마지막 경기였다. 스타스가 이기든 지든 상관없이 마지막 경기였다. 가족들은 여전히 아무도, 아무 말도 하지 않았다.

그러나 미리암은 무척 설레었다. 이기고 싶었다. 일등이 되고 싶었다. 누구에게도 지고 싶지 않았다. 물론 아마드도 기분이 좋지 않았다. 그러나 미리암은 지금 당장은 오빠도, 가족도 모두 잊고 오직 이기는 것에만 신경을 쓰고 있었다.

프레슈타와 라일라의 집에 있던 다른 선수들도 아침 일찍 일어났다. 그들은 아침을 제대로 먹을 수 없을 정도로 흥분했다. 그리고 서둘러 프레슈타와 라일라의 가족이 마실 차이를 끓여 놓고는 집 앞에서 기다리고 있던 평화의 뿌리의 차에 올라탔다. 선수들은 차를 타고 주경기장으로 가면서 그제야 배가 고프다는 사실을 깨달았다.

차가 가지 주경기장에 멈춰섰다. 다른 팀은 아직 도착하지 않았다. 놀랄 일도 아니었다. 스타스는 한 시간이나 일찍 도착한 것이다. 함께 밤을 보내지 못한 미리암도 경기장에서 합류했다. 선수들은 밖에서 멍하니 가지 주경기장을 둘러보았다.

출입문이 활짝 열렸다. 눈에 확 들어오는 경기장의 짙푸른 녹색. 선수들은 콘크리트 좌석이 빙 에워싸고 있는 광활한 녹색 잔디 구장을 향해 걸어갔다. 소녀들 머리 위로 근래에 아프가니스탄을 지배한 사람들인 아마드 샤 바바 왕, 마소우드, 카르자이 대통령의 거대한 포스터들이 보였다.

라일라가 모든 스타스 선수들의 마음을 표현해주는 말을 던졌다.

"우리가 여기에서 경기를 펼친단 말이지?"

선수들은 서로를 바라보았다. 정말이지 어마어마했다.

"알라 덕분에 우리는 이 경기장에서 뛸 거야. 먼지가 날리는 운동장이 아니라."

라일라가 흥분한 목소리로 말했다.

근처에서 소년 두 명이 발라니(밀가루 반죽에 감자와 부추를 잔뜩 넣고 납작하게 구운 음식)를 팔고 있었다. 라일라는 신이 나서 발라니 두 개를 샀다.

"많이 먹지 마라."

파와드 코치가 경고했지만, 라일라는 배가 너무 고파 뭐든 먹어야 했다.

라일라가 로비나에게 다가가 말했다.

"좀 먹어봐."

로비나는 발라니를 조금 떼어냈다.

"너, 아침 안 먹었지?"

라일라가 부드러운 목소리로 꾸짖었다. 로비나는 원래 시합 전에는 많이 먹지 않는다. 라일라는 로비나에게 몇 조각 더 먹으라고 재촉했다.

이제 스타스 선수들이 몸을 풀기 시작했다. 먼저 경기장 끝에서 끝까지 달리기를 했다. 그다음, 추위에도 아랑곳하지 않고 차가운 바닥에 앉아 두 발꿈치를 붙이고 스트레칭을 했다. 그러고는 다시 일어나서 차렷 자세로 서 있다가 점프를 해서 두 발을 벌리고 머리 위로 양손을 마주치는 동작을 했다.

그렇게 몸을 푼 다음 공을 차며 패스 연습을 했다. 사미라가 슛을 막는 연습을 하기 위해 골문으로 가면서 소리쳤다.

"나한테 슈팅해봐."

스타스 선수들은 상대 팀은 신경 쓰지 않으려고 애썼다. 그러나 슬쩍 곁눈질만 해보아도 그들이 날리는 슛이 강하고 힘차다는 것을 알 수 있었다. 상대는 이번 시합에서 최강으로 꼽히는 팀이었다. 스타스 선수들은 자신들의 팔이 가늘고 다리는 깡마르고 체구는 작다는 사실을 알고 있었다. 나이가 가장 많은 프레슈타가 열다섯 살이고 대부분은 열네 살이었다.

주심이 휘슬을 불었다. 경기가 시작되었다. 미국에서 훈련 받은 선수들은 각자 맡은 포지션에서 열심히 뛰었다. 아직까지는 새로 팀에 들어온 동료들은 별 도움이 되지 못했다. 정신없이 뛰어다니기만 했다. 수비수 라일라는 공을 확실하게 차내기 위해 상대방 진영까지 질주해 들어갔다. 공격수 프레슈타는 상대 팀이 공을 빼앗으면 골문을 지키기 위해 서둘러 수비 진영으로 뛰어왔다.

광활한 경기장은 이제 감탄의 대상이 아니었다. 정말 끝도 없는 넓고 탁 트인 공간이었다. 스타스 선수들은 뛰고, 뛰고, 또 뛰어야 했다.

상대 팀의 주장인 소라야는 강하고 거칠었다. 프레슈타가 공을 몰고 앞으로 나아가자, 소라야가 어느새 나타나 공을 향해 몸을 날렸다. 소라야의 발이 프레슈타의 무릎을 강타했다. 소라야는 비틀거리며 그라운드 위로 쓰러졌고, 프레슈타도 몸의 중심을 잃었다. 프레슈타는 앞으로 쓰러지며 바닥에 무릎을 세게 부딪쳤다. 주심이 뛰어왔다.

"다쳤어? 경기장 밖으로 나가서 좀 앉아 있을래?"

프레슈타는 손을 저었다. 두 선수 모두 일어났다.

그러나 프레슈타가 골문 앞으로 쏜살같이 뛰어가는 로비나에게 패스하려는 순간, 무릎 근처가 따뜻해지는가 싶더니 통증이 느껴졌다. 아래를 내려다보니, 피가 보였다.

카불은 해발 1,800미터로 하늘과 맞닿은 듯한 높은 지대에 자리 잡고 있다. 카불의 희박한 공기 때문에 스타스 선수들은 모두 숨이 턱턱 막혔다. 해가 바로 머리 위에서 내리쬐고 있었다. 거의 정오가 다 되었다. 프레슈타는 더 이상 뛸 수 없었다. 그래서 비트적거리며 벤치로 걸어가 물병을 잡았다. 그리고 눈에서 땀

을 훔치며 벤치에 기대더니 물을 벌컥벌컥 들이켰다. 프레슈타
는 당장이라도 포기하고 싶었다.

파와드가 선수들을 향해 소리쳤다.

"뛰어!"

"수비!"

"원위치로!"

새로 들어온 선수들은 운동장 위에서 어슬렁거리며 말했다.

"뭘 해야 하지요? 지금 뭘 해야 하지요?"

상대 팀은 패스를 주고받으며 스타스의 골문을 압박해왔다.
새 선수들은 그 자리에 얼어붙었다.

"공을 빼앗아야 하는 거야?"

당황한 나시마가 소리쳤다.

"공을 걷어차!"

프레슈타가 소리를 질렀다.

"그냥 공을 걷어차!"

시합에 참가한 다른 팀 선수들과 코치들, 올림픽 위원회 임원
들, 경기장 관계자들, 각국 대사관 대표들이 콘크리트로 만든 스
탠드에 앉아 있었다. 그 아랫줄에는 여자 축구 결승전 경기의 시
작 전까지 운동장에서 남자 축구 결승전 준비를 하던 선수들이
자리 잡고 있었다. 관중들은 스타스를 응원했다. 카메라맨들은
터치라인에서 계속 왔다 갔다 했다.

이윽고 경기가 끝났다. 아무도 골을 넣지 못했다.

승부차기. 양 팀 모두 네 명씩 선발해 번갈아 가며 슛을 쏴야 한다. 더 많은 골을 넣은 팀이 우승이다. 슈터와 골키퍼 말고는 모두 경기장 밖으로 나가야 했다. 갑자기 골대 사이의 동굴 같은 공간에 긴장감이 흘렀다.

심판이 첫 번째 슛을 위해 그라운드에 공을 놓았다. 프레슈타가 앞으로 걸어 나왔다. 무릎이 욱신거렸다. 프레슈타의 등 뒤에서 슛이 골대 위로 벗어날 것이라 비아냥거리는 소리가 들렸다. 그 비아냥대로 되고 말았다. 0대 0.

로비나의 슛도 벗어났다. 0대 0.

라일라가 뒤로 한껏 물러났다가 앞으로 달려 나오며 강슛을 날렸다. 공은 골키퍼의 팔을 지나갔다. 그러나 골대를 맞고 튀어나왔다. 0대 0. 양 팀은 번갈아 가며 골키퍼를 향해 승부차기를 날렸다.

사미라는 거의 골이나 다름없는 상대방의 슛을 모든 잡아내거나 공을 주먹으로 쳐냈다. 몸을 앞으로 숙이고 두 손을 가볍게 털면서 두 팔을 조금 높이 들고는 미간에 주름이 잡힐 정도로 집중하고 있다가 날아오는 공들을 막아냈다.

몇 주 전에야 축구를 시작한 라일리가 공으로 다가갔다. 라일리가 마지막 선수였다.

"구석을 겨냥해."

라일라가 조언을 해주었다.

라일리는 공을 향해 뛰어가 발가락으로 뻥 찼다. 공은 잔디를 가로질러 쌩 날아가 골키퍼의 가랑이 사이로 지나갔다. 스타스가 이겼다! 콰라만(챔피언)이 되었다.

스타스 선수들은 소리를 지르며 운동장으로 뛰어나갔다. 그리고 경기장 한가운데에서 서로를 껴안고 폴짝폴짝 뛰었다. 그러고는 박수를 치고 웃고 두 팔을 휘저으며 경기장을 돌기 시작했다. 잠시 뒤 기자들과 다른 팀의 코치들과 선수들이 그들을 에워쌌다. 모두들 제1회 아프가니스탄 여자 축구 대회의 우승 팀을 축하해주었다.

기자들이 인터뷰를 하기 위해 스타스 선수들을 찾았다. 2주 전에 주장으로 뽑힌 프레슈타가 앞으로 걸어 나와 다른 두 팀의 주장들과 함께 라디오 인터뷰를 했다. 프레슈타는 자신과 동료들이 미국에서 훈련을 받았다고 설명했다.

"미국에 갔을 때 여러분은 미국 사람이 된 기분이었나요?"

아나운서가 물었다.

"아니요."

"그곳 사람들은 어땠던가요?"

"음… 아프가니스탄 사람들보다 훨씬 더 좋았어요. 아주 친절했어요."

프레슈타가 솔직하게 말했다.

인터뷰를 하는 기자의 질문이 이어졌다.

"수많은 아프가니스탄 사람들이 여자는 축구를 하면 안된다고 생각하고 있습니다. 그들은 이렇게 묻지요. '도대체 여자들이 왜 축구를 해요?'"

"탈레반이 등장하기 전 여자들은 다양한 스포츠를 했습니다."

프레슈타가 확신에 찬 어조로 말했다.

한 여자 청취자가 라디오 방송국 스튜디오로 전화를 해서 프레슈타의 관점에 동의한다고 말했다. 하지만 다음과 같은 단서를 달았다.

"만약 미국에 가서 축구를 하고 싶다 해도 머리에 스카프는 꼭 둘러야 해요."

여자의 충고에 대한 반응으로 한 남자 청취자가 전화를 했다.

"연이은 전쟁이 있기 전에는 여자들이 스카프를 쓰지 않았어요. 그리고 여러 스포츠도 했지요. 여자들에게 이래라 저래라 말하는 사람은 없었습니다."

인터뷰가 끝난 뒤 기자는 가냘픈 몸에, 머리를 아무렇게나 길게 늘어뜨리고, 방금 전에 거둔 승리 때문에 흥분해 눈이 약간 커진 프레슈타를 물끄러미 바라보았다.

"너 참 용감하더라. 너처럼 말하는 사람은 처음 봤어!"

아프간 축구 협회 직원들이 여러 팀의 선수들에게 다가갔다. 그중 한 사람이 경기장을 가로질러 성큼성큼 걸어와 스타스 선수 가운데 네 명을 옆으로 데려갔다. 로비나, 라일라, 프레슈타, 사미라였다. 미리암은 따로 혼자 서 있었다. 협회 직원이 말을 하는 동안 미리암의 동료들은 환하게 웃으며 고개를 끄덕였다.

미리암은 그 남자가 자기한테도 와서 말을 걸기를 기다렸지만 끝내 그는 오지 않았다. 미리암은 문득 깨달았다. 미국에서 훈련 받은 스타스 선수들 가운데 자신이 국가 대표에 뽑히지 않은 유일한 사람이라는 사실을. 어차피 미리암은 이제 더 이상 축구를 할 수 없었다.

그럼에도 미리암은 지금의 이 행복한 기분을 잊지 않으려고 애썼다. 그러나 행복은 손 안에 있는 작은 새처럼 당장이라도 날아가 버릴 것 같았다. 미리암은 마음속으로 생각했다.

'우리는 최강 팀을 물리쳤어. 우리가 이겼어. 우리는 이 세상에서 최고로 강한 팀이야.'

다음 날, 스타스 선수들은 다시 가지 주경기장으로 왔다. 선수들은 메달을 하나씩 받았고, 팀 전체가 트로피를 받았다. 이번에는 우승 트로피였다. 시상식이 끝난 뒤, 그들은 평화의 뿌리에서 보낸 차를 타고 평화의 뿌리 사무실로 향했다. 스타스 선수들은 차창을 열고 트로피를 밖으로 내밀어 흔들면서 깔깔 웃고 환호성을 질렀다.

다우드가 미리암을 기다리고 있었다. 그는 트로피를 보고는 자랑스럽게 환호성을 질렀다. 소녀들이 차에서 내리자 다우드는 그들과 악수를 하며 우승을 축하해 주었다. 그리고 미리암을 보자 두 팔을 활짝 벌려 꼭 안으며 이렇게 속삭였다.

"축하한다."

그날 밤 미리암은 메달을 어머니에게 보여주었다. 빨간색과 흰색으로 된 리본에 달린 황금색 메달이었다. 어머니는 메달을 두 손으로 꼭 쥐고는 싱긋 웃었다.

미리암은 다시 메달을 받아 아마드에게 가서 보여주었다. 아마드는 놀란 표정을 지었다.

"내 여동생이 축구를 이렇게 잘한단 말이야?"

아마드는 자신도 모르는 사이에 감동을 받아 그렇게 물었다.

"너희가 우승하게 될 줄은 몰랐어."

"내가 축구를 잘한다고 오빠한테 여러 번 말했잖아. 오빠가 한 번도 제대로 안 들어서 그렇지."

밤이 깊어지자, 승리의 도취감은 잦아들었다. 미리암은 마지막 경기를 치뤘다. 이제 모든 것이 끝났다. 미리암은 메달을 벗어 천천히 한쪽으로 치웠다.

HOWEVER TALL THE MOUNTAIN

4

희망의 증거가 되어 아프간으로

소녀들이 떠나기 전 우리 부모님에게 마지막 인사를 하는 순간,
나는 지금까지 내가 무엇을 했는지를 깨달았다.
나는 아프가니스탄을 다시 내게로 가져온 것이었다.

1

새 희망을 위한 아름다운 작별

2004년 8월

라일라. 프레슈타. 사미라. 미리암. 디나. 나디아. 아리아나. 로비나. 그들이 미국에 도착했을 때, 나는 잃어버린 내 반쪽의 일부를 찾았다는 사실을 전혀 깨닫지 못했다. 그뿐만 아니라 내가 잃어버린 반쪽의 문화와 관습과 언어의 한복판에 내던져지게 되었다는 사실도 처음에는 알지 못했다.

처음에는 나의 모국어를 그토록 많이 잊어버렸다는 것을 알고 적잖이 당황했다. 소녀들이 자고 있는 깊은 밤이면 나는 그들의 티셔츠와 바지와 양말과 옷들이 세탁기 안에서 돌고 있는 동안 가만히 앉아 곰곰이 생각하곤 했다.

'나는 누구인가? 나는 아프가니스탄 사람인가? 아프가니스탄계 미국인인가? 미국인인가? 아니면 이 모든 것이 뒤섞인 뒤죽

박죽인가?'

　내 눈앞에는 아프가니스탄에서 온 소녀들이 있었다. 그들은 모든 것을 갖추고 있지만 자신들의 사회와는 완전히 다른 사회를 경험했다. 그들의 문화, 종교, 언어는 그들 속에 깊숙이 배어 있어서 그것에 대해 생각할 필요가 없었다. 마치 미국 문화와 영어가 내 속에 뿌리 깊게 자리잡고 있는 것처럼 말이다. 그러나 최근 6주 사이에 나는 아프가니스탄을 향해 고개를 돌리게 되었다. 갈수록 파쉬토 어를 더 많이 사용하고 있었다. 다리 어도 배우기 시작했다.

　소녀들이 떠나기 전 우리 부모님에게 마지막 인사를 하는 순간, 나는 지금까지 내가 무엇을 했는지를 깨달았다. 나는 아프가니스탄을 다시 내게로 가져온 것이었다.

　우리는 JFK공항에서 산더미 같은 짐을 점검하고 있었다.

"카불에 한 번 오세요, 아위스타 아주머니."

소녀들이 나를 에워싼 채 말했다.

"걱정 마. 꼭 갈 테니까."

나는 울고 싶지 않았다.

"곧 카불에 갈게. 우리 다시 만나야지."

나는 어깨에 묵직한 스포츠 가방을 맨 채 출국 수속을 하는 곳을 향해 걸어가는 소녀들을 지켜보았다. 그들이 게이트 안으로 들어서자마자 나는 울음을 터뜨렸다. 여덟 명의 소녀들이 일제히 뒤로 돌아 손을 흔들어 작별 인사를 했다. 나도 손을 흔들었다.

"우리는 꼭 다시 만날 거야. 약속해."

나는 그렇게 속삭였다.

나는 그들이 집으로 가져갈 메달을 생각했다. 그리고 그들이 이곳에서 얻은 것이 정확히 무엇인지, 그 가운데 어떤 것을 계속 간직할 수 있을지 궁금했다. 이제 아프가니스탄으로 가면 그들에게 무슨 일이 벌어질지 상상만 할 수 있을 따름이었다. 물론 그 가운데는 내가 전혀 상상조차 할 수 없는 것들도 있으리라.

2

희망을 품은 밀알이 되어

카불, 2006년 4월

"마르게 네다라겜 칼코 카 데 와탄 파 하디로케 카와레 쇼마."
(인간의 존엄성이 사라지고 있는 낯선 지상에서 나를 한 번만 내 고향으로 데려가주오.)
—아프가니스탄 가수, 파라드 다르야

아프가니스탄으로 가기 위해 두바이를 향해 날아가면서 나는 하나의 삶 즉 미국에서의 삶을 털어내고 그 사이에 긴 공간을 날아 다른 삶으로 내려앉는 것 같은 기분을 느꼈다. 비행기가 활주로를 향해 선회하고 있을 때, 내 가슴은 줄달음질을 쳤고 내 마음은 공중제비를 돌았다.

'돌아가. 고향으로 날아가. 고향? 난 지금 고향으로 가고 있어.'

잠시 후 비행기가 착륙했다. 나는 유리 돔이 있는 두바이 공항 건물로 들어가자마자 대리석으로 만든 화장실로 갔다.

나의 변신은 이곳에서부터 시작되었다. 청바지와 티셔츠를 벗고 다른 옷으로 갈아입은 다음 거울에 비친 내 모습을 바라보았다. 빨간 베일이 내 머리와 어깨를 덮고 있었고, 낙낙한 웃옷이 내 무릎까지 내려와 있었다.

두 시간 뒤 아리아나 아프간 항공사 비행기가 두바이를 이륙했다. 지금껏 내가 느꼈던 불편한 마음이 비행기와 함께 날아갔다. 이제는 되돌아갈 수 없었다.

이윽고 나는 조국의 땅을 밟았다. "카불에 오신 것을 환영합니다."라는 표지가 보였다. 이제 곧 소녀들을 다시 만나게 된다. 나는 그 순간을 맞이할 준비가 되어 있었지만, 그들이 어떤 모습일지 두렵기도 했다.

> "얼마나 어려운지 당신은 알지 못해요.
> ……비밀스러운 꿈에서 나와
> 그 꿈에 대해 이야기하는 것이."
> _라일라 알사이(레바논의 시인)

"살람, 아위스타."

키가 크고 건장한 남자가 활짝 웃으며 나를 맞이했다. 그는 내 이름이 쓰인 마분지를 들고 있었다.

"알라이쿰 아살람."

나는 그렇게 인사하고는 흰색 차의 뒷좌석에 앉았다. 공기는 시원하고 상쾌했으며 하늘은 밝은 파란색이었다. 차 안에 타고 있는데도 햇빛에 눈이 부셨다. 햇살을 받은 산들이 은종이처럼 은은하게 반짝였다.

카불로 가는 길에 나는 차창을 통해 밖을 내다보았다. 까만색 교복과 하얀색 스카프를 두른 채 땅에 내려앉은 새떼처럼 무리를 지어 걸어가는 여학생들, 갓 구운 납작한 갈색 빵을 사서 가방에 가득 넣고 있는 사람들, 잔뜩 쌓여 있는 석류, 수박, 오렌지, 대추야자 열매 등 눈에 확 뜨이는 색깔의 과일들, 상점 앞에 우르르 몰려다니는 아주 옅은 파란색이나 짙은 빨간색 스카프를 두른 여인들, 경적을 울리며 복잡한 도로를 빠져나가고 있는 무장한 군용 트럭들…….

"아름다운 색깔이 너무 많아."

나는 혼잣말로 속삭였다.

차는 공항로를 따라 광고판들과 노점들, 폭격을 당한 건물들, 새롭게 건설 중인 탑들을 지나쳐 계속 달렸다. 산허리를 따라 흙빛의 집들이 빽빽하게 들어서 있었고, 대문은 강렬한 파란색, 녹색, 빨간색으로 칠해져 있었다. 카불의 거리들은 하나의 미로였다. 아주 오래되고 복잡한 미로.

"사람들이 참 많지요."

공항에 나를 바래러 왔던 지아가 앞좌석에서 고개를 돌려 웃으면서 말했다. 지아와의 만남은 큰 행운이었다. 수많은 약속과 빡빡한 일정으로 정신없는 내게 지아는 훌륭한 가이드이자 운전사이자 통역원이었다.

스타스의 선수들 모습 하나하나가 이미 내 마음속에 자리 잡고 있었다. 그래도 2년은 긴 시간이다. 이제 나는 카불에 왔다. 그들의 나라에 그리고 나의 나라에. 나는 그들이 무척 보고 싶었다. 나를 기억할까? 기억하고 있다면 어떤 모습일까?

카불에는 한 달여 동안 체류할 예정이었다. 할 일이 무척 많았다. 우선 소녀들을 다시 만나야 했다. 나는 몇몇에게는 전화를 하고 나머지에게는 편지를 보냈다. 그다음, 아프가니스탄의 스포츠 현황을 파악하기 위해 스포츠 관련 공무원들과 면담을 할 예정이었다. 그리고 아프가니스탄 축구협회와 공동으로 일주일 동안 여자 축구 강좌를 개설할 계획이었다. 이 강좌의 운영을 돕기 위해 아프가니스탄계 미국인 축구 코치 네 명이 미국에서 이곳으로 오기로 되어 있었다. 이 행사의 모든 세부 계획에 대한 책임은 내 몫이었다. 또한 우리는 축구협회에서 주관하는 여자 축구 대회 일도 도울 계획이었다.

일주일 뒤, 네 명의 코치와 나는 자동차를 타고 카불에서 가장 번잡한 교차로 가운데 하나인 마쏘우드 로터리 근처에 있는 쿨루프 아스카리(연병장)로 향했다. 우리는 보안이 철저한 출입구를 지나 평평하고 잔디가 깔린 운동장으로 갔다. 부대 안 연병장은 담장 너머의 소음과는 딴판으로 널찍하고 조용했다.

바로 이 운동장에서 사미라와 로비나, 아리아나, 라일라, 프레슈타가 헐렁한 바지와 소매가 긴 셔츠로 된 빨간색 유니폼을 입고 축구공을 차고 있었다. 우리 코치들이 도착하자 다섯 명의 소녀들은 고개를 들어 우리를 쳐다보았다. 그들은 해를 등진 채 우리를 바라보고 있었는데, 마치 그들의 몸속에서 빛이 나오고 있는 것처럼 보였다.

로비나가 손을 흔들며 외쳤다.

"살람, 아위스타 아주머니!"

나는 한 명 한 명을 안고 입을 맞추었다. 메릴랜드에 있는 바버라의 집에서 처음 만났을 때만 해도 참 어려 보였는데 2년 만에 다시 보니 나이도 제법 들어 보이고 훨씬 성숙해 보였다. 얼굴에서 어린이의 특질들이 일부 사라진 대신 좀 더 어른스럽고 성숙한 기운이 느껴졌다. 그들의 얼굴을 보자 미국에 있었을 때의 모습과 특별한 경험들이 하나하나 떠오르면서 감정이 북받쳤다. 이제 그들과 함께 새로운 추억을 만들 수 있게 되었다. 이번에는 미국이 아니라 우리 모두 조국라고 부르는 곳에서.

⁂

다섯 명의 아이들은 매주 금요일마다 축구 연습을 하고 있었다. 우리가 축구 강좌를 개설하자마자 그들의 축구 연습에 새로운 일정이 추가되었다. 코치를 도와 자기들보다 더 어리고 풋내기인 여자아이들을 훈련시키는 일을 도와주었던 것이다. 어느 날 오후, 길고 힘든 연습이 끝나고 나서 로비나가 나한테 자기를 집까지 차로 태워줄 수 있는지 물었다.

우리는 로비나가 살고 있는 바위투성이 언덕 아래에 다다랐
다. 멀리서 보았을 때는 산속에 자리한 집들의 풍경이 매우 아름
답게 보였지만 막상 가까이 가서 보니 무척 황량했다. 하수구도,
수돗물도, 심지어 유리창도 없는 집들이었다.

우리는 숨을 할딱이며 달려온 자동차를 가파르고 좁은 길의
끝에 세워 두고 걸어서 언덕을 오르기 시작했다. 지아가 나중에
이곳으로 와서 나를 태워 가기로 했다. 산허리를 따라 삐뚤빼뚤
한 돌조각들과 고르지 못한 대못으로 땅에 박은 경계판이 있는
묘지가 보였다.

로비나는 영양처럼 날쌔게 움직이며 길을 안내했다. 나는 숨
이 찼다. 먼 거리는 아니었지만 길이 무척 험했다. 게다가 카불
은 세상에서 가장 높은 곳에 위치한 수도 가운데 하나였으니 걷
는 것만으로도 힘이 들었다.

"숨을 제대로 못 쉬겠어."

내가 헐떡거리며 말했다.

우리는 계속 오르막길을 올랐다. 위에서 로비나가 명랑하게
손을 흔들었다. 나는 잠깐 멈춰 서서 주위를 둘러보았다. 아래
에 먼지가 자욱하고 햇살에 흠뻑 젖은 카불의 풍경이 보였다. 아
프가니스탄에 와 있다는 것이 실감이 났다. 나는 마치 교묘한 마
법의 손에 의해 시공을 가로질러 갑자기 이곳으로 옮겨진 것 같
은 느낌이 들었다.

10분 뒤, 우리는 로비나의 집에 다다랐다. 로비나의 집 건물은 담장과 대문에서 조금 떨어진 바위 위에 자리 잡고 있었다. 산을 파내서 만든 평지에 지은 집이었다. 산에서 파낸 석회암 조각들이 여기저기 널브러져 있었다. 나는 현관문까지 가기 위해 바위 더미를 타고 넘어야 했다.

로비나가 내 가방을 들어주었다. 집 안으로 들어서면서 로비나가 말했다.

"코쉬 아마데드(환영합니다)."

거실은 작지만 아늑했다. 현관문과 부엌으로 가는 문간에는 소박한 레이스 커튼이 걸려 있었다. 창턱에는 새장이 놓여 있었고 그 안에서 흰 비둘기 두 마리가 구구구 울고 있었다. 바깥에서는 예배 시간을 알리는 아잔이 도시 전체에 울려 퍼졌다.

로비나가 커튼 뒤로 가더니 찻주전자와 작고 맛있는 쿠키가 담긴 접시들을 들고 와서 탁자 위에 내려놓았다.

우리는 로비나의 가족과 우리 가족에 대해 이야기를 나누었다. 로비나는 나의 방문에 대해 물었고 나는 로비나의 학교 생활에 대해 물었다. 그리고 나는 거실을 휘 둘러보았다. 로비나가 축구를 해서 받은 반짝반짝 빛나는 메달과 트로피들이 탁자 위에 놓여 있었다.

"음, 로비나, 네가 축구를 잘하는 것에 대해 이웃들과 친구들이 어떻게 생각하는지 말해줄 수 있니?"

"이웃들은 생각만큼 호의적이지 않아요. 남이 잘되는 걸 시샘

해요. 그래서 이웃들한테는 축구 이야기를 안 해요. 아주머니가 가고 나면 이웃들은 또 저한테 물을 거예요. '그 여자가 왜 너희 집에 왔니? 너한테 뭘 줬어?'"

로비나는 고개를 절레절레 저었다. 그렇다. 이게 바로 현실이었다. 나는 아웃사이더였다. '외부인'일 뿐이었다. 로비나는 나한테서 눈길을 돌렸다. 그건 다른 사람의 감정이 상하거나 당황한 것을 보지 않으려는 아프간 특유의 공손함이었다.

나는 이웃들의 반응에 놀라지 않았다. 사람들이 얼마나 성급하고 경솔하게 다른 삶을 평가할 수 있는지를 내 이웃들을 통해 이미 잘 알고 있었기 때문이다. 게다가 이 사람들은 불쾌한 '외부인'들을 너무도 많이 겪었다. 아프가니스탄이라는 나라에서는 몇십 년에 걸쳐 끊임없이 외국인들이 들어와 나라의 운명을 좌지우지했으니 말이다. 그러나 나는 엄연히 아프가니스탄 사람이었다.

나는 다정한 목소리로 로비나에게 물었다.

"내가 여기에 오는 게 너한테 문제가 될 수도 있다는 이야기를 왜 진작 하지 않았니?"

"저는 아주머니가 이곳에 오기를 바랐어요."

나는 화제를 바꾸었다.

"연습은 잘 돼가니?"

그러자 로비나의 눈이 반짝반짝 빛났다.

"축구 실력이 나날이 늘고 있어요. 이제 학교에서도 누구나 저를 대단하게 생각해요. 축구를 한다고요. 제가 축구를 아주 잘한다고요."

로비나는 방 밖으로 뛰어나가더니 최근에 카불에서 열린 여자 축구 대회에서 받은 메달을 가지고 돌아왔다.

"아름답구나."

나는 그렇게 말했다. 진심이었다. 메달이 아니라 로비나가 아름답다는 말이었다. 로비나의 얼굴이 자부심으로 발그스레해졌다. 로비나의 이런 모습이야말로 내가 아프가니스탄에 와서 보고 싶었던 것이었다.

이제 서먹함은 사라지고 로비나와 나 우리 모두 편안해졌다. 그래서 나는 어떤 질문을 해도 괜찮을 것 같다고 생각했다.

"로비나, 지금 여기에서의 삶은 어떠니?"

"우리가 오늘 밖으로 나갔다가 폭발이 일어난다고 해도 아무도 모를 거예요. 학교에 갈 때도 아주 무서워요. 어느 곳이든 사람들이 모여 있으면 우리는 무조건 도망쳐요. 사람들이 모이는 장소에는 자살 폭탄 테러가 일어날 가능성이 높으니까요."

내 가슴이 비트적거렸다. 나는 로비나의 손을 잡았다.

"넌 정말 용감한 아이야, 로비나."

조국 아프가니스탄의 방문은 상상했던 것과 달랐다. 한편으로는 익숙함도 있었다. 길거리에서 보는 얼굴들은 모두 낯익었다. 마치 거울에 비친 모습들이 일렁이는 거대한 바다를 보는 듯했다. 어머니의 얼굴, 아버지의 얼굴, 그리고 내 얼굴을 길거리에서 볼 수 있었다. 그때의 기분은 천진난만하던 어린 시절에 알던 사람을 어른이 되어 다시 만난 것과 비슷했다. 물론 그 사람의 얼굴에는 지나간 세월의 흔적이 보태지고 목소리 역시 기억하는 것보다 더 굵고 성숙해져 있기 마련이다. 군중들 틈에서 내 자신의 모습을 보는 것은 이상하면서도 멋진 경험이었다. 내가 미국에서 느꼈던 기분하고는 사뭇 달랐다. 또한 다리 어와 파쉬토 어가 사방팔방에서 들려와 마치 그 언어의 물속에 잠겨 있는 듯한 기분이 느껴졌다. 그러나 내 자신이 물에 빠져 죽지 않기 위해 허우적대고 있는 듯한 느낌이 드는 순간들도 있었다.

어느 날 저녁, 미국에서 온 코치 네 명과 나는 카불 한복판에 있는 세레나 호텔에서 저녁 식사를 하기로 했다. 나는 지아와 그의 사촌 사밈도 초대했다.

그 호텔은 어느 모로 보나 호화로웠다. 분수와 대리석 바닥, 거대한 꽃바구니들이 있었고, 벽은 붉은빛이 도는 두툼한 아프가니스탄 카펫으로 도배되어 있었다. 식당은 별의별 음식이 잔뜩 쌓여 있는 커다란 뷔페였다. 원탁에는 하얀 리넨이 깔려 있고 냅킨과 분홍색 장미 조화가 있는 장식물이 가운데에 놓여 있었다. 우리는 음식을 담아 원탁에 둘러앉아 맛있게 식사를 했다.

이윽고 계산서가 나왔다. 우리는 모두 일곱 명이었고, 코치들과 내가 지아와 그의 사촌을 대접하기로 했다. 식사 값이 미국 달러로 250달러쯤 나왔다. 우리가 손가방과 지갑에서 돈을 꺼내고 있는 사이 지아가 총액을 힐끔 보고는 나지막이 한숨을 토했다.

다음 날 아침, 우리가 떠날 준비를 하고 있는데 지아가 내게 말했다.

"간밤에 한숨도 못 잤습니다."

"왜요, 지아?"

"계산서 생각 때문에요."

"계산서요?"

나는 순간 '나를 위해 일해준 대가로 받을 돈에 대해 이야기하는 건가?' 하는 생각을 했다.

"어젯밤에 말이에요. 저녁 한 끼 값이 그 정도라니 정말 충격이었어요. 그 돈이면 우리 가족 전체가 오랫동안 먹고 살 수 있는데."

나의 실수였다. 내 행동은 '미국식' 아량이었던 것이다. '미국식' 둔감함이나 무지였다. 250달러는 대부분의 아프간 사람들이 일 년 동안 버는 돈이었다.

그 순간 나는 '이민자들의 이중적 정체성'이 무엇인지를 이해하게 되었다. 외국 국적을 취득한 사람, 그것은 단순히 둘을 섞은 것이 아니었다. 오히려 아프가니스탄 사람도 아니고 미국 사람도 아닌 그런 처지였다. 미국에서 나는 아프간 문화 속에서 자랐고 아프간의 관습과 풍습을 배웠다. 하지만 이곳 카불에는 내가 도저히 건널 수 없을 것 같은 강이 존재했다.

하루는 시장에서 어떤 여자가 나를 세우더니 이렇게 말했다.

"당신은 평생 이곳에 살지 않았지요? 맞지요?"

그녀는 내가 히잡 쓴 모습을 보고는 그것을 알 수 있었다고 했다. 나는 히잡으로 머리와 어깨는 가렸지만, 이곳 여자들이 흔히 하는 방식과는 다르게 상반신을 가리지는 않았던 것이다.

어느 날 오후, 나는 프레슈타와 라일라의 집을 방문했다. 그 집에 도착했을 때 나는 별 생각 없이 지아에게도 함께 안으로 들어가자고 했다.

커다란 거실로 들어가 보니 두에인이 먼저 와서 앉아 있었다. 나는 두에인과 계속 연락을 하면서 그가 이 두 자매의 가족과 가까이 지낸다는 사실을 알고 있었다. 때문에 그를 이곳에서 맞닥뜨린 것이 놀라운 일은 아니었다. 두에인 앞에는 나지막하고 둥근 탁자가 있었고, 그 위에는 김이 모락모락 나는 뜨거운 차이와 달콤한 과자가 담긴 쟁반이 놓여 있었다.

나는 두에인에게 인사를 하고 지아와 함께 앉았다. 두에인은 차를 따라주었고, 우리는 한동안 이야기를 나누었다. 그러다 문득 거실에 나 말고는 여자가 한 명도 없다는 사실을 깨달았다. 나는 어찌된 영문인지 묻는 눈빛으로 두에인을 바라보았다.

“낯선 남자가 집 안에 있잖아요.”

낯선 남자란 바로 지아였다.

“모르는 남자가 있으면 여자들은 다른 방으로 가야 해요.”

‘아 참, 그렇지!’

나는 얼굴을 붉히며 일어나 안쪽에 있는 방으로 갔다. 프레슈타와 라일라가 깔개에 앉아 있다가 일어났다.

“아위스타 아주머니, 아주머니가 우리 집에 와서 정말, 정말 좋아요.”

두 아이는 나를 껴안고 입을 맞추고 두툼한 깔개 위에 앉으라고 권했다. 집 안의 여자들이 둥그렇게 둘러 앉아 텔레비전을 보고 있었다.

“이제 곧 드라마가 시작할 거예요.”

프레슈타가 속삭였다. 알고 보니, ‘드라마’는 허무맹랑하고 탄성을 자아내는 줄거리에, 반짝반짝 빛나는 인도 옷과 화려한 음악이 등장하고, 다리 어로 더빙되어 있는 인도 연속극이었다.

나는 지구를 반 바퀴 돌아 이곳으로 와 카펫 위에 앉아 인도판 〈세상이 돌아가듯이〉(미국 CBS 방송에서 54년 넘게 방송된 연속극)를 보고 있었다.

3

산이 높아도 길은 있다

카불, 2007년 7월

"인내는 쓰다. 하지만 그 열매는 달다."

—아프간 속담

나는 아프간에 머무는 동안 매주 금요일에 아이들의 연습을 보러 평화의 뿌리 본부에 있는 운동장으로 갔다. 하루는 내가 일찍 운동장에 도착했는데, 아리아나와 로비나가 이미 와 있었다. 나는 그들이 책가방을 벽에 기대어 내려놓고 스카프를 벗어 잘 접어 가방 속에 넣는 모습을 지켜보았다. 이어 그들은 나일론 재킷을 벗고 파란색과 검정색이 섞인 축구 유니폼을 입고 꼿꼿이 서서 마치 전쟁을 앞둔 장교처럼 운동장을 휘 둘러보았다. 아리아나와 로비나는 마치 한 몸인 것처럼 똑같이 움직였다.

곧이어 그들은 운동장으로 뛰어나갔다. 나는 이런 장면을 예전에도 여러 번 본 적이 있었다. 온힘을 다해 육체적 능력을 마음껏 발산하며 뛰는 모습. 나도 예전에 경기를 앞두고 그와 비슷한 기분을 느꼈다. 가슴 설레는 기대감과 차분함의 공존이라고나 할까. 다른 소녀들이 잇따라 도착해 아리아나와 로비나가 있는 운동장으로 뛰어나가고 있을 때, 누군가 나를 불렀다.

"아위스타 아주머니!"

뒤를 돌아보니, 미리암이 서 있었다. 내가 이곳에 있는 것을 안 미리암의 오빠 다우드가 미리암을 데리고 온 것이었다. 다시 말해, 미리암은 축구 연습장에 와도 좋다고 허락을 받은 셈이었다. 하지만 다우드는 떠나기 전에 미리암에게 축구하는 것을 구경만 하라고 말했다.

내가 말했다.

"미리암, 너를 여기서 보다니, 정말 반갑구나!"

미리암은 내 얼굴을 뚫어지게 바라보았다. 미리암의 까만 눈망울에 눈물이 글썽였다. 미리암의 마음속이 요동치고 있었다. 나는 다우드가 한 말을 똑똑히 기억하고 있었다. 그러나 미리암의 얼굴에는 내가 사랑하는 뭔가가, 내 마음을 움직이는 뭔가가 있었다.

나는 운동장을 가리켰다.

"너도 한번 뛰어보지 그래?"

미리암은 고개를 저었다.

"어서!"

내가 재촉하자, 미리암은 머뭇머뭇하며 신고 있는 샌들을 가리켰다.

"축구화를 갖다줄게."

내가 축구화를 들고 오자 미리암은 벌떡 일어나 축구화를 신고는 그라운드로 뛰어나갔다. 그리고 공을 뻥 차서 아리아나에게 강력한 패스를 했다. 아리아나는 공을 몰고 앞으로 나아갔다. 하지만 골키퍼가 없었다.

코치 파와드가 내게 다가왔다. 나는 그에게 이렇게 말했다.

"내가 골문을 지킬게요."

파와드는 고개를 끄덕였다.

"한번 해보세요."

나는 골문 앞에서 몸을 웅크린 채 손뼉을 치고는 외쳤다.

"파이팅!"

나는 미국에서 소녀들과 몇 번 가볍게 연습을 해본 적은 있었지만, 함께 제대로 축구를 해본 적은 없었다. 그런데 지금 여기 아프가니스탄에서 축구화를 신고 공을 쳐내면서 마치 팀의 일원인 양 "골, 골을 넣자!"라고 외치고 있었다.

나는 슛 몇 개를 막아냈으며, 하루 종일이라도 골문 앞을 지킬 각오가 되어 있었다. 그러나 햇볕이 너무 강렬했다. 아이들이 하나둘 터치라인으로 걸어 나갔다. 나도 이마의 땀을 훔치면서 터치라인으로 갔다.

비현실적인 기분이 들었다. 내 몸은 거기에 있었지만, 마음은 공중으로 둥둥 떠서 아래를 촬영하고 있는 듯했다. 나는 부모님을 떠올렸다. 지난 세월 동안 두 분은 고국을 그리워했다. 그리고 지금 아프가니스탄에서 몇 주를 보낸 이 순간, 나는 집에 있는 듯 편안했다.

산들바람에 잔디가 살랑거렸다. 나는 아무 말 없이 팀 동료들과 함께 앉아 있었다.

이튿날, 나는 아침 일찍 일어났다. 경기 때문에 흥분했지만 이내 마음이 가라앉고 슬픔이 밀려왔다. 이틀 후에 나는 카불을 떠나야 했기 때문이다.

오늘은 아프가니스탄 청소년 스포츠 교류(AYSE) 여자 축구 대회 날이었다. 경기 시작은 오후 2시로 예정되어 있었지만, 나는 세부 사항들을 마지막으로 빠짐없이 확인하기 위해 몇 시간 전에 도착했다. 열다섯 개가 넘는 팀과 2백 명 이상의 선수가 출전하고, 그 가운데는 여자 국가 대표 팀도 있었다.

국제안보지원군(ISAF) 기지 연병장으로 가는 길과 출입구에는 무장한 경비병들이 줄지어 서 있었다. 나는 여러 검문소를 통과해 잔디가 깔린 연병장으로 갔다.

참가 팀들이 속속 도착하기 시작했다. 교복 차림새로 유니폼과 장비가 든 가방을 들고 오는 소녀들도 있었다. 그들은 서둘러 지정된 탈의실로 가서 옷을 갈아입었다.

잠시 뒤 그들은 긴 바지와 소매가 팔꿈치까지 오는 헐렁한 유니폼을 입고 나타났다. 히잡을 쓴 아이들도 보였는데, 경기 도중 떨어지지 않도록 턱 아래로 끈을 질끈 묶은 모양새였다. 야구 모자를 쓴 아이들도 있었다.

프레슈타와 라일라는 두에인과 바버라의 집에 머물기 위해 두에인을 따라 미국으로 갔다. 아리아나와 로비나 둘 만 남아 경기를 치러야 했다. 둘은 이제 한 팀에 있었다. 팀 이름은 아트마였다. 로비나와 아리아나는 터치라인에 서서 다른 팀들의 어설픈 플레이와 느리고 머뭇대는 패스를 살펴보았다.

"쟤들은…… 그다지 잘하지 않네."

아리아나가 코를 찡그리며 말했다.

"전에는 그래도 꽤 잘했는데, 지금은 사람들이 지켜보고 있어서 그러나?"

바람이 불어 흙먼지를 날렸다. 경기가 끝날 때마다 이긴 팀은 환호했다. 각 조에서 승리를 해 결승 라운드에 진출한 팀의 선수들은 터치라인 주변이나 경기장을 내려다볼 수 있는 파란색 철제 스탠드에 앉아 다음 상대가 될 팀들의 경기를 지켜보았다.

아리아나와 로비나가 파란색과 검정색 줄무늬 유니폼을 입고 경기장으로 나갔다. 로비나는 큰 손수건을 머리에 둘렀다. 경기가 시작되고 얼마 지나지 않아, 두 아이의 팀인 아트마가 최강 팀이라는 사실이 분명해졌다. 그들은 상대 팀을 압박하고, 공을 쉽게 빼앗고, 보폭이 넓은 걸음걸이로 빠르게 공을 향해 돌진했다. 패스는 흠잡을 데 없이 매끄러웠고, 좀처럼 가로채기를 당하지 않았다.

한번은 상대 팀 골키퍼가 공을 세워놓고 앞으로 뛰어나오면서 차려다 헛발질을 하고는 서둘러 다시 뒤로 뛰어갔다. 나는 터지려는 웃음을 간신히 참았다. 우리도 예전에 그 단계를 겪었기 때문이다!

경기는 계속되었다. 아리아나보다 더 무모한 로비나가 힘을 아끼지 않고 빠르게 뛰어다녔다. 다른 선수들을 제치고 속도를 냈지만 이따금 슛이 터무니없이 골문을 벗어나기도 했다. 반면에 아리아나는 힘을 아꼈다.

상대 팀이 패스를 주고받으며 전진했다. 아리아나가 패스를 가로챘다. 그리고 이리저리 얽혀 있는 상대팀 선수들 사이를 가로질러 자기 팀 동료에게 곧장 날아가는 정확하고 날카로운 패스를 했다. 그리고 잠시 뒤에는 시원한 중거리 슛을 날려 골인을 시켰다. 아트마가 2대 0으로 이겼다.

'독일 축구 프로젝트'라는 단체에서 온 사람이 말했다.

"정말 믿을 수가 없군!"

나는 아프가니스탄의 여자 스포츠가 아직 갈 길이 멀다는 사실을 잘 알고 있었다. 그러나 한 가지는 확실했다. 여덟 명이었던 축구 선수는 이제 수백 명이 되었다. 아프가니스탄 축구 협회와 같은 단체들의 노력으로 그들은 이제 자기 나라의 운동장 위에 당당하게 설 수 있게 된 것이다. 250명이 넘는 여자 선수들이 말이다.

나는 경기장을 떠났다. 코치들과 나는 축구 장비와 공들을 밴에 실었다. 지아가 마소우드 로터리를 돌아 시내 쪽으로 차를 몰았다. 그러다 교통 경찰관들이 있는 와지르 아크바르 칸 가까이에 있는 번잡한 교차로에서 차가 막혀 섰다. 신호등이 몇 개 보였다.

트럭 안에 쌓여 있는 다양한 색깔의 축구공들이 차창을 통해 훤히 보였다. 우리 밴이 인도 가까이로 가자 낯익은 얼굴들이 보였다. 구걸을 하는 어린 사내아이와 그 아이 바로 뒤에 서 있는 여동생이었다. 나는 두 아이를 그저께도 보았다. 남매는 우리 밴으로 다가와 손을 내밀었다. 그러다 여동생이 축구공을 보고는 눈을 반짝였다.

"루트판, 만 메타남 야크 토빠 비기람 카카 얀?"

여자아이가 열린 창문을 통해 운전사에게 물었다.

지아가 고개를 뒤로 돌리며 물었다.

"애가 공을 하나 갖고 싶다네요. 하나 줘도 될까요?"

"물론이지요!"

나는 공 하나를 지아에게 건넸다. 그리고 돈도 조금 주었다.

"지아, 애들에게 돈도 같이 주세요."

그러나 여자아이와 사내아이는 손사래를 치며 한사코 돈을 받으려 하지 않았다. 그 대신에 여자아이는 공을 받아 들고는 생글생글 웃었다.

차가 다시 움직이기 시작했고, 나는 자리에 앉은 채 고개를 뒤로 돌려 차창 밖을 내다보았다. 공을 든 여자아이와 그 아이의 오빠와 다른 친구들이 모여 있었다. 그들은 축구를 하기 시작했다.

여자아이가 공을 찼다. 공이 높이 솟구쳐 포물선을 그렸다.

축구를 통해 자신의 운명에 맞서다

내가 아프가니스탄에서 만난 사람들 중에 탈레반을 수용하거나 탈레반 지배 하의 삶을 좋아하는 사람은 한 명도 없었다. 그러나 자신의 여동생들이 집 안에만 있고 학교에 가지 말아야 한다고 생각하는 사람들은 있었다. 또한 여자 축구가 종교와 융화할 수 있는지에 대해 의문을 품고 있는 스포츠계의 고위 관리들도 있었다.

논란의 초점은 스스로 이슬람교도라고 생각하는 소녀들이었다. 그들은 매일 기도를 올리고, 코란을 존중하고, 수수한 옷을 입었다. 그와 동시에 그들은 교육을 받고, 직업을 갖고, 자신들이 원하는 때에 자신들이 사랑하는 남자와 결혼하고 싶어 했으며, 누구의 허락도 받지 않고 축구나 또는 어떤 스포츠라도 하고 싶어 했다. 그들은 자신들에 주어진 모든 기회를 열정적으로 붙잡으려고 했다.

거시적인 사회적 관점에서 보면 쟁점은 이렇게 표현할 수 있을 것이다. 사회가 아프가니스탄 소녀들에게 어떤 기회를 제공해줄 수 있는가? 그리고 어떤 속도로 제공해야 하는가?

이 질문에 대한 답은 사람들마다 달랐다.

내가 워싱턴에 있는 아프가니스탄 대사관에서 일하고 있던 2005년에 가장 화제가 되었던 뉴스는 그해 국회의원 선거에 출마하기로 결심한 어떤 여자 농구 선수에 관한 것이었다. 이 소식은 비현실적으로 보였으며, 심지어 그녀가 선거에서 승리했을 때조차도 더욱더 비현실적으로 보였다.

27살인 사브리나 사큅은 아프가니스탄 의회에서 가장 젊은 의원이었다. 나는 2007년 아프가니스탄을 방문했을 때 그녀를 만났다. 그녀와 면담하기로 한 날, 건장한 보안 요원이 나를 맞이했다. 여느 국회의원과 마찬가지로 사브리나에게도 무장한 경비원이 배정되었다. 경비원은 나를 계단으로 5층까지 안내했다. 지나는 길에 버튼이 부서진 고장난 엘리베이터가 보였다.

사브리나가 나와서 나를 방으로 안내하자 경비원은 문 밖에서 있었다. 그녀는 1970년대 말 카불에서 태어났다. 어렸을 때 부모님과 함께 이란으로 이민을 간 후 테헤란 대학을 졸업했고, 학창 시절에 대학 구내에 있는 여성 전용 체육관에서 농구를 했다.

이란은 이슬람 국가들 가운데 여자 스포츠에 관해 귀감이 되는 국가이다. 이란은 여자들만 운동할 수 있는 체육관뿐만 아니라 여자 코치들과 트레이너들, 심판 등 안정적인 체육 인프라를 구축했다. 여성 전용 체육 시설은 여자들이 이슬람 문화를 존중하면서도 운동을 할 수 있는 발판이 되었다.

2001년에 카불로 돌아온 사브리나는 농구를 계속하고 싶었지만, 여자 농구 팀은 하나도 없었다.

"그래서 저는 상식적으로 생각할 수 있는 유일한 방법을 택했지요. 남자 농구 팀에 들어간 거예요."

그녀는 나에게 그렇게 말했다.

연습 경기 때, 사브리나와 남자 선수들은 서로 신체적 접촉을 피하려고 애썼다. 몸싸움이 일반적인 스포츠에서는 어려운 일이었다. 남자들이 그녀를 제대로 방어할 수 없었다. 사브리나가 관중들 앞에서 펼치는 경기에는 한 번도 나간 적이 없고, 옷도 헐렁한 셔츠와 긴 바지를 입었음에도 불구하고 사람들 사이에 말이 나오기 시작했다. 얼마 뒤, 팀 동료 가운데 한 명이 사브리나에게 말했다.

"앞으로는 네가 안 나오면 좋겠어. 네가 있으면 문제가 한두

가지가 아니야."

그때 일을 이야기하며 사브리나는 나에게 이렇게 말했다.

"나는 놀라지 않았지요."

얼마 뒤, 사브리나는 운 좋게도 아프가니스탄 전국아마추어 농구협회(ANABF)를 통해 여자 농구를 육성하는 프로그램을 시작하는 일을 도와달라는 부탁을 받았다. 이 프로그램은 카불 전역에서 수백 명의 소녀들을 대상으로 할 정도로 확대되었지만, 그들 가운데 많은 선수들이 결혼이나 남편 또는 다른 가족의 압력에 의해 도중에 탈퇴하고 말았다.

사브리나는 직접 선수들의 가족을 만나 이렇게 말했다.

"우리한테는 강한 여자들이 필요합니다. 여자들이 좋은 어머니, 건강한 어머니가 되는 데 스포츠가 큰 도움이 될 거예요. 이 나라의 어린이들이 건강하려면 여자들이 병원에 가는 것만으로는 부족합니다. 어머니들이 운동을 한다면 튼튼한 어린이를 갖는 데 도움이 될 것입니다."

사브리나는 많은 가족들이 여자들의 주된 책무라고 생각하는 육아 문제를 가지고 사람들에게 호소한 것이다. 아무것도 할 수 없었던 때도 있었다.

"우리는 소녀들이 왔다가 가고, 또 왔다가 가고 하는 것을 그냥 지켜볼 수밖에 없었지요. 하지만 언젠가는 떠나지 않고 계속 있을 수 있는 날이 오겠지요."

여자 스포츠를 위한 힘든 싸움이 그녀가 정치적인 자리에 출마한 동기가 되었을까? 당연하다.

2004년, 35년 만에 실시되는 아프가니스탄 의회 선거 준비가 한창이었다. 사브리나의 어머니는 사브리나에게 출마를 권유했다. 그때 사브리나의 나이는 스물여섯이었다.

사브리나의 사진이 실린 컬러 포스터가 카불 전역에 나붙었다. 포스터 속의 그녀는 노란 히잡을 쓰고 있었고 카메라를 똑바로 쳐다보며 생긋 웃고 있었다. 특히 젊은이들이 이 포스터에 매료되어 포스터를 훔쳐 자기 집에 붙이는 사람들까지 있었다.

하지만 일부 사람들은 그녀의 포스터가 너무 앞서 간다고 생각했다. 근엄한 얼굴로 찍은 흑백사진이 실리고 그 주위에는 빽빽하게 글귀가 쓰여 있는 다른 후보들의 전형적인 포스터와는 너무나도 달랐기 때문이다.

2005년 9월 18일, 수백만의 아프가니스탄 국민들이 자신의 한 표를 행사하기 위해 투표소로 갔다. 2004년에 제정된 헌법에 따라 의회의 25퍼센트(68석)는 여성들에게 할당되어 있었다. 선거 결과 74명의 여성이 지역구에서 당선되었다. 이는 의회 의석의 28퍼센트에 해당하는 숫자였다. 사브리나는 그들 가운데 한 명이었다. 그녀는 아프가니스탄에서 스포츠를 통해 여자들을 위한 기회를 만들어내기로 다짐했다.

그녀는 이렇게 말했다.

"아프간에서 스포츠는 평화의 상징입니다. 우리는 평화와 스포츠 둘 다를 누리는 세상을 향해 나아갈 것입니다."

슈크리아 하크마트는 39세로 아프간 여성들이 올림픽에 참가하는 것을 목표로 하는 소위원회의 부위원장이다. 나는 그녀를 가지 주경기장에서 만나 이야기를 나누었다. 당시 그녀는 여자 스포츠 사무국에서 일한 지 1년이 되었고, 열여덟 개의 여자 스포츠 프로그램을 책임지고 있었다.

슈크리아는 그녀의 유년 시절에는 스포츠가 융성했다고 회고했다. 많은 스포츠 팀들이 서구식 스포츠 복장을 입고 훌륭한 코치들의 지도를 받아 환호하는 남녀 관중들이 가득 찬 경기장에서 운동을 했다고 말했다. 그 시기, 그러니까 1970년 초에 슈크리아 자신도 농구를 했다.

전쟁이 일어나자 그녀는 남편과 함께 파키스탄으로 떠났고, 2002년에 카불로 돌아왔다. 당시 여자 스포츠계의 상태는 충격적이었다고 그녀는 회고했다.

"돌아와서 보니 아무것도 없었어요. 가지 주경기장에서 첫 연습을 했을 때, 여자아이들은 맨발이었지요. 운동화도, 제대로 된 옷도 없었어요. 우리는 모든 것을 맨땅에서 시작해야 했지요."

당시의 사람들은, 그녀의 표현을 빌리자면 무척 '바이-타르비야(어두운 마음)'를 가졌다고 한다.

그럼에도 불구하고 슈크리아는 용기를 잃지 않았다. 서서히

‘사람들이 점점 마음을 열고 여자들이 스포츠를 하는 것을 받아들이기 시작했기’ 때문이다.

슈크리나는 올림픽 위원회 안에 있는 여성 스포츠를 위한 소위원회에서 여자 스포츠를 위한 일들을 하나하나 진행시켰다. 그러나 역시나 힘든 싸움이었다. 사브리나 사쿱처럼 슈크리아 하크마트는 선수 가족들을 직접 찾아가 그들에게 딸들이 운동을 계속하게 허락해 달라고 부탁했다. 더딘 일이었지만, 여기저기에서 눈에 띄는 성과가 나타나기 시작했다.

“디나는 배구 선수예요. 진짜 잘하지요. 처음에는 그녀의 남편이 운동을 못하게 했어요.”

슈크리나는 디나의 남편과 가족을 찾아가서 그들의 애국심에 호소했다.

“디나가 운동을 할 수 있도록 허락한다면, 여러분은 조국에 공헌을 하는 것입니다.”

디나의 가족은 결국 동의했다. 디나의 배구팀은 배구 협회가 주최하는 대회의 결승전에 진출했다. 그 경기가 곧 텔레비전으로 중계될 예정이었다. 여자 스포츠는 TV 중계를 하지 않는다는 장벽이 있었지만, 슈크리나는 그 장벽도 무너뜨린 것이다. 슈크리아는 변화가 서서히 일어날 수밖에 없다는 사실을 잘 알고 있었다.

그녀는 차분하게 이렇게 말했다.

“나는 모든 사람들의 의견을 존중합니다. 하지만 우리는 타협안을 찾을 수 있지요.”

슈크리아가 말하는 타협안은 여자들만 입장하는 체육관이었다. 그런 체육관이 생길 때까지 슈크리나는 집집마다 찾아다니며 부모와 남편과 가족들을 설득하는 일을 멈추지 않을 것이다.

“저한테는 꿈이 있어요. 선수들이 운동할 경기장이나 그들이 입는 유니폼보다 훨씬 더 중요한 ‘일’에 관한 꿈이지요. 언젠가 우리는 올림픽 메달을 딸 거예요. 그때까지 나는 조국을 떠나지 않을 거예요. 결코 멈추지 않을 거예요.”

❧

사브리나 사큅과 슈크리아 하크마트가 여자 스포츠를 아프가니스탄의 평화와 진보의 상징으로 보았다면, 사피울라 수바트는 아프가니스탄 스포츠의 미래에 대한 희망과 우려를 동시에 피력했다. 내가 면담했을 당시 그는 아프가니스탄 교육부에서 체육 교육 최고 담당자로 6년째 재직 중이었다.

성공한 축구 선수로서 사피울라가 하던 정부의 일은 탈레반의 몰락 바로 후에 찾아왔다. 지금 60대인 그는 40년 넘게 축구를 했다. 아프가니스탄의 스포츠에 관한 그의 입장은 점진적인 발전이 최상이라는 것이었다.

“스포츠협회의 수가 어느 정도 제한되어야 합니다. 그래야 집중적인 투자가 가능합니다.”

그가 염두에 둔 종목은 축구, 권투, 레슬링, 육상이었다.

소녀들에게 인기가 높은 배구에 대해 묻자 그는 이렇게 대답했다.

"나는 배구가 무척 일상적인 운동이라고 생각합니다. 아주 외딴 곳에 가도 배구를 하고 있는 사람들을 볼 수 있을 겁니다."

그의 말에 담긴 뜻은 배구는 이미 곳곳에서 하고 있기 때문에 굳이 배구 협회가 필요 없다는 것이었다.

"어떤 스포츠는 신체적으로 여자들에게 적합하지 않습니다. 예를 들면, 권투나 역도, 축구 같은 운동이지요. 육체적으로 그런 운동은 여자들에게 맞지 않아요. 저는 여자의 신체는 선천적으로 남자의 신체에 비해 약하다고 믿습니다. 알라 신께서는 여자들을 아주 섬세하게 창조하셨지요."

사피울라는 몸을 앞으로 숙이며 내처 말했다.

"제가 이 공을 당신께 주고 던지라고 하면, 유리창을 깰 수 있을까요? 저는 당신보다 나이가 두 배는 많지만, 공을 벽에 던지면 벽이 흔들릴 겁니다. 하지만 당신은 유리창도 깨지 못할 거예요. 물론 이 말이 여자가 남자에 비해 무능하다는 뜻은 아닙니다."

힘에 관한 남녀의 차이는 이미 전 세계에서 논의된 문제이다. 많은 나라에서 여자들이 시도해보지 않았거나 탁월한 능력을 발휘하지 못한 스포츠는 하나도 없다.

그러나 많은 사람들이 사피울라처럼 생각한다. 특히 나이가 많은 아프간 남자들은 더더욱 그렇다. 미국에서 살든 아프가니스탄에 살든 상관없이 말이다.

"나는 여자들이 스포츠를 하는 것을 반대하지 않아요."

그는 단호한 어투로 덧붙였다.

"그러나 예를 들어, 우리 사회의 남자들은 여자들이 맨머리로 나가서 축구를 하는 것을 원하지 않아요. 머리에 뭔가 쓰기를 바라지요. 당신도 알다시피, 축구 선수들은 반바지를 입어야 합니다. 중요한 일이죠. 긴 바지를 입으면 반바지를 입을 때만큼 슛을 잘 쏠 수가 없지요."

사피울라는 아프간 청소년스포츠교류 프로그램과 나의 역할에 대해 알고 있었다. 그래서 자신의 입장을 이렇게 정리했다.

"제 말은, 여자는 축구를 하지 말아야 한다는 뜻이 아닙니다. 제 자신이 축구 선수이기 때문에, 어떤 목적으로든, 어떤 방법으로든 축구가 발전하는 것을 가로막고 싶지 않습니다."

그의 유일한 관심은 여자들이 축구를 할 수 있는 적합한 조건을 찾는 것이었다.

"저는 여자 전용 경기장이 있었으면 합니다. 여자들끼리만 할 수 있는 곳 말입니다. 여자들이 축구를 했으면 좋겠지만, 여자들만 있는 곳에서 여자 트레이너와 함께했으면 해요."

사피울라는 점진적인 발전이 필요하다는 점을 역설했다.

"하룻밤 사이에 한 살에서 예순살이 된다면 아무도 행복해하지 않을 겁니다."

사피울라가 긴 수염을 기르고, 여자들이 학교에 다니는 것이 금지되고, 오늘날 여자들이 축구를 하는 바로 그 경기장에서 공개 처형이 벌어진 것이 불과 몇 해 전이었다.

"우리가 이미 겪어온 것들이 있는데, 여자들이 터치라인에서 남자들이 지켜보는 경기장에 나가 반바지를 입고 뛰는 것이 가능하겠습니까? 만약 제가 그런 성급한 조치를 취해 모든 일을 너무 빨리 진행시키면 반발을 불러일으킬 테고 여자 스포츠는 완전히 중단될 겁니다. 지역 사회가 반대하고 나설 것이고 여자 스포츠 자체를 영원히 금지시킬 겁니다."

사피울라는 마치 내가 자신의 입장에 반대 의견이라도 제시한 듯이 힘주어 이렇게 말했다.

"나는 우리나라 사람들과 우리나라의 상황을 잘 압니다. 그렇기 때문에 천천히 나아가는 것이, 현재의 이 나라의 문화와 상황을 존중하는 것이 중요하다고 말씀드리는 겁니다."

미국이 남녀차별을 금지하는 교육법을 제정해 실행했던 지난 30여 년 동안 아프가니스탄은 다른 역사의 지배를 받았다. 미국 여자팀이 월드컵에서 우승한 해에 탈레반은 카불을 점령했다. 사피울라의 말은 전쟁과 파괴로 점철된 시기를 겪은 아프가니스탄은 재건과 치유를 할 시간이 필요하다고 뜻인 듯했다.

우리는 사피울라 수바트가 언급한 '느린 속도'와 사브리나

사큅과 슈크리아 하크마트의 경우를 통해 예시된 여자 스포츠에 대한 반감을 압둘 사부르 왈리자다의 경험을 통해 생생하게 볼 수 있다. 여자 국가대표 팀 감독인 왈리자다와 나는 여자 축구 강좌와 카불에서 열리는 축구 대회 일을 함께했다.

국가대표 팀에는 아프가니스탄을 대표하는 스물다섯 명의 소녀들이 있었다. 모든 선수가 카불 출신이었지만, 왈리자다는 수도 카불을 넘어 진정한 국가대표 팀을 만들 계획을 가지고 있었다.

그는 대단한 성공을 거두었지만 동시에 많은 논란을 야기했다. 어떤 의미에서는 왈리자다야말로 여자 축구에 있어서 핵심 인물이었다.

왈리자다는 이렇게 말했다.

"사람들은 여자들을 지도한다고 나를 비웃고 제 일을 조롱하지요. 그래서 저는 내 자리를 완전히 편안하게 느끼고 있다고 말할 수는 없습니다. 저는 대중의 공격을 받고 있어요."

왈리자다는 아프간의 신세대조차 남자가 여자 팀을 지도한다는 사실을 기꺼이 받아들일 준비가 되어 있지 않다고 생각했다.

하지만 이 정도는 아무것도 아니었다. 여자 팀을 지도하기 시작한 지 6개월이 지났을 때, 왈리자다는 무장한 남자 두 명에게 습격을 받아 차에서 끌어내려져 구타를 당했다. 그는 이 공격에 놀라지 않았으며 별것 아니라는 듯이 언급했다. 이 나라에서 폭력은 도처에서 볼 수 있는 것이었고, 왈리자다는 심하게 다치지 않아 오히려 다행이라고 생각했다.

그는 이렇게 말했다.

"그 사람들이 누구인지, 나를 공격한 이유가 무엇인지 알 수 없었지요. 그 사람들의 여동생이나 다른 가족이 허락을 받지 않고 나한테 지도를 받았을지도 모릅니다. 정확한 건 몰라요. 그 사건을 당하고 나니 그만두고도 싶었습니다. 하지만 여자 축구 육성 프로그램이 어느 정도 진전을 이룬데다, 동료들이 내가 그 일을 계속하기를 원했지요."

여자 팀이 바게자나나(여자들의 정원)에서 연습을 하고 있는데, 몇몇의 소년들과 남자 어른들이 담장을 타고 올라와 소녀들을 향해 돌을 던진 적도 있었다. 또 한 연습장에서는 경비를 맡은 군인들이 왈리자다를 괴롭힌 적도 있었고, 시합 중에 분노한 대학생들이 경기장 안으로 난입하려고 시도한 적도 있었다.

"모두들 똑똑하고, 포용력 있고, 교육받은 사람들이지요."

왈리자다는 씁쓸한 미소를 지으며 말했다.

"저는 무척 지쳐 있습니다. 계속되는 힘든 싸움에 지쳤어요. 이따금 인내심의 한계를 느끼기도 합니다. 하지만 저는 여전히 축구를 사랑합니다."

내가 미국으로 돌아온 뒤에, 아프간 여자 축구팀은 파키스탄에서 열린 '국가대항 여자축구리그' 대회에 참가해 결승전에 진출했다. 결승전은 2007년 8월에 열렸다. 그들은 네 팀이 참가한 이 시합에서 파키스탄 국가대표 팀에 이어 2등을 했다. 그들은 열한 명이 싸우는 정규 경기를 해본 것은 이 대회가 처음이었으며, 아프가니스탄 밖에서 시합을 해본 것 역시 처음이었다. 팀의 공동 주장인 로비나는 이 시합에서 최다 득점 선수가 되었다.

이 책이 출간되기 직전에, 아프가니스탄은 여자 올림픽 축구팀의 출전을 준비하고 있었고, 아프가니스탄 축구협회는 여자 대표팀을 국제축구연맹(FIFA) 랭킹에 올리기 위해 노력하고 있었다.

내가 로비나, 아리아나, 프레슈타, 라일라, 사미라, 미리암, 디나, 나디아를 생각하지 않고 지나가는 날은 단 하루도 없다. 그들의 미국 방문과 나의 모국 방문을 떠올리면 내 마음속에서는 그들이 공을 쫓아 뛰는 모습이 보이고, 담장 너머로 메아리치는 그들의 웃음소리가 들리고, 맑고 환한 공기가 느껴진다.

공 하나와 수많은 꿈. 더 이상 무엇을 바라겠는가.

이슬람의 금기를 깨뜨린
아프간 소녀들의 드림 킥!

흔히 하는 우스갯소리로 여자들이 가장 싫어하는 이야기 세 가지는 군대 이야기, 축구 이야기 그리고 군대에서 축구한 이야기라고 한다. 그렇다면 여자들이 축구하는 이야기는 어떨까? 더구나 그 여자들이 남녀 차별이 극심하기로 유명한 이슬람 문화권에서 살아가는 아프가니스탄의 여자들이라면?

2010년 8월에 발간된 미국 《타임》지의 표지에는 세계를 경악하게 하는 사진이 실렸다. 코가 잘려 나간 아프가니스탄 여성의 사진이었다. 비비 아이샤라는 이름을 가진 이 여인은 당시 열여덟 살로 남편과 시댁 식구의 학대에 시달리다 못해 가출했다가 붙잡혀 징역 5개월을 선고받았다. 그러나 그녀의 고난은 그것으로 끝이 아니었다. 그녀의 남편은 이슬람의 전통을 내세우는 탈레반의 권유에 따라 그녀의 코와 귀를 잘라낸 다음 그녀를 산에 버렸다.

1973년에 군주제가 폐지된 이래 아프가니스탄은 수많은 전쟁을 겪었다. 1978년에 친(親)소련 세력인 인민민주당이 쿠데타를 일으켜 공산 정권을 출범시키자 내란이 본격화되었다. 사회주의 정책에 저항하는 반란이 이어졌고, 결국 무자헤딘이 전국에서 정부군과 전투를 벌인 끝에 정권을 잡았다. 그러자 1979년 12월에 옛 소련이 아프가니스탄을 침공했고, 정부군, 소련군 그리고 반정부 세력 사이의 내전이 이어졌다. 1988년 5월, 유엔의 중재로 휴전이 이루어졌지만, 소련군의 철수로 친소정권이 붕괴되자 1995년 이후에는 반군 세력 중 강한 세력이었던 탈레반과 기타 반군 연합 세력(북부 동맹) 간의 투쟁으로 내전의 양상이 변화되었다. 탈레반은 1996년에 정권을 거머쥐었고, 이슬람 극단주의 정책을 펴면서 인권 탄압을 자행했다.

특히 여성에 대한 탈레반의 탄압은 악명이 높다. '전통'과 '종교'라는 미명 아래 탈레반 정권은 여성들은 취업 기회를 봉쇄하고 교육마저 박탈했다. 여자들은 외출할 때 반드시 부르카를 착용하고 다른 신체 부위도 노출하지 말아야 하며, 남편이나 남자 형제의 동반 없이는 밖으로 나갈 수조차 없었다. 만일 이런 규범을 어길 경우 체벌을 당했다. 심지어 매니큐어를 칠한 경우 손가락을 잘리기까지 했다. 여성의 인신매매가 공공연히 자행되고, 남편이 아내의 귀와 코를 자를 수 있는 나라, 이것이 바로 21세기의 아프가니스탄이다.

아프가니스탄이 우리나라를 비롯해 세계의 보다 많은 이목을 끌게 된 계기는 2001년에 발생한 9·11 테러 사건이다. 미국은 아프가니스탄을 테러리스트를 양성하는 배후 기지로 지목하고 아프가니스탄을 침공하여 탈레반 정권을 무너뜨린다.

《내 생애 가장 자유로운 90분》은 《타임》 지의 표지 사진이 단적으로 보여주고 있는 아프가니스탄의 이 같은 현실을 배경으로 한 이야기이다. 지은이 아위스타 아유브는 아프가니스탄에서 태어나 두 살 때 미국으로 이주했다. 9·11 사건 이후 자신의 조국이 테러리스트 지원국으로 지목되는 현실을 안타까워한 아유브는 조국을 위해 무엇을 할 수 있는지를 고민한 끝에 아프가니스탄 여성들에게 희망을 심어주기 위한 일환으로 스포츠를 후원하기로 결심한다. 그리하여 '아프간 청소년 스포츠 교환 프로그램' 이라는 사업을 시작해, 아프간 소녀 여덟 명을 미국으로 초청해 축구를 배울 기회를 제공한다.

여성들의 외출마저 자유롭지 않은 아프가니스탄에서 소녀들이 축구를 하는 것은 엄청난 용기가 필요한 일이었다. 하지만 아위스타는 축구가 아프간 여성들을 변화시키고 희망을 품게 하는 작은 밀알이 되리라고 믿었다. 그 밀알은 조금씩 싹을 틔우기 시작해 아프간의 여자 축구 선수와 팀의 수는 계속 늘어나고 있으며, 이제 하나의 사회적 현상으로까지 발전했다.

아프간 소녀들에게 축구는 단순히 스포츠가 아니라 새로운 미래에 대한 희망이다. 또한 여성들이 억압과 두려움을 이겨내고, 자긍심을 찾고, 자신의 목소리를 낼 수 있는 사회로 나아가는 데 하나의 작은 디딤돌이다.

아프간 소녀들의 스포츠를 후원하는 일은 아프간의 소녀들뿐만 아니라 저자인 아유브도 변화시켰다. 아유브는 고국의 소녀들과 생활하면서 자신의 잃어버린 반쪽을 찾은 것 같은 느낌을 받았다. 그녀는 9·11 이후 반(反)이슬람 분위기가 팽배한 미국에서 살면서 고국의 소녀들을 돕는 일을 통해 자신의 정체성을 확립하고 미래에 대한 희망을 품게 된다.

척박한 환경에서 미래를 꿈꾸는 아프간 소녀들의 이야기와 주변인으로서 자기 정체성을 찾으려는 아프가니스탄계 미국인인 저자의 이야기가 절묘하게 배합되어 있는 이 작품에서 우리는 가슴 뭉클한 감동을, ‘산이 높아도 길은 있다’는 희망을 볼 수 있다.

내 생애 가장
자유로운 90분

1판 1쇄 인쇄 2011년 2월 16일
1판 1쇄 발행 2011년 2월 25일

지은이 아위스타 아유브
옮긴이 김영선
펴낸이 김성구

편집장 안선희
편 집 권은정
디자인 여종욱
제 작 신태섭
마케팅 최윤호

펴낸곳 (주)샘터사
등 록 2001년 10월 15일 제1-2923호
주 소 서울시 종로구 동숭동 1-115 (110-809)
전 화 02-763-8965(단행본팀) 02-763-8966(영업마케팅부)
팩 스 02-3672-1873 **이메일** book@isamtoh.com **홈페이지** www.isamtoh.com

한국어 판권 ⓒ (주)샘터사 2011, *Printed in Korea.*

ISBN 978-89-464-1802-8 03840

이 도서의 국립중앙도서관 출판시 도서목록(CIP)은 e-CIP 홈페이지
(http://www.nl.go.kr/ecip)에서 이용하실 수 있습니다. (CIP제어번호: CIP2011000786)

값은 뒤표지에 있습니다.
잘못 만들어진 책은 구입처에서 교환해드립니다.